KB218752

이각 박안경기 8

二刻 拍案驚奇

Amazing Stories (the 2nd version)

옮긴이

문성재 文盛哉, Moon Seong-jae

우리역사연구재단 책임연구원, 국제PEN 한국본부 번역원 중국어권 번역위원장. 고려대학교 중어중문학과를 졸업하고 국비로 중국에 유학하여 남경대학교(중국)와 서울대학교에서 문학과 어학으로 각각 박사 학위를 받았다. 그동안 옮기거나 지은 책으로는 『중국고전희곡 10선』·『고우영 일지매』(4권, 중역)·『도화선』(2권)·『간전노』·『회란기』·『진시황은 몽골어를 하는 여진족이었다』·『조선사연구』(2권)·『경본통속소설』·『한국의 전통연희』(중역)·『처음부터 새로 읽는 노자 도덕경』·『루쉰의 사람들』·『한사군은 중국에 있었다』·『한국고대사와 한중일의 역사왜곡』·『정역 중국정사 조선·동이전』 1~4·『격강투지』·『남채화』 등이 있다.

2012년에 케이블 T채널이 기획한 고대사 다큐멘터리 『북방대기행』(5부작)에 학술자문으로 출연했으며, 현대어로 쉽게 풀이한 정인보 『조선사연구』가 대한민국학술원 '2014년 우수학술도서'(한국학 부문 1위), 『루쉰의 사람들』이 한국출판문화산업진흥원 '2017년 세종도서'(교양 부문), 『한국고대사와 한중일의 역사왜곡』이 롯데장학재단의 '2019년도 롯데출판문화대상'(일반출판 부문 본상)을 수상했으며, 작년에는 『박안경기』가 대한민국 학술원 '2023년 우수학술도서'(인문학 부문)로 선정되었다. 현재는 『금관총의 주인공 이사지왕은 누구인가』의 저술과 함께 『정역 중국정사 조선·동이전』 5(신당서권)의 역주작업을 진행 중이다.

이각 박안경기 8

초판발행 2025년 4월 10일

지은이 능몽초
옮긴이 문성재

펴낸이 박성모
펴낸곳 소명출판
출판등록 제1998-000017호
주소 06641 서울시 서초구 사임당로14길 15 서광빌딩 2층
전화 02-585-7840
팩스 02-585-7848
이메일 somyungbooks@daum.net
홈페이지 www.somyong.co.kr

ISBN 979-11-5905-964-3 94820
979-11-5905-956-8(전 8권)
정가 25,000원

ⓒ 문성재, 2025

잘못된 책은 구입처에서 바꾸어드립니다.
이 책은 저작권법의 보호를 받는 저작물이므로 무단전재와 복제를 금하며,
이 책의 전부 또는 일부를 이용하려면 반드시 사전에 소명출판의 동의를 받아야 합니다.

이 책은 2019년도 정부재원(교육부)으로 한국연구재단의 지원을 받아 연구되었음(NRF-2019S1A5A7069359)
This work was supported by National Research Foundation of Korea Grant funded by the Korean Government(NRF-2019S1A5A7069359).

한 국 연 구 재 단
학술명저번역총서

이각 박안경기 8

二刻 拍案驚奇

Amazing Stories (the 2nd' version)

능몽초 저

문성재 역

일러두기

1. 이 책은 번역과정에서 일본 도쿄[東京]의 내각문고(內閣文庫)에 소장되어 있는 상우당(尙友堂) 『이각 박안경기(二刻拍案驚奇)』('내각문고본')의 상해고적(上海古籍) 출판사판 영인본(1988)을 저본으로 삼고, 강소고적(江蘇古籍) · 천진고적(天津古籍) 두 출판사에서 펴낸 동 미비본(眉批本), 그 밖에도 다수 의 주석본들을 참조하였다.

2. 이 책에 사용된 각종 도판들은 『이각 박안경기』 속 상황에 최대한 가까운 이미지를 제시하기 위하여 『삼재도회(三才圖會)』 · 『장물지(長物志)』 · 『소주청명상하도(蘇州淸明上河圖)』 등, 능몽초와 비슷한 시기에 간행된 명대의 백과전서 · 문학작품 · 회화 · 지도 등에서 우선적으로 선별하여 활용하였다. 그 리고 보다 정확한 설명이 요구될 경우에는 근래에 작성된 도판 · 지도 · 사진들도 추가로 사용하였다.

3. 본문에서 내용이나 맥락을 이해하는 데에 지장에 없는 경우에는 번역이 다소 투박하거나 어색하더라도 한 문장 한 단어까지 가능한 한 문법에 충실하게 직역(直譯)을 하였다. 다만, 독자가 혼동할 우려가 있는 경우에는 의역(意譯)을 하고 새로 주석을 붙이거나 접속사 등을 추가하여 독자들이 맥락을 파악하는 데에 지장이 없도록 하였다.

4. 상우당본 원문에는 현대식 문장부호가 전혀 사용되지 않았으며, 20세기 이래로 문장부호를 표시한 현대 의 역주본들은 모두가 편집자의 입장에서 임의적으로 문장을 끊어 읽은 경향이 있다. 이 책에서는 그같 은 기존의 끊어 읽기가 원작의 호흡이나 리듬을 살리는 데에 미흡하다는 판단에 따라 역자가 독자적인 방식으로 끊어 읽고 새로 문장부호를 표시하였다.

5. 화본소설은 원래 판소리나 '모노가타리(物語) · 조루리(淨瑠璃)' 등과 같은 서사예술에서 비롯된 문학 장르이다. 그래서 이야기꾼의 해설 부분은 어투를 통상적인 예사체(하게체)가 아닌 경어체(합쇼체)로 번역하여 독자들이 공연장에서 직접 이야기를 듣는 것 같은 느낌을 가질 수 있도록 하였다.

6. 『이각 박안경기』가 지닌 송 · 원대 화본 본연의 특색과 풍격을 최대한 재현한다는 취지에 따라 독서나 이해에 지장을 주지 않는 한 동어 반복이나 상투어, 호칭 변동, 과장된 어투 등, 서사예술의 전형적인 연출상의 장치들을 최대한 활용하였다.

7. 소설과 희곡은 장르의 특성상 장면마다 호흡·발화·동작이 이루어질 때마다 휴지(休止, pause)가 발생한다. 이 점에 착안해 독자들이 맥락을 이해하는 데 도움을 주고자 짧은 휴지는 "…"로, 장면이나 동작이 전환될 정도로 긴 휴지는 "(…)"로 표시했다.

8. 본문과 제40권 희곡에 삽입된 가사 제목을 표시할 때에는 독자들이 쉽게 식별할 수 있도록【서강월】식으로 두꺼운 꺾쇠(【】)를 사용하였다. 제목을 표시할 경우, 역사서·시문집·소설·희곡 등의 도서명이나 회화(그림)명·지도명 등에는 겹낫표(『』), 장절(章節, chapter)·논문 등 그 내용의 일부에는 홑낫표(「」)를 사용하였다.

9. 독자가 400년 전에 출판된 『이각 박안경기』의 원형을 이해하는 데에 편의를 제공하기 위하여 원본의 미비(眉批)·방비(旁批)·삽화를 모두 반영하고 미비에는 '【즉공관 미비】', 방비에는 '【즉공관 방비】'식으로 표시하여 쉽게 식별할 수 있게 하였다. 또, 명대 출판계에서 상용되었던 각종 약자(略字)·별자(別字)·고체자(占體字)·이체자(異體字)들도 그대로 반영하고 '[교정]' 표시를 붙여 설명하였다. 다만, 원본의 권점(圈點)은 현실적으로 표시할 방법이 없어서 생략하였다.

10. 본문에 한자어를 사용해야 할 경우, 번잡함을 피하기 위하여 익숙한 표현이나 관련 주석을 붙일 때에는 한글로만 표기하였다. 그러나 생소한 표현이어서 오독의 우려가 있거나 독자의 이해를 도울 필요가 있을 경우에는 '거인(舉人)'·'덤받이[拖油瓶]' 식으로 추가로 괄호 안에 한자를 병기하였다.

11. 이 책의 마지막 작품인 제40권은 명대 잡극(雜劇) 희곡으로 체제가 다른 가사와 대사와 시가 함께 사용되었다 그래서 이 삼자를 시각적으로 구분하기 위하여 가사는 굵은 글자로 처리하였다. 또, 잡극 가사에서는 간혹 일종의 감탄사가 사용되는데 이 경우는 일률적으로 위첨자로 처리하였다.

12. 맞춤법과 외래어 표기는 1989년 3월 1일부터 시행되는 「한글 맞춤법 규정」과 『문교부 자료』·『표준국어 대사전』(국립국어연구원) 등을 따랐다.

중국문학사에서 '소설novel'은 입에서 입으로 전승되던 고대의 신화나 전설들에서 유래하였다. 그것들이 지식인들에 의하여 문언文言, 서면체 중국어으로 기록·개작되면서 위·진대의 '지괴志怪'소설과 '지인志人'소설을 거쳐 당대의 전기傳奇소설로 발전되었다. 이 소설의 전통과는 별도로 당대에는 서역西域의 불교가 중국에 수용되는 과정에서 이야기의 구연과 시가의 가창이 조화된 서역의 서사예술敍事藝術, narative arts이 도입되면서 백화白話, 구어체 중국어로 이야기를 들려주는 변문變文이 출현하게 된다.

송대에는 직업적인 이야기꾼인 '설화인說話人, narrator'이 저잣거리 공연장에서 불특정 다수의 청중 / 관중을 대상으로 이야기를 들려주는 공연행위를 '들려준다telling'는 뜻의 '설', '이야기story'라는 뜻의 '화'를 써서 '설화說話'라고 불렀다. 당시에 설화는 시각적인 효과도 중시되었지만 주로 청각에 호소하는 서사예술이었다. 그래서 단시간 내에 생생하고 명쾌한 서사를 통하여 흥미를 자극하여 좌중을 휘어잡는 데에는 과장된 추임새, 만화화 된 인물형상, 참신한 줄거리, 치밀한 구성이 대단히 중요한 요소로 간주되었다. 이때 이야기꾼이 청중 / 관중에게 들려주는 이야기의 줄거리를 기록해 놓은 일종의 공연 비망록narrative script이 바로 '화본話本'이다. '이야기 대본story script'이라는 뜻의 화본은 송대에 몇 가지 유형이 유행했는데, 그 중에서 대표적인 것이 길이가 짧은 '소설小說'과 역사이야기를 다루어 길이가 긴 '강사講史'였다. 당시의 이야기꾼들은 소재나 체제가 서로 다른 이 두 가지 중에서 상대적으로 길이가 짧고 짜임새가 있는 소설을 선호하였다. 이렇게 저잣거리에서 연행되던 화본이 목판 인쇄를 통하여 통속적인 읽을거리로서의 화본소설로 거듭난 것은 그로부터 3~4백 년이 지난 명대부터이다.

명대의 경우 건국 초기에는 대부분 이른바 '정통문학'으로 일컬어지던 시가·산문을 다룬 도서들이 주종을 이루었다. 그러나 중기인 가정嘉靖 연간부터 상업경제가 발전하면서 크고 작은 도시들이 도처에 형성되기 시작하였다. 그 과정에서 글자를 읽을 줄 알고 제법 구매력을 갖춘 도시인들이 유력한 사회계층으로 정착하게 된다. 그러자 당시 도서의 상업적인 출판과 판매를 겸하는 출판업자인 서상書商들은 목판 인쇄술의 발달로 대량인쇄가 가능해지자 당시 상당한 구매력을 가지고 있던 도시민들의 문화 취향에 영합할 수 있는 도서들을 경쟁적으로 선보였다. 『중국판각종록中國版刻綜錄』에 따르면, 가정 연간부터 말기인 숭정 연간까지 120년 사이에 새로 선보인 도서들만 해도 2,019종을 넘을 정도였다.

시민들을 대상으로 한 소설·희곡·민요 등의 통속 예술이 그 유례類例를 찾아보기 어려울 정도의 번성기를 맞이한 것도 이 무렵이었다. 그렇다 보니 내용이 통속적이면서도 가격도 현실적인 화본소설들이 독서시장에서 베스트셀러로 각광 받고 또 그것을 모방한 다양한 아류작들이 줄을 잇는 것은 아주 자연스러운 현상이었다.[1] 지식인은 지식인들대로 독서시장의 그 같은 추세에 발맞추어 당시 민간에 전해지던 화본을 수집해

---

1   명대의 소설·희곡과 독서시장의 관계에 관해서는 문성재, 「명말 희곡의 출판과 유통─강남지역의 독서시장을 중심으로」, 『중국문학』 제41집, 2004, 제147~164쪽을 참조하기 바람.

소설집을 엮고 거기에 자신들의 의견이나 해설을 붙여 부가가치를 높이는 일도 많아졌다. 처음에는 이야기꾼들이 '손님들'에게 이야기를 들려줄 때 참고하던 투박한 비망록이 어느 사이에 서재에서의 품격 있는 독서를 위한 읽을거리로 격상된 것이다. 그 '고상한' 화본소설집들 중에서 가장 유명한 것이 바로 풍몽룡馮夢龍이 엮은 『유세명언喩世明言』·『경세통언警世通言』·『성세항언醒世恒言』이다. 중국문학사에서 '삼언三言'으로 통칭되는 이 소설집들이 독자들에게서 큰 인기를 끌자 학식이 풍부한 지식인이 송·원대 화본의 틀을 모방하여 비슷한 성격의 소설을 짓는 풍조가 유행하게 되는데, 그 서막을 연 것이 바로 '즉공관주인即空觀主人' 능몽초였다.

능몽초凌濛初, 1580~1644는 생전에 활발한 저술활동을 벌여 역사서나 문학이론서는 물론이고 시문·산곡·희곡·소설 등의 방면에서 주목할 만한 작품들을 남겼는데 그 중에서도 송·원대 화본話本의 문체를 모방해 지은 이야기들'의화본'을 모아 놓은 소설집 『박안경기』와 『이각 박안경기』가 가장 유명하다.

중국문학사에서 '이박'으로 일컬어지는 이 두 소설집은 『태평광기太平廣記』·『이견지夷堅志』·『전등신화剪燈新話』·『정사情史』 등, 서면체 중국어고문로 지어진 송·원·명대에 소설집들에서 참신하고 흥미로운 소재를 취하여 당시 독서시장에서 인기를 끌던 화본의 양식을 모방하여 구어체 중국어백화로 새로 지은 2차 창작의 결과물이다. 특히 『이각 박안경기』는 당·송·원·명 등 언어 층위가 서로 다른 역대 왕조의 서면체와 구어체의 표현들이 복잡하게 뒤섞여 있다. 쉽게 말하면 고려시대를 배경으로 한 이야기인데 등장인물이나 이야기꾼이 '노다지'니 '낭만적' 같은 표현들을 사용한 것과 같은 격이다. (두 표현은 근대에 '노 터치No touch'와 '로맨틱 romantic'이 우리말과 한자어로 수용된 표현이다.) 이런 식으로 시대와 층위에서 상이한 표현들이 뒤섞여 있다 보니 언어적인 견지에서는 『박안경기』에 그다지 좋은 점수를 주기 어려운 것이다. 그럼에도 불구하고 문학적인 견지에서 이야기한다면 그 평가는 사뭇 달라진다. '설화'를 생업으로 하는 이야기꾼이 아닌 정통 지식인이 송·원대 화본을 모방해 창작한 최초의 의화본 소설집일 뿐만 아니라, 저잣거리의 공연예술에서 서재의 읽을거리로 이행하는 중국소설의 발전과정을 고스란히 보여 주는 산 증거이기 때문이다. 중국의 소설사학자 석창유石昌渝가 중국 화본소설의 문인화文人化 작업을 최종적으로 완성시킨 것이 능몽초의 '이박'이라고 높이 평가한 것도 바로 이같은 이유 때문이다. 그렇다 보니 지금까지 관련 학자들은 말할 것도 없고, 문학·연극·오락·출판 관련 종사자들에게도 '이박'이 대단히 중요하고 흥미로운 텍스트로 간주되어 왔다.

　『이각 박안경기』에 대한 번역작업은 중국에서 처음으로 시도되었다. 30여 년 전1992에 경관교육警官敎育출판사를 통하여 『백화 이각 박안경기 상석白話二刻拍案驚奇賞析』이라는 제목으로 현대중국어로의 완역이 이루어졌다. 그로부터 10년 뒤2003에는 외문外文 출판사를 통하여 마문겸馬文謙이 『놀라운 이야기들Amazing tales』이라는 제목으로 영문판 번역이 이루어졌다. 그러나 전자에서는 장르가 다른 희곡인 제40권이 번역대상에서 제외되었고 후자에서는 수록 작품의 절반 수준인 19편만 번역되었다. 게다가, 정도의 차이는 있지만, 두 번역본 모두 작품 줄거리를 이해하는 데에 단서를 제공하는 시가나 은유적인 성 묘사가 등장하는 대목들이 맥락을 무시한 채 일률적으로 배제되었다. 번역의 수준이나 책의 완성도 등 여러 면에서 완역으로 보기 어려운 것이다. 이 같은 기계적인 배제는 줄거리의 맥락과 스토리텔링의 리듬을 파괴하여 독자들이 능몽초가 제시한 메시지에 다가서는 것을 방해한다. 그런 점에서 본다면, 역자가 이번에 선보이는 『이각 박안경기』는 능몽초 원작의 진면목眞面目 그대로 최대한 보전保全했으니 그야말로 명·실名實이 상부相符하는 최초의 완역본이라고 하겠다.

역자는 2019년도 한국연구재단 명저번역사업의 지원 덕분에 일본에서 발견된 중국의 고전소설집을 한국인인 역자가 처음으로 완역해 내었다는 점에서 큰 자부심을 느낀다. 개인적으로 그보다 더 감개무량한 것은 석·박사 시절 명대 희곡과 구어에 천착할 때에 수시로 접했던 능몽초·풍몽룡·탕현조湯顯祖·심경沈璟 등의 이름과 작품들을 이번 연구과제 수행과정에서 재회했다는 점이다. 이런저런 사정 때문에 본의 아니게 오랫동안 중단해야 했던 중국의 희곡·소설과 구어체 중국어에 다시 한번 집중할 수 있는 소중한 기회를 주신 한국연구재단과 심사위원 여러분께 진심으로 감사드린다. 학문적으로 부족한 점이 많음에도 불구하고 백락伯樂의 혜안으로 소중한 기회를 주신 한국연구재단과 심사위원 여러분이 아니었다면 이 책은 빛을 보기 어려웠을 것이다. 모쪼록 이 책이 중국의 구어체 문학·예술에 흥미를 가지고 있거나 관련 연구에 종사하는 독자들에게 유용한 지침서가 되기를 바랄 따름이다.

이번에 책이 나오기까지는 많은 분의 도움이 있었다. 역자가 역주작업에 만전을 기할 수 있도록 물·심 양면으로 응원해 주신 소명출판의 박성모 대표님, 그리고 최고의 책을 선보이겠다는 일념으로 디자인은 물론이고 삽화·지도·도판에까지 온 정성을 다해 주신 이선아 편집자 등 여러 선생님들께도 진심으로 감사의 말씀을 드리고 싶다. 이 모든 분의 도움과 격려가 없었더라면 이번의 쾌거는 이루어질 수 없었을 것이다.

2024년 8월 23일
서교동 조허헌에서
문성재

이각 박안경기 8 _ 차례

이각 박안경기 전체 차례

『이각 박안경기』 서

『박물지』[1]에 이런 말이 있었던 것으로 기억한다.

"한나라의 유포[2]가 『운한도』를 그리자 그것을 본 이들이 덥다고 느꼈다. 또 『북풍도』를 그리자 그것을 본 이들은 춥다고 느꼈다."

당시에 나는 개인적으로 '그림은 사실 실물이 아닌데 어떤 까닭에 그렇게 된단 말인가' 하고 의아하게 여겼었다. 그러나 그러면서도 '사람들이 그 작품을 보고 그렇게 여겼던 게지' 하고 말하였다. 그런데 거기서 더 나아가 승요[3]의 경우에는 용의 눈을 그리자 우레와 번개가 치더니 벽을 부수고 사라졌다고 하며, 오도현[4]의 경우에는 전각 안에 용 다섯 마리

---

1   『박물지(博物志)』 : 명대의 동사장(董斯張, 1587~1628)이 엮은 『광박물지(廣博物志)』를 말한다. 이 책은 서진(西晉)의 학자 장화(張華)가 지은 『박물지(博物志)』를 증보한 것으로, 당대 이전의 역대 전적·문헌들에서 사물의 기원에 관한 자료들을 모아 총 22개 분야로 구분해 소개하였다. 동사장은 절강성 오정(烏程, 지금의 오흥) 사람으로, 자가 연명(然明), 호가 하주(遐周), 별호가 차암(借庵)·수거사(瘦居士)이다. 박학다식하여 강남에서 명성이 높았으며 당시의 명사인 풍몽룡(馮夢龍)·동기창(董其昌) 등과도 교분이 있었으나 몸이 약해 병치레를 하다가 마흔도 되지 않아 죽었다.
2   유포(劉褒) : 중국 후한의 환제(桓帝) 때에 촉군태수(蜀郡太守)를 지냈다. 서화에 뛰어나 중국 산수풍경화의 선구자로 훌륭한 작품을 많이 남겼으며, 특히 산천의 풍광을 묘사하는 데에 탁월한 재능을 보였다.
3   승요(僧繇) : 중국 남북조시기의 양(梁)나라 화가 장승요(張僧繇, 479~?)를 말한다. 지금의 강소성 소주(蘇州) 사람으로, 벼슬로는 우군장군(右軍將軍)·오흥태수(吳興太守)를 지냈다. 산수와 불화에 뛰어나서 산수화에서는 '몰골법(沒骨法)'이라는 독특한 그림체를 창안했으며, 불화의 경우 일가를 이루어 '장가양(張家樣, 장가 스타일)'이라는 찬사를 받기도 하였다. 풍격이 비슷하여 당대의 오도현과 나란히 일컬어지곤 하였다.
4   오도현(吳道玄) : 당대의 유명한 화가 오도자(吳道子, 680?~759)를 말한다. 양적(陽翟,

를 그리자 큰 비가 쏟아져 이내와 안개가 꼈다고 한다. 물론 이런 일화들이 있다고 해서 그림 속의 용을 실제로 존재하는 것으로 여겨서는 안될 것이다. 그러나 그렇다고 해서 그것들을 허구라고 치부한다 한들 그런 일화 자체만으로도 그 작품들이 실제의 용을 능가했다는 뜻이 아니겠는가? 그렇다고 한다면 글을 짓는 사람들의 경우 역시 마찬가지일 수밖에 없을 것이다.

'몰골법'의 비조 장승요의 대표작 『설산홍수도(雪山紅樹圖)』와 그 확대 화면(우)

지금의 하남성 우주) 사람으로, 젊어서부터 그림으로 명성을 얻었으며 나중에는 '화성(畵聖, 그림의 성인)'으로 일컬어졌다. 연주(兗州) 하구(瑕丘, 지금의 산동성 자양)의 현위(縣尉)가 되었으나 얼마 되지 않아 사직하였다. 나중에는 낙양을 떠돌며 벽화를 그리다가 현종(玄宗)의 개원(開元) 연간에 궁중으로 영입되어 공봉(供奉)·내교박사(內敎博士)를 역임하였다. 장욱(張旭)·하지장(賀知章)에게서 글씨를 배웠고 인물·산수·금수·초목·신귀·누각 그림에 뛰어났으며 특히 불교와 도교 등 종교 관련 그림에 정통하였다.

지금 소설들 중에서 세상에 간행된 것들은 대충 따져 보아도 백 가지가 넘는다. 그렇기는 하지만 그 소설들은 사실적이지 못한 경향이 두드러지는데 그같은 병폐는 '신기한 것을 좋아하는' 사람들의 심리에서 비롯된 것이다. 그런 사람들은 신기한 것을 신기하게 여기는 것만 알 뿐 신기한 데가 없는 쪽이 더 신기하다는 이치는 알지 못한다. 그래서 눈 앞에 펼쳐지는 명심해야 할 이야기들은 제쳐 놓은 채 무작정 남들이 입에 올리지도 않고 거론하지도[5] 않는 세계에나 매달린다. 마치 화가가 개나 말은 그릴 생각을 하지 않고 그저 귀신이나 허깨비만 그리려 드는 것처럼 말이다. 그래서 '나는 그런 이야기를 듣는 것이 두려워 멈출 따름이다'라고 말하는 것이다.

유월석[6]은 청아하게 휘파람을 불고 피리를 부르는 것만으로도 오랑캐들이 눈물을 흘리고 심지어 포위를 풀고 물러가게 할 수 있었다. 그런데

---

5 거론하지도[議] : 중화서국(中華書局)판『이각 박안경기』에서는 이 부분의 글자가 '의로울 의(義)'로 되어 있다. 그러나 원본인 상우당(尚友堂)본『이각 박안경기』나 현대의 기타 판본들에는 모두 '논의할 의(議)'로 나와 있다. 실제로 전후 맥락을 따져 보더라도 이 글자는 '거론하다, 문제를 제기하다' 등의 의미를 나타내는 것으로 해석해야 옳다. '의로울 의'는 교열과정의 착오라는 뜻이다.

6 유월석(劉越石) : 서진(西晉)의 정치가이자 시인인 유곤(劉琨, 271~318)을 가리킨다. 중산(中山) 위창(魏昌, 지금의 하북성 무극) 사람으로, '월석'은 자이다. 진나라에 충성한 데다가 명망이 높아서 혜제(惠帝) 때에 광무후(廣武侯)로 봉해지고 원제(元帝) 때에는 시중태위(侍中太尉)로 임명되었다. 영가(永嘉) 연간 초기에 대장군(大將軍)·도독병주제군사(都督并州諸軍事)를 지낼 때 군정(軍政)을 정비하였다. 나중에 오랑캐들이 진양(晉陽, 지금의 산서성 태원 일대) 성을 포위하자 성루에 올라가 휘파람을 불고 밤에는 호가(胡笳, 북방민족의 피리)를 불어 향수에 젖은 오랑캐들이 스스로 포위를 풀고 물러가서 성을 지켜 내었다. 정치적으로는 유연(劉淵)·석륵(石勒)과 대립했는데 나중에 상황이 역전되어 석륵에게 패하자 선비족 출신의 유주자사(幽州刺史) 단필제(段匹磾)에게 귀순했다가 죽음을 당하였다. 현존하는 작품으로는『부풍가(扶風歌)』등 3편이 있다.

지금 사물의 상태나 인간의 감정을 예로 들자면 겉을 꾸미는 일이나 장기로 여길 뿐이지 사람들로 하여금 그 속에서 노래 부르게 하거나 흐느끼게 하는 데에는 뛰어나지 못 하다. 그런 경우가 어찌 '기이함과 기이하지 않음은 굳이 지혜로운 사람이 나타날 때까지 기다리지 않아도 안다'는 경우가 아니겠는가?[7] 그러니 이렇게 해명할 수밖에 없을 것 같다.

"중국에서 글은 남화[8]와 충허[9] 때부터 이미 우언이 많았다. 나중의 비유선생[10]이나 빙허공자[11]의 경우라고 한들 어찌 내용의 사실성을 얻고자 그것을 추구한 것이었겠는가? 그러나 그런 경우들은 글로는 탁월하다고 할 수 있을지 몰라도 이야깃거리로는 탁월한 경우가 아닌 것이다. 연의[12]

---

7 안다[知] : 중화서국판 『이각 박안경기』에는 이 부분의 글자가 '지혜 지(智)'로 되어 있다. 그러나 원본인 상우당본 『이각 박안경기』나 현대의 기타 판본들에는 모두 '알 지(知)'로 나와 있다. '지혜 지'는 교열과정의 착오라는 뜻이다.
8 남화(南華) : 『남화진경(南華眞經)』을 줄인 이름. 『남화진경』은 전국시대 사상가인 장주(莊周)의 저서 『장자(莊子)』를 도교에서 높여 부르는 이름이다.
9 충허(沖虛) : 전국시대의 사상가 열어구(列御寇)의 저서 『열자(列子)』의 다른 이름. 당나라 현종의 천보(天寶) 원년에 열자를 '충허진인(沖虛眞人)'으로 봉하면서 도교에서 그 제목을 『충허진경(沖虛眞經)』으로 높여 부른 것이다.
10 비유선생(非有先生) : 전한의 문장가 동방삭(東方朔)이 지은 「비유선생론(非有先生論)」에 등장하는 허구의 인물. 그 글에 따르면 오(吳)나라에서 벼슬을 지냈는데 3년동안 말을 하지 않았다고 한다. 그래서 오나라 왕이 그 이유를 묻자 간언을 했다가 불행을 당한 역대 충신들의 일화들을 열거하고 왕에게 허심탄회하게 충언을 받아들여 어진 정치를 베푸는 명군이 되기를 설득했다고 한다. '비유(非有)'는 이름부터가 글자 그대로 풀면 '존재하는 사람이 아니다'라는 뜻이다.
11 빙허공자(馮虛公子) : 전한의 문장가 장형(張衡)이 지은 노래인 『양경부(兩京賦)』에 등장하는 허구의 인물. 그 노래에서 빙허공자는 또다른 인물 안처선생(安處先生)과 함께 차례로 당시의 도읍으로 '서경(西京)'으로 일컬어진 장안(長安, 지금의 섬서성 서안시)과 '동경(東京)'으로 일컬어진 낙양(洛陽, 지금의 하남성 낙양시)의 성대한 풍광을 칭송하였다. '빙허(馮虛)'는 글자 그대로 풀면 '허구에 근거하였다', 즉 가상의 인물이라는 뜻이다.

라는 분야의 경우에는, 없는 것을 지어내는 일은 쉽지만 실제로 있는 것을 묘사하는 일은 어렵다. 그렇기 때문에 양쪽을 동등한 것으로 보고 논의해서는 안 되는 것이다. 『서유기』[13] 라는 소설이 기괴하고 황당하여 상식적이지 못하다는 사실만 해도 그렇다. 그것을 읽는 사람들은 누구라도 그것이 모순 투성이라는 사실을 다 안다. 그렇기는 하지만 그 소설에서 다루어진 내용에 따르면 그 스승과 제자 네 사람[14]은 저마다 각자 정체성을 가지고 저마다 각자 행동을 한다. 그래서 시험 삼아 그 소설 속의 한마디 말이나 한 가지 행동을 고르고, 이어서 사람들에게 가만히 맞추어 보게[15] 해 보면 그것이 어느 등장인물의 말과 행동인지 알 수가 있다. 이

---

12 연의(演義) : 문학 장르들 중의 하나인 소설(小說, novel)을 고대부터 중국식으로 달리 일컬은 이름. 남북조시대의 역사가 범엽(范曄)의 『후한서(後漢書)』 「주당전(周黨傳)」에 나오는 "주당 등은 문장으로는 의미를 잘 부연하지 못하거니와 무예에 있어서도 군주를 위하여 죽지 못하였다.(黨等文不能演義, 武不能死君)"에서 볼 수 있듯이, 글자 그대로 풀면 '의미(내용)를 부연하다' 정도의 뜻으로, 역사적 사실들에 관하여 그 사실들을 토대로 하되 민간에서 전해지는 전설이나 소문들을 곁들이면서 상세하게 기술하는 행위나 그 결과물(저술)을 가리킨다.

13 『서유기(西遊記)』 : 명대 소설가 오승은(吳承恩)이 지은 100회본 장편 소설. 천상을 어지럽힌 뒤 500년이 지나 당나라의 승려 삼장법사(三藏法師) 현장(玄奬)의 제자가 된 손오공(孫悟空)이 저팔계(豬八戒)·사오정(沙悟淨)과 함께 불경을 구하기 위하여 천축국(天竺國)으로 가는 길에 요괴들을 제압하고 81가지 시련을 겪은 끝에 깨달음에 이르는 과정을 다루었다. 기본 줄거리는 당시까지 민간에 전승되던 현장의 일화들을 토대로 하되 당시의 소설인 화본(話本)과 연극인 잡극(雜劇)의 허구적인 이야기들을 곁들여 장편 소설로 완성되었다.

14 스승과 제자 네 사람[師弟四人] : 『서유기』의 주인공인 삼장 법사(三藏法師)와 그 제자 손오공(孫悟空)·저팔계(豬八戒)·사오정(沙悟淨)을 말한다.

15 가만히 맞추어 보게[暗中摹索] : 명대의 유행어. 원래는 어두움 속에서 물건을 더듬는 것을 가리키는 말이다. 당대에 유지기(劉知幾, 661~721)가 지은 『수당가화(隋唐嘉話)』에 따르면, 당나라 사람 허경종은 성정이 무척 오만해서 친구들의 이름을 외우는 것을 소홀히 여겨 상대방을 불쾌하게 만들기 일쑤였다. 그래서 한 친구가 허경종이 머리가 나쁘다고 빈정거리자 이렇게 말했다고 한다. "자네 이름을 기억하지 못하는 것은 자네 명성이 너무 하찮기 때문일세. 만약 조식·유정·심약·사조 같은 분들을 마주쳤다면 가만히 맞

는 곧 '허구적인 내용 속에도 사실적인 요소를 담고 있는 경우'이니, 이 것이야말로 '진수를 표현한다'[16]는 경우일 것이다. 그런데도 처음부터 '『수호전』보다 못하다'고 비웃는다면 그것이야말로 어찌 '사실적이냐 그렇지 않으냐의 관문이 신기하냐 그렇지 않으냐의 대전제를 강화시킨 다'는 논리가 아니겠는가?'

명대에 간행된 『이탁오선생비평 서유기(李卓吾先生 批評西遊記)』의 삽화(일본 내각문고 소장)

추어 보기만 해도 바로 알아 봤을 거야!" 나중에는 전례가 없거나 스승이 없는 상황에서 오로지 자신의 능력과 지식만으로 깨우치는 것을 가리키는 말로 사용되기도 하였다. 중 화서국판『이각 박안경기』에는 '모색'의 '모'가 '비빌 마(摩)'로 되어 있다. 그러나 원본 인 상우당본은 물론이고 현대의 각종 판본 역시 모두 '본 뜰 모(摹)'로 나와 있다.

16 '진수를 표현한다'는 것[傳神阿堵] : '아도(阿堵)'는 남북조시대 강남지역의 구어적 표현 으로, '이것(this 또는 the thing which~)'을 뜻한다. 유송(劉宋)의 유의경(劉義慶)이 지 은 소설집『세설신어(世說新語)』에서는 동진(東晉)의 화가 고개지(顧愷之)의 회화이론 을 이렇게 소개하였다. "고장강이 인물을 그릴 때에는 더러 몇 년씩이나 눈동자를 그리지 않았다. 사람들이 그 까닭을 물었더니 고씨가 말했다. '신체의 아름다움과 추함은 본래 오묘함과는 관계가 없습니다. 진수를 표현하여 묘사하는 요체는 바로 이것에 있으니까 요.(顧長康畵人, 或數年不點目睛, 人問其故. 顧曰, 四體妍蚩, 本無關于妙處, 傳神寫照, 正在 阿堵中)" 여기서의 "이것"은 눈(eyes)을 가리킨다.

즉공관주인이라는 분은 그 사람 자체도 기이하거니와 그 글도 기이하며[17] 그 역정 또한 기이하다. 과거에서 뜻을 제대로 펼치지는 못 했으나 원대한 그 재능을 출판계에 발휘하는 기회를 만나자[18] 남은 재능을 끌어내어 전기를 짓고, 거기서 몸을 더 낮추어 연의를 지었기 때문이다. 그것이 이 『박안경기』가 두 차례에 걸쳐 간행되기에 이른 연유이다.

그가 수집한 이야기들은 대부분 매우 사실적이고 근거가 있는 것들이다. 비록 간혹 신이나 귀신의 이야기를 다룬 이야기들도 있지만 그렇다 보니 역사가인 사마천[19]이 역사를 기록할 때만큼이나 묘사가 사실적이다. 그리고 용이 또아리를 틀고 있었다거나 뱀이 길을 막고 있었다거나 귀신을 거론하는 논리 따위가 아무리 현실과 거리가 멀다고는 하지만 없는 일은 아닐 것이다. 그러니 이국적인 볼거리를 곁들임으로써 세속의 유생들이 가진 편견을 깨는 것도 나쁠 것은 없다고 본다. 또 요염한 미인이나 풍류 넘치는 밀회 같은 소재들도 소설집에는 꼭 수록해야 할 것들이었다. 다만 세상 풍속을 더럽히는 이야기들의 경우만큼은 모조리 배제시키려 노력하였다.

---

17 그 글도 기이하며[其文奇] : 중화서국판 『이각 박안경기』의 서문에는 이 구절이 빠져 있다.

18 뜻을 제대로 펴지는 못했으나 원대한 그 재능을 발휘하는 기회를 만나자[因取抑塞磊落之才] : 전후 맥락을 따져 볼 때 작자 능몽초가 과거시험에서는 뜻을 이루지 못했으나 출판업에 종사하면서 상당한 족적을 남긴 일을 두고 한 말로 보인다.

19 역사가인 사마천[史遷] : '사천(史遷)'은 중국 정사 '25사(廿五史)'의 첫 번째 정사인 『사기(史記)』를 편찬한 전한대 사관 사마천(司馬遷)을 말한다.

녹문자[20]가 늘 송광평[21]의 사람 됨됨이를 힐난한 것은 그 취지가 그의 냉철한 이성[22]을 비판하는 데에 있었다. 그런데 그가 지은 『매화부』[23]는 참신하고 활달하면서도 선명하게 빛나니 남조시대 서씨[24]와 유씨[25]의 문체를 터득했다고 할 만하다. 그 점을 놓고 본다면, 일반적으로 소박함과

---

20 녹문자(鹿門子) : 당대의 유명한 시인이자 문장가인 피일휴(皮日休, 838?~902)를 말한다. 생전에 양양(襄陽, 지금의 호북성)의 녹문산(鹿門山)에 머문 적이 있어서 그 이름을 호로 삼았다. 피일휴는 자가 습미(襲美) 또는 일소(逸少)이며, '녹문자'와 함께 간기포위(間氣布衣)를 호로 사용하였다. 진사로 급제한 뒤로 태상박사(太常博士) · 비릉부사(毗陵副使) 등을 역임했으며, 당시의 문장가 육구몽(陸龜蒙)과 함께 '피 · 육(皮陸)'으로 나란히 일컬어졌다.

21 송광평(宋廣平) : 당대 중기에 승상(丞相)을 지낸 송경(宋璟, 663~737)을 말한다. 현종 때에 명재상으로 이름이 높았으며 국법을 준수하고 몸가짐을 바르게 하여 요숭(姚崇)과 함께 당나라를 대표하는 어진 재상으로 나란히 일컬어졌다. 매화를 좋아했으며 그가 지은 『매화부』는 특히 유명하다.

22 냉철한 이성[鐵石心腸] : '철석심창(鐵石心腸)'은 글자 그대로 풀면 '쇠나 돌 같은 마음'이라는 뜻으로, 의지가 강하여 감정에 쉬이 휘둘리지 않는 사람을 가리키는 말로 주로 사용된다.

23 『매화부(梅花賦)』 : 당나라 현종 때의 재상인 송경이 지은 노래. 피일휴가 지은 『피자문수(皮子文藪)』에 따르면, 송경은 공직에 오르기 전에 『매화부』를 지어 온갖 화초들 사이에서 외롭게 핀 매화를 예찬하면서 자신의 심정을 토로하였다. 당시의 문장가이자 정치가인 소미도(蘇味道)가 이 작품을 극찬하면서 그의 이름이 알려져 이후의 관직 생활에도 적잖은 도움을 받았다고 한다.

24 서씨[徐] : 남북조시대 진(陳)나라의 시인 · 문장가로 명성이 높았던 서릉(徐陵, 507-583)을 가리킨다. 동해(東海)의 담(郯, 지금의 산동성 담성) 사람으로, 자는 효목(孝穆)이다. 양(梁)나라 때에 동궁학사(東宮學士)를 지냈고 진나라에 이르러 상서 좌복야(尙書左僕射) · 중서감(中書監)을 지냈다. '궁체시(宮體詩)'의 대표적인 작가의 한 사람으로, 나중에는 궁체시의 대표작들을 소개한 『옥대신영(玉臺新咏)』을 엮기도 하였다.

25 유씨[庾] : 남북조시대 양(梁)나라의 시인 · 문장가로 명성이 높았던 유신(庾信, 513~581)을 가리킨다. 양나라 신야(新野) 사람으로, 자는 자산(子山)이다. 양나라 원제(元帝)가 즉위하자 우위장군(右衛將軍)에 임명되었다. 사신으로 서위(西魏)에 파견되었을 때 서위가 양나라를 멸망시키자 서위에 남았으며, 북주(北周)가 건국되자 표기대장군(驃騎大將軍) · 개부의동삼사(開府儀同三司) 등을 역임하며 '유개부(庾開府)'로 일컬어지기도 하였다. 서릉과 마찬가지로 문체가 화려하고 아름답기로 유명하여 당시에 그같은 문체가 '서 · 유체(徐庾體)'로 불려졌다.

누추함에 부쳐 세상 사람들의 이목을 어지럽히는 부류는 거의 믿을 바가 못되는 것들인 셈이다.[26] 즉공관주인의 말을 빌린다면 그야말로 '세상에서 내 이야기를 구할 수 있는 이들이 충신이나 효자가 되는 데에 어려움이 없게 해줄 것이고, 그렇게 되지 못하는 자들이라도 음행을 일삼지는 않게 될 것'이라는 격이다. 그 부분은 지은이가 애를 쓴 결과이거니와 '평범함 속의 기이함'의 틀을 초월한 경우라 할 것이다.

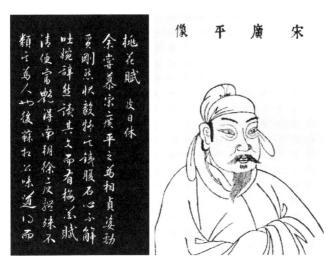

『매화부』(탁본 글씨 피일휴)와 그 작자 송경의 초상

이제 책은 마침내 완성되었지만 즉공관주인은 벼슬을 지내느라 아직

---

26 소박함과 누추함에 부쳐~[凡託於椎陋以眩世, 殆有不足信者夫] : 이 부분은 원래 북송의 정치가이자 문장가였던 소식(蘇軾)이 『모란기』서(牡丹記叙)에서 한 말에서 유래하였다. 소식은 그 서문에서 "이제 내가 그것을 보니 일반적으로 소박함과 누추함에 부쳐 세상사람들의 눈을 어지럽히는 것들을 또 어찌 믿을 만하겠는가?(今以余觀之, 凡託於椎陋以眩世者, 又豈足信哉)"라고 하였다.

돌아오지 않았다. 그러나 서사에서는 서둘러 책을 펴내고자 하여 내게 서문을 써 달라고 청탁하였다. 나는 붓조차 제대로 잡지 못하는 주제이니 그야말로 "무염을 부각시킬 욕심에 서자를 능욕하고 마는 격"[27]이 아니겠는가! 그러니 나로서는 아무래도 "키 질 해서 까부르니 겨만 앞에 남더라"[28]라고 변명하는 수밖에 없을 듯하다.

임신년[29] 겨울날에 수향거사가 서문을 짓고 쓰다

---

27 무염을 부각시킬 욕심에~[刻画無鹽, 唐突西子] : 명대의 유행어. '무염(無鹽)'은 중국 전설에 등장하는 고대의 추녀, '서자(西子)'는 중국 춘추시대 월(越)나라의 미녀 서시(西施)를 가리킨다. 글자 그대로 풀면 추녀를 무리하게 미화하려고 애쓰다가 도리어 미녀가 무색해지게 만든다는 뜻으로, 주객이 전도된 상황을 가리키는 말로 사용되었다. 때로는 앞의 '무염을 부각시킨다(刻画無鹽)'만 사용하기도 하였다.
28 키 질 해서 까부르니~[簸之揚之, 糠秕在前] : 명대의 유행어. '공자 앞에서 문자를 쓴다'의 경우처럼, 재주가 없음에도 불구하고 과분한 자리를 지키고 있는 것을 겸손하게 표현하거나 비꼬는 말이다. 남북조시대 유송의 유의경이 지은 『세설신어』에 따르면, "왕문도와 범영기는 둘 다 간문제 때의 중신이다. 범씨는 나이가 많지만 자위가 낮았고 왕씨는 나이는 적지만 지위가 높았다. 그를 앞에 세우니 도로 서로 앞자리를 양보했는데 그렇게 오래 옮기고 옮긴 끝에 왕씨가 결국 범씨 뒤에 서게 되었다. 그래서 왕씨가 '키 질 해서 까부르니 겨만 앞에 남았군요!' 하고 게면쩍어 하니 범씨도 '체 질 해서 걸렀더니 모래가 뒤에 남았습니다 그려!' 하며 서로 겸양했다고 한다.(王文度范榮期俱爲簡文所要. 范年大而位小, 王年小而位大, 將前, 更相推在前, 旣移久, 王遂在范後. 王因謂曰, 簸之揚之, 糠秕在前. 范曰, 洮之汰之, 沙礫在後)" 여기서 '겨'는 왕문도가 자신을, '모래'는 범영기가 자신을 각각 겸손하게 빗대어 표현한 말이다.
29 임신년[壬申] : 숭정제 재위기간의 임신년을 말한다. 서기로는 1632년에 해당한다.

二刻拍案驚奇序

　嘗記博物志云, 漢劉褒畫雲漢圖, 見者覺熱, 又畫北風圖, 見者覺寒. 竊疑畫本非眞, 何緣至是. 然猶曰, 人之見, 爲之也. 甚而僧繇點睛, 雷電破壁, 吳道玄畫殿內五龍, 大雨輒生煙霧, 是將執畫爲眞, 則旣不可, 若云贗也, 不已勝於眞者乎.

　然則操觚之家, 亦若是焉則已矣. 今小說之行世者無慮百種, 然而失眞之病, 起於好奇, 知奇之爲奇, 而不知無奇之所以爲奇. 舍目前可紀之事, 而馳騖於不論不議之鄕, 如畫家之不圖犬馬而圖鬼魅者, 曰, 吾以駭聽而止耳. 夫劉越石清嘯吹笳, 尙能使群胡流涕, 解圍而去. 今擧物態人情, 恣其點染, 而不能使人欲歌欲泣於其間, 此其奇與非奇, 固不待智者而後知之也.

　則爲之解曰, 文自南華沖虛, 已多寓言, 下至非有先生馮虛公子, 安所得其眞者而尋之. 不知此以文勝, 非以事勝也. 至演義一家, 幻易而眞難, 固不可相衡而論矣. 卽如西遊一記, 怪誕不經, 讀者皆知其謬. 然據其所載, 師弟四人各一性情, 各一動止. 試摘取其一言一事, 遂使暗中摹索, 亦知其出自何人. 則正以幻中有眞, 乃爲傳神阿堵而已, 有不如水滸之譏. 豈非眞不眞之關, 固奇不奇之大較也哉.

　卽空觀主人者, 其人奇, 其文奇, 其遇亦奇. 因取其抑塞磊落之才, 出緖餘以爲傳奇, 又降而爲演義, 此拍案驚奇之所以兩刻也. 其所捃摭, 大都眞切可據. 卽間及神天鬼怪, 故如史遷紀事, 摹寫逼眞. 而龍之踞腹, 蛇之當道, 鬼神之理, 遠而非無, 不妨點綴域外之觀, 以破俗儒之隅見耳. 若夫妖艷風流一種, 集中亦所必存, 唯污衊世界之談, 則戞戞乎其務去. 鹿門子常怪宋廣平之爲人, 意其鐵心石腸, 而爲梅花賦, 則淸便艶發, 得南朝徐庾體. 繇此觀之, 凡託於椎陋以眩世, 殆有不足信者夫. 主人之言固曰, 使世有能得吾說者, 以爲忠臣孝子無難, 而不能者, 不至爲宣淫而已矣. 此則作者之苦心, 又出於平平奇奇之外者也.

時剞劂告成, 而主人薄游未返. 肆中急欲行世, 徵言於余. 余未知搦管, 毋乃刻畵無鹽, 唐突西子哉. 亦曰簸之揚之, 糠粃在前云爾.

壬申冬日 睡鄕居士 題幷書

『이각 박안경기』 소인

　정묘년[1] 가을의 일은 뜻을 이루는가 싶었으나 급제하지 못하고 말았다. 그래서 미련을 떨치지 못하고 남경으로 돌아와 전해 들은 고금의 신기한 이야기들 중 특기할 만한 것들을 우연히 재미 삼아 골라 살을 붙이고 이야기로 만들어 잠시나마 마음속의 응어리를 풀고자 했다. 애초에는 널리 전하려고 한 것이 아니라 잠시나마 장난 삼아 응어리 진 마음이라도 후련하게 풀자는 생각이었다. 그런데 지인들 중에서 나와 내왕하던 이들이 한 편을 받아서 읽고 나면 한결같이 책상을 치면서 '참 기이하기도 하구려 이 이야기는!' 하는 것이 아닌가. 그 일이 서상[2]의 귀에까지 들어가고, 그것이 계기가 되어 '정식으로 출판하자'며 알음 알음으로 사람을 통해 요청해 왔다. 그래서 그 이야기들을 베끼고 모아 책으로 엮은

1　정묘년[丁卯] : 서기로는 1627년에 해당한다. 이 해는 명나라 황족으로 제14대 황제 희종(熹宗)의 배다른 동생인 주유검(朱由檢, 1611~1644)이 제15대 황제로 즉위한 숭정(崇禎) 원년에 해당한다. 능몽초가 과거시험에서 낙방한 일을 거론한 것을 보면 "정묘년 가을"에 숭정제의 즉위를 축하하기 위하여 특별히 과거시험이 거행되었음을 알 수가 있다.

2　서상(書商) : 명대에 서점의 일종인 서방(書坊)을 경영하면서 동시에 도서의 판각·인쇄·출판·판매를 도맡았던 도서 관련 전문 상인. 중국에서 영리성 서점의 역사는 오대(五代) 시기의 서사(書肆, 서점)로부터 시작되었으나 서상이 출판과 판매에 본격적으로 나서기 시작한 것은 송대부터이다. 근세인 명·청대에는 서상의 활동이 행정수도로 북방에 위치한 북경과 문화수도로 남방에 위치한 남경을 중심으로 활성화 되었다. 일부 지역의 서상들은 북경에 개설한 상인들의 사교 장소인 회관(會館)을 거점으로 삼았는데 강서지역 서상들의 문창회관(文昌會館), 하북지역 서상들의 북직문창회관(北直文昌會館), 강남지역 서상들의 숭덕회소(崇德會所, 소주)이 그것들이다. 명대 강남지역의 서상과 출판 사업에 관한 문화사적 고찰은 문성재의 논문 「明末 희곡의 출판과 유통— 江南지역의 독서시장을 중심으로」(『중국문학』, 제41집, 2004)를 참조하기 바란다. 전후 맥락을 따져 볼 때 여기서 능몽초가 언급한 "서상"은 박안경기를 두 차례에 걸쳐 출판해 준 소주 상우당(尙友堂)의 운영자 안소운(安少雲)을 가리킨다.

것이 마흔 편이나 된 것이다. 그것들은 억지로 지어낸 말이거나 투박한
이야기들이어서 장독을 덮기에도 부족한 내용들이었다. 그런데 그럼에
도 불구하고 날개가 돋아 날고 다리가 생겨 달리기라도 하는 것처럼 빠
르게 유행하였다. 그렇다 보니 수염을 꼬고 피를 토하며 글공부[3]에만 몰
두할 때와 비교해 보면 팔리는 쪽과 안 팔리는 쪽이 되려 하늘과 땅만큼
큰 차이를 보일 정도였다.

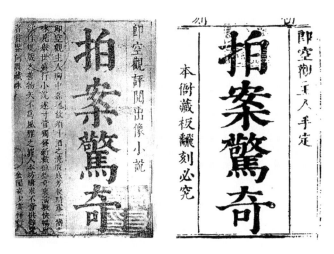

능몽초의 전작 『박안경기(拍案驚奇)』의 초판본 표지(좌)와 중판본 표지(우).
중판본 맨위에 '초각' 두 글자가 추가되어 있다

아아, 글에 언제 정해진 값이 있었다던가! 서상이 무심코 한번 시도해
보았다가 성공을 거두자 '또 내겠다'고 하길래 나는 웃으면서 "한번으로

---

3 필총(筆塚) : 글자 그대로 풀면 '붓무덤' 정도의 뜻이다. 당나라의 명필인 회소(懷素)는
   오래 써서 닳은 붓을 그냥 버리지 않고 산 아래에 묻어 주고 그 자리를 '필총'이라고 불렀
   다고 한다. 나중에는 부지런히 글씨 또는 글을 공부하는 것을 가리키는 표현으로 사용되
   곤 하였다.

도 충분하지 않소?" 하고 말하였다. 그리고는 세상에 알려지지 않은 일화나 새로 나온 이야기들을 되돌아 보았다. 그랬더니 화제로 삼을 만한 데도 지난번에는 미처 책으로 엮지 못했던[4] 작품들 중에도 백량대[5]를 짓고 남은 목재나 무창의 남은 대나무[6] 같은 소재가 꽤 많았다. 그래서 '도중에 멈출 수는 없다'고 여겨 일단 이번에도 마흔 편을 엮기로 한 것이다. 그 작품들 중에서 귀신을 언급하고 꿈을 거론한 것들은 실제로 있었던 일도 있고 황당무계한 것도 있었지만 이번 책 역시 독자들을 설득하여 경계로 삼게 하는 데에 그 취지를 두었다. 교화의 죄인이 되기를 바라지 않는 심정은 이번이나 지난번이나 매 한 가지인 셈이다.[7]

---

4 미처 책으로 엮지 못했던[未及付之于墨] : '부지우묵(付之于墨)'은 글자 그대로 풀면 '글로 짓다' 정도의 뜻이다. 여기서는 서상이 『이각 박안경기』출판을 제안하기 전까지만 해도 작자 능몽초는 과거에 수집해 놓았던 의화본 소재들을 소장만 하고 있었을 뿐 창작(2차 창작)으로 옮길 생각은 하지 않고 있었다는 뜻으로 해석된다. 그러다가 서상이 정식으로 출판을 제안하자 소장했던 소재들을 추리고 자신만의 언어로 재창작하여 『이각 박안경기』를 선보인 것으로 보인다. 중화서국판 『이각 박안경기』에서는 세 번째 글자가 '아들 자(子)'로 나와 있으나 '어조사 우(于)'를 잘못 읽은 것이다.

5 백량대[栢檍] : '백량(栢檍)'은 한대에 지어진 백량대(柏梁臺)를 가리킨다. 지금의 섬서성 서안시 미앙구(未央區)의 장안 고성(長安故城) 안에 지어졌다고 전해지며 때로는 궁전을 뜻하는 말로 사용되기도 한다. "백량대를 짓고 남은 목재[栢檍餘材]"는 글자 그대로 풀면 '황제의 궁전을 짓는 데에 사용하고 남은 목재' 정도의 뜻이므로 품질이 아주 좋은 고급 목재를 말한다. 여기서는 재능이 출중한 인재를 뜻하는 말로 사용되었다.

6 무창의 남은 대나무[武昌剩竹] : 『진서(晉書)』의 「도간전(陶侃傳)」에 따르면, 동진 시기에 강서지역의 관리이던 도간은 공정하게 국법을 집행하고 성실하게 백성들을 대했는데 무창태수(武昌太守)를 지낼 때에는 매사에서 백성들의 권익을 최우선으로 두었다고 한다. 물자의 절약을 강조했던 그는 배를 건조하고 남은 나뭇조각들을 모아 놓았다가 겨울에 땅바닥에 깔아 물자나 행인들이 쉽게 이동할 수 있게 했으며, 남은 대나무는 전선의 대못으로 만들어 그 배를 고정하는 데에 사용하여 백성들로부터 칭송을 받았다고 한다. 원래는 그럭저럭 쓸 만한 목재를 가리키는데 여기서는 쓸 만한 인재를 뜻하는 말로 사용되었다.

7 이번이나 지난번이나 매 한 가지인 셈이다[後先一揆] : '이번[後]'은 이각 박안경기, '지난번[先]'은 그보다 먼저 간행된 『박안경기』(초각)를 두고 한 말이다. 능몽초가 초심(初

축건씨[8]는 이 정도의 작품들조차 '야릇한 말로 업보를 짓는 짓'으로 여긴다. 그런 시각에서 본다면 아무리 패관[9]의 몸을 빌어 불법을 설파한 다고 해도 '유마거사[10]가 과거시험을 감독하는 격'이니 시험장에서 면박 을 당하고 쫓겨나는 수모를 피할 수 없으리라.

숭정 임신년[11] 겨울에 즉공관주인이 옥광재에서 글을 짓다

心)를 저버리지 않고 『박안경기』에 이어 『이각 박안경기』의 집필 · 간행 과정에서도 "교 화의 죄인이 되지 않는 것[不爲風雅罪人]"을 가장 중요한 가치로 두었음을 알 수 있다.

8 축건씨(竺乾氏) : 명대의 유행어. 원래는 불교의 비조 석가모니를 가리키지만 때로는 불 교 또는 불가를 일컫는 말로 사용되기도 한다. 여기서도 '불가'의 의미로 사용되었다.

9 패관(稗官) : 중국 고대의 하급 관리를 낮추어 일컫던 이름. 한대의 역사가인 반고(班固, 32~92)는 자신이 편찬한 『한서漢書』의 「예문지(藝文志)」에서 소설의 유래와 관련하 여 "소설가 부류는 대개가 하급 관리들에서 비롯되었다. 거리의 대화나 골목의 이야기들 이나 길가에서 듣거나 길에서 하는 말을 토대로 지은 것이다.(小說家者流, 蓋出於稗官. 街談巷語, 道聽塗說者之所造也)"라고 소개하였다. 반고의 설명에 등장하는 하급 관리 즉 '패관'과 관련하여 당대의 훈고학자이던 안사고(顔師古, 581~645)는 삼국시대 위나라 의 학자인 여순(如淳, 3세기)의 "자잘한 알곡을 '패'라고 한다. 거리의 대화나 골목의 이 야기, 그런 것은 하찮고 맥락 없는 말들이다. 임금은 민간의 풍속을 알고자 하기 마련이 다. 그래서 '패관'을 두고 그들로 하여금 그런 이야기들을 소개하고 이야기하게 했던 것 이다.(細米爲稗. 街談巷說, 其細碎之言也. 王者欲知里巷風俗, 故立稗官, 使稱說之.)"라는 설 명을 근거로 "패관은 하급 관리이다.(稗官, 小官)"라고 설명하였다.

10 유마거사(維摩居士) : 인도 고대 불교의 고승으로 알려진 유마힐(維摩詰)을 말한다. 불교 의 비조인 석가모니와 같은 시대 사람으로 '비마라힐(毗摩羅詰)'로 불리기도 하는데, 그 의미대로 풀면 '무구칭(無垢稱, 티 없는 이름)' 또는 '정명(淨名, 깨끗한 이름)' 정도의 뜻이라고 한다. 전설에 따르면 불제자인 사리불(舍利佛) · 미륵(彌勒) · 문수사리(文殊師 利) 등과 함께 대승불교의 교리를 해설했다고 하며, 현재 전해지는 『유마경소설경(維摩 經所說經)』에는 그가 여러 불제자들과 나눈 문답이 소개되어 있다. '유마거사가 과거시 험을 감독한다'는 말의 경우, 유마거사는 불가의 성인이고 과거시험은 유가의 행사이므 로 앞뒤가 맞지 않는 이율배반(二律背反)의 상황을 두고 한 말로 이해할 수 있겠다.

11 숭정 임신년[崇禎壬申] : 서기 1632년에 해당한다.

二刻拍案驚奇小引

丁卯之秋事, 附膚落毛, 失諸正鵠, 遲迴白門, 偶戲取古今所聞一二奇局可紀者, 演而成說, 聊舒胸中磊塊. 非曰行之可遠, 姑以遊戲爲快意耳. 同儕過從者索閱一篇竟, 必拍案曰, 奇哉, 所聞乎. 爲書賈所偵, 因以梓傳請. 遂爲鈔撮成編, 得四十種. 支言俚說, 不足供醬瓿, 而翼飛脛走, 較撚髭嘔血筆塚研穿者, 售不售反霄壤隔也. 嗟乎, 文詎有定價乎.

賈人一試之而效, 謀再試之. 余笑謂一之已甚, 顧逸事新語可佐談資者, 乃先是所羅而未及付之于墨, 其爲栝樓餘材武昌剩竹, 頗亦不少. 意不能恝, 聊復綴爲四十則. 其間說鬼說夢, 亦眞亦誕. 然意存勸戒, 不爲風雅罪人, 後先一指也. 竺乾氏以此等亦爲綺語障, 作如是觀, 雖現稗官身爲說法, 恐維摩居士知貢擧, 又不免駁放耳.

崇禎壬申冬日　即空觀主人題於玉光齋中

제39권

신묘한 도둑이 흥 실어 매화를 한 줄기 그리고
의로운 도둑이 번번이 장난에 몰두하다

神偸寄興一枝梅 俠盜慣行三昧戱

해제

명대 가정嘉靖 연간에 소주의 현묘관玄妙觀 부근에 신묘한 도적이 살았는데 스스로 '나룡懶龍'이라는 별명으로 일컫는다. 그는 체구가 작지만 담력이 있고 임기응변에 능한데다가 통이 큰 의적이었다. 그는 장화를 신고 담장을 걸어 다닌다거나 며칠 몇 밤을 먹지 않거나 자지 않아도 끄떡도 하지 않았다. 낮에는 그림자만 보이고 그 모습은 볼 수 없었으며, 밤에는 대갓집에 잠입하여 잠을 청하거나 도둑질을 하고 나서 담벽에 매화 한 줄기를 그려 놓고 사라지곤 해서 사람들이 '일지매一枝梅'라고 불렀다. 한번은 청동거울 하나를 얻은 나룡은 그것을 밤중에 빛을 비추어 도둑질을 하는 데에 사용한다. 그는 비록 도적이기는 하지만 한번도 여자를 겁탈하거나 선량하거나 가난한 집안의 물건을 훔친 적이 없다. 그리고 한번 말을 하면 반드시 약속을 지키며, 의리를 소중하게 여기고 재물을 하찮게 여긴다는 명성이 자자하다. 관아에서도 그를 붙잡으려고 애쓰지만 번번이 물증이 없어서 처벌하는 데에 곤란을 겪는다.

당시에 무석無錫에는 욕심 많은 지현이 있어서 백성들로부터 원성을 사고 있었다. 그 사실을 안 나룡은 200냥의 황금이 든 상자를 훔치고 격분한 지현은 사람을 소주로 보내 나룡을 잡아들이게 한다. 그러나 나룡은 몰래 무석으로 잠입해 지현의 첩의 머리카락을 잘라 지현의 관인 상자에 넣어 놓고 사라진다. 그것을 발견한 지현은 나룡이 자신을 언제든지 죽이고 관인을 가져갈 수 있다는 경고로 받아들여 결국 그를 잡아들이는 일을 포기한다. 나룡의 이 같은 행적들은 백성들 사이에 널리 퍼져서 권선징악의 의적으로 칭송 받는다.

　여기에 소개된 이야기들 중 일부는 나중에 북경지역의 지방극인 경극 京劇 작품인 『실인구화失印救火』로 각색되었으며 경극 『도은호盜銀壺』 역시 일부 줄거리가 이 이야기에서 유래하였다.

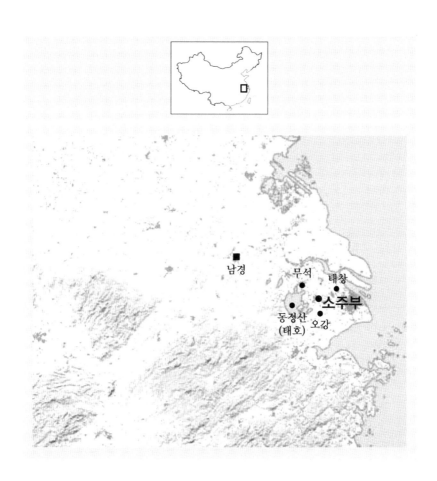

번역

이런 시가 있습니다.

큰 도적은 옛부터 나름의 기지 지녔나니	劇賊從來有賊智,
그 속이 교묘하고도 무궁하구나.	其間妙巧亦無窮.
관가에서 거두어져 쓰일 수만 있다면야	若能收作公家用,
전장에서 어디 공 세우지 않을쏘냐?	何必疆場不立功.

예로부터 '맹상군'¹은 식객을 삼천 명이나 두었으며 닭 울음소리를 내고 개 구멍으로 도둑질을 한 이조차 모두 그 문하에 거두었다'는 이야기가 있습니다. 그는 나중에 진秦나라 왕에게 억류된 적이 있는데 탈출할 방법이 없었답니다. 당시에 진나라 왕에게는 총애하는 첩이 하나 있었는데 이런 말을 하는 것이었지요.

"듣자니 맹상군에게는 여우의 흰 털만으로 지은 갓옷이 있는데 값이 천 금 어치나 나간다면서요? 만약에 … 가져다 내게 준다면 대왕께 부탁해서 그 분을 풀어 주게 해 드리지요."

---

1 맹상군(孟嘗君) : 전국시대 제(齊)나라의 귀족인 전문(田文, ?~BC279?)을 말한다. '맹상군(孟嘗君)'은 호이다. 제나라는 물론 진(秦)·위(魏)에서도 재상을 지냈는데, 사교를 즐겨서 거두어 돌보는 식객(食客)이 수천명이나 될 정도였다. '계명구도(鷄鳴狗盜)'의 고사성어로도 유명하다. 여기서 "세간의 비방[塗謈]"이란 조(趙)나라에서의 일화를 두고 한 말이다. 전문이 조나라를 지날 때 그 명성을 들은 사람들이 구경을 나왔다가 체구가 왜소하고 변변치 않은 것을 보고 그를 비웃었다. 그러자 격분한 전문은 수행원들과 함께 그 자리에 있던 수백명을 죽이고 현 하나를 폐허로 만들고 나서야 그 자리를 떠났다고 한다.

'계명구도'의 고사를 다룬 만화 『맹상군』. 흰옷을 입은 식객이 닭울음 소리를 내고 있다

　맹상군은 당시에 그 갖옷을 하나만 가지고 있었습니다. 그것조차 이미 진나라 왕에게 선물로 보내는 바람에 그 나라 왕궁 창고에 보관되어 있었지요. 그러니 어디 가진 것이 있을 리가 있겠습니까? 그때 개구멍으로 도둑질을 하는 장기를 가진 식객이 꾀를 내어 말했답니다.

　"신이 개구멍으로 훔치는 데에 능하니 … 내고로 가서 훔쳐 오면 됩니다!"

　'개구멍으로 훔친다'는 것이 무슨 말인지 아십니까? 이 사람은 개 짖는 소리를 잘 냈지요. 개 시늉을 내면서 담장을 타고 벽을 넘더니 날으듯 이 재빠르게 움직여 정말로 그 여우털 갖옷을 훔쳐 내었지 뭡니까. 그것

을 넘겨주고 나서야 그 애첩이 왕을 잘 구슬려 탈출에 성공할 수 있었답
니다.

그런데 그날 밤에 함곡관²에 이르렀을 때였습니다. 맹상군은 진나라
왕이 자신의 결정을 후회하고 뒤에서 추격해 올까 두려워서 서둘러 함곡
관을 나가려 했지요. 그러나 함곡관은 닭이 울고 나야 문을 열게 되어 있
었습니다. 그래서 맹상군이 당황해서 어쩔 줄을 모르는데 바로 그때 웬
식객이 말하는 것이었습니다.

『황하발원입해도(黃可發源入海圖)』에 표시된 함곡관의 모습

---

2 함곡관(函谷關) : 중국 고대의 관문 이름. 지금의 하남성 영보현(靈寶縣) 남서쪽에 자리
   잡고 있으며, 함곡(函谷) · 함관(函關) 등으로 불리기도 한다. 춘추시대의 사상가 노자(老
   子)에 어지러운 세상을 개탄하면서 벼슬을 그만 두고 이곳을 지나 서방으로 은둔했으며,
   전국시대 제(齊)나라의 귀족 맹상군(孟嘗君)은 개 구멍으로 도둑질을 잘하는 식객과 닭
   울음소리를 잘 내는 식객 덕분에 가까스로 이곳을 탈출하는 데에 성공했다고 전해진다.
   중국에서는 일반적으로 이 관문의 동쪽을 관내(關內), 그 서쪽을 관외(關外)로 부르곤
   하였다.

"신이 닭 울음소리를 잘 냅니다. 지금이야말로 그 실력을 발휘할 때로 군요!"

그는 목청을 길게 뽑더니 닭을 흉내내서 우는 소리를 내었습니다. 그런데 정말 진짜 닭과 똑같은 것이었지요. 그렇게 두세 번 울고 나자 사방의 닭들이 저마다 울어대는 것이 아닙니까! 이리하여 관문을 지키던 문지기가 그 소리를 듣고 관문을 여는 바람에 맹상군은 간신히 탈출할 수가 있었답니다.

맹상군은 과거에 수많은 식객을 거느리고 있었습니다. 그런데 이번에 진나라에서 위기를 벗어나는 데에는 그 두 하찮은 식객의 도움을 받았던 것입니다. 이로써 세상에서는 하찮은 재주조차 다 쓸 데가 있다는 것을 알 수 있는 셈이지요.

지금 세상에서는 무조건 과거시험만 중요하게 여깁니다. 과거에 급제하지 않은 사람은 아무리 대단한 재능을 가지고 있어도 전혀 등용하는 법이 없지요. 그렇다 보니 기발한 지혜를 가진 사람도 기량을 펼칠 데가 없어서 모두가 나쁜 짓을 하는 대로 몰리는 것입니다. 인재를 잘 쓰는 사람이 그들을 잘 거두어 수시로 활용한다고 칩시다. 그렇게만 된다면 그들의 도움을 받지 않을 수가 없거니와 그들이 도적들 패거리로 흘러 들어가는 것도 막을 수가 있을 테지요.

계속 이야기를 들려 드리도록 하겠습니다. 송나라 때 임안[3]에 큰 도적이 한 사람 있었습니다. 그는 '아래야我來也'[4]로 불렸는데, 본명이 어떻게 되는지는 알 수가 없습니다. 그는 남의 집에 가서 물건을 훔칠 때에는 조금도 흔적을 남기지 않았지요. 그저 그 집을 떠날 때에 벽에 '아래야' 세 글자만 크게 써 놓곤 했답니다. 다음날이 되면 사람들은 그 글자를 발견하고 나서야 집안을 점검하고 도둑 맞은 것을 깨닫곤 했지요. 그 글자들이 없으면 하도 감쪽같아서 아무도 눈치를 채지 못할 정도였으니 수완이 참 대단했나 봅니다 그려!

임안에서는 그에게 시달리다 못한 사람들이 앞다투어 고발장을 넣었습니다. 그러자 부윤[5]은 집포사신[6]을 닦달하면서 엄격하게 탐문을 벌여 정말로 '아래야' 세 글자를 쓴 도적을 붙잡을 작정이었지요. 그러나 이름이 없는데 그게 장삼張三인지 이사李四인지 알 것이 뭡니까 글쎄? 그것만 가지고서야 어디 자기 죄를 인정할 턱이 있겠습니까?

집포사신들은 그들대로 그것으로는 대조할 수가 없자 하는 수 없이 촉각을 곤두세우고 집집마다 찾아다닐 수밖에 없었지요. 그러나 사실은 제아무리 교묘한 도적이라 해도 아전들을 속여 넘길 수는 없는 법입니다. 무슨 동정만 보여도 금방 눈치를 채니까요. 그런데 하도 삼엄하게 찾아

---

3 임안(臨安) : 송대의 지명. 지금의 절강성 항주시(杭州市) 일대에 해당한다.
4 아래야(我來也) : 글자 그대로 풀면 '내가 왔다'의 뜻이다. 편의상 여기서는 고유명사(이름)로 해석하였다.
5 부윤(府尹) : 중국 고대의 호칭. 경기(京畿)지역을 관할하는 행정 장관을 부르던 이름으로, 한대의 서울 시장, 즉 '경조윤(京兆尹)'이라는 관직명에서 유래하였다.
6 집포사신(緝捕使臣) : 송대의 관직명. 죄인 체포 등의 업무를 전담한 하급 무관으로, 각 주(州)·군(郡)마다 몇 명씩 인원을 배치하였다.

내다 보니 결국에는 어떻게 됐든 간에 그의 신병을 확보해서 임안부까지
끌고 갔겠다?

부윤이 재판정에 모습을 드러
내자 집포사신들은 진짜 '아래
야'를 체포했다고 보고했습니
다. '본명을 알 수는 없지만 그
세 글자를 쓴 것은 분명하다'고
하면서 말입니다. 그래서 부윤
이 말했지요.

"어째서인가?"

"소인들이 엄격하게 탐문했으
니 한 치도 틀림이 없습니다요!"

중국에서 방영된 『아래야』 드라마

그러자 붙잡혀 온 그 사람이 말하는 것이었습니다.

"소인은 무고한 양민입니다요. '아래야'인지 뭔지가 절대로 아니올시
다! 나리들이 대조하다 못해 소인을 데려다 속이려 드는 겁니다요!"

그래도 집포사신들은 말했지요.

"참말입니다! 저 도둑놈 말을 곧이 들으시면 안됩니다요!"

부윤이 그래도 의심을 하자 사신들은 이렇게 말했습니다.

"소인들이 그렇게 애를 많이 쓴 끝에 간신히 체포했습니다요! 저 놈의 감언이설에 속아 풀어 주시면 나중에는 아무리 소인들이라고 해도 다시는 체포할 도리가 없게 될 겁니다!"

그를 석방하려던 부윤은 집포사신들이 그렇게 말하자 그 말이 정말일까 봐서 더럭 겁이 났습니다.[7] 만에 하나라도 그를 석방했다가 그 행방을 찾지 못하게 되기라도 하면 다시는 체포하기 어렵게 될 테니까요. 하는 수 없이 잠시 감옥에 가두기로 했지요.

그 사람은 감옥에 갇히자마자 솔깃한 말로 옥졸을 보고 말했습니다.

"감옥에 들어온 자는 관례에 따르면 … 돈을 쓰게 되어 있다지요? (…) 제가 지니고 있던 물건들은 모조리 아전 나리가 뒤져서 가져갔고 … 저한테 한 냥짜리 은덩이가 있습니다. 악묘[8] 안 신좌[9]의 깨진 벽돌 아래에

---

7 【즉공관 미비】原何足信. 애초부터 무슨 근거로?
8 악묘(嶽廟) : 동악묘(東嶽廟)를 가리킨다. '동악(東嶽)'은 지금의 산동성 태안시(泰安市)에 자리잡고 있는 태산(泰山)을 말하며, 동악묘는 중국 전설에서 사람의 생사를 관장하는 도교의 신으로 신봉되어 온 동악대제(東嶽大帝)를 모시는 사당이다.
9 신좌(神座) : 종교 용어. 신상을 안치하거나 안치되어 있는 자리.

있는데 … 나리한테 상견례 삼아서 드릴까 싶습니다. 나리가 … 참배하러
간 척 하고 가지고 오시지요!"

신좌의 예시. 동악대제의 신상이 안치된 공간

옥졸은 반신반의 했습니다. 그러나 달려가서 확인하지 않을 수 없었지
요. 그런데 정말로 웬 물건이 한 뭉치 있는 것이 아닙니까. 얼추 스무 냥
은 넘는 것 같았습니다. 옥졸은 몹시 기뻐하면서 그때부터 그 사람을 아
주 잘 대해 주고 차츰 가까운 사이가 되었답니다.

그러던 어느 날이었지요. 그 사람이 이번에도 옥졸을 보고 말했습
니다.

"소인이 나리 덕분에 아주 좋은 대우를 받는군요. 보답해 드릴 방법은 없고 물건이 하나 더 있는데 … 모처의 교각 아래에 있답니다! (…) 나리가 가지러 가시지요. (…) 소인의 자그만 성의올시다!"[10]

"거기는 사람들이 오가는 길목이라서 보는 눈이 많은데 … 어떻게 챙기겠나?"

"나리가 바구니에 옷을 담아 그 강에 빨래를 하러 가서 손으로 꺼내고 … 바구니에 담은 다음 옷으로 덮어 버리면 … 가져 올 수 있지요!"

옥졸은 그 말대로 해서 가져 왔지요. 그런데도 아무도 그것을 눈치챈 사람이 없었습니다. 그 물건은 큼지막한 것이 얼추 백 금은 넘는 것 같았습니다. 옥졸은 더더욱 몹시 기뻐하고 고마워하면서 그 사람을 극진하게 대해 주었답니다. 무슨 피붙이라도 되는 것처럼 말입니다. 그래서 밤에는 술을 사서 그에게 한 턱까지 내었지요.

그런데 술이 오가는 도중에 그 사람이 옥졸을 보고 말하는 것이었습니다.

"오늘밤 삼경[11]에 … 제가 집에 가서 좀 살펴 볼 것이 있는데 … 오경이

---

10 **【즉공관 미비】** 妙在緩緩而來. 천천히 접근하는 것이 기가 막히는군.
11 삼경(三更) : 중국에서는 고대에 밤 시간을 다섯 단계로 구분하고 저녁 7~9시까지를 '초경(初更)' 또는 '일경(一更)', 밤 9~11시까지를 '이경(二更)', 밤 11시부터 새벽 1시까지를 '삼경(三更)', 새벽 1~3시까지를 '사경(四更)', 새벽 3~5시까지를 '오경(五更)'이라

되자마자 올 테니 … 나리가 날 좀 내 보내 주시지요!"

그러자 옥졸은 생각했습니다.

'이 자한테서 그렇게 많은 물건을 받았으니 … 나가더라도 곤란할 일은 없겠지. 하지만 … 만에 하나라도 오지 않으면 어쩐다?'

그런데 망설이는 옥졸을 본 그 사람이 말하는 것이었지요.

"나리, 의심하실 것 없습니다! 소인은 나리님네들이 '아래야'로 속여서 이곳에 가둔 것이올시다. 진짜 이름이 있는 것도 아니고 실제로 혐의가 있는 것도 아니지 않습니까. 그러니 소인에게 죄를 물을 수는 없지요. (…) 소인도 해명을 하기 전까지는 평생 도망을 안 갈 작정입니다. 그러니 나리는 걱정하지 마십시오. (…) 두 경 정도 뒤면 소인은 그대로 이곳에 있을 겝니다!"

옥졸은 그의 말에 일리가 있는 것을 보고

'아직 판결을 내리지 않은 죄인은 사라지더라도 대수로운 일이 아니지. (…) 설사 일이 터지더라도 이 자가 나한테 은자를 많이 챙겨 주었으

고 불렀다.

니 그것을 다른 사람한테 좀 쓰도록 쥐어 주면 어쨌거나 어물쩍 넘어갈 수도 있겠지. 더욱이 … 안 돌아올 리도 없지 않은가?'

하는 생각에 바로 그 부탁을 들어 주어 그를 풀어 주었습니다.

1961년에 개봉된 영화 『의적 일지매』 포스터. 『2각 박안경기』의 영향을 받아 조선시대에 전승되던 일지매 이야기를 극화한 것이다. 이것이 고우영 화백의 연작 만화로 큰 인기를 모으면서 드라마로 각색되기도 하였다

그러자 그 사람은 옥문은 놓아두고 뜻밖에도 지붕 위로 솟아오르더니 기왓장 소리도 내지 않고 어느 사이에 자취를 감추어 버리지 뭡니까.

날이 훤히 밝기 직전까지도 옥졸은 간밤에 마신 술이 깨지 않아 의식이 몽롱한 상태였지요. 그런데 그 사람이 어느새 지붕에서 뛰어 내리자마자 옥졸을 흔들어 깨우더니 말하는 것이었습니다.

"왔습니다, 왔어요!"

그 서슬에 놀라 깬 옥졸은 그를 살펴보더니 말했습니다.

"이렇게 약속을 잘 지키는 사람이 다 있네 그려!"

그러자 그 사람이 말했지요.

"어떻게 안 올 수가 있겠습니까? 나리한테 책임이 돌아갈 텐데! 아무튼 풀어 주셔서 감사합니다! 벌써 약소한 성의를 담아서 나리 댁에 남겨 놓았소이다.[12] 어서 챙기러 가시지요. 소인은 나리와 작별하고 원님을 뵈러 감옥을 나가야겠습니다!"

옥졸은 그 말뜻도 모르는 채로 서둘러 집으로 돌아왔습니다. 그런데 집에 있던 아내가 말하는 것이었지요.

"일이 한 가지 생겼는데 … 그렇지 않아도 당신이 돌아오시면 일러 드

---

12 【즉공관 미비】止欲脫身, 別所不貪矣. 탈출을 할 생각만 할 뿐 다른 욕심은 내지 않는군.

리려던 참이었어요. (…) 간밤에 북소리가 울리고 나서 대들보 위에서 무슨 소리가 들리는가 싶더니 갑자기 웬 뭉치가 떨어지지 뭐에요? 끌러서 보았더니 … 전부 금은보화들이지 뭐예요! (…) 하늘께서 우리한테 내려 주신 걸까요?"

그 사람이 한 일임을 눈치챈 옥졸은 서둘러 손을 저으면서 말했지요.

"소리 좀 내지 말고 … 냉큼 잘 챙겨요! 두고 두고 호강하게시리."

중국 만화에 묘사된 방고패

옥졸은 서둘러 감옥으로 돌아와서 이번에도 그 사람에게 고맙다는 인사를 잊지 않았답니다.

얼마 뒤에 부윤이 재판정에 모습을 드러내고 개정을 알리는 방고패[13]를 내걸었습니다. 그런데 가만 보니 사람들이 앞다투어 몰려와서 도둑 맞은 일을 고하는 것이었습니다. 모두 합쳐서 예닐곱 건인데 다들 '간밤에 도둑을 맞았고 담벽에는 한결같이 '아래야' 세 글자가 적혀

---

13 방고패(放告牌) : 원·명대에 관청에서 사건 심리의 개시를 알리기 위해 내걸었던 패.

있었다'면서[14] 행방을 찾아서 체포해 줄 것을 간청하는 내용이었지요.

"처음에는 지난번 감옥에 가둔 자를 의심했었는데 그 자는 진짜 '아래
야'가 아니었나 보군! 정말 그 놈이 따로 있다면 감옥에 갇힌 자는 억울
한 일을 당한 셈이 아닌가!"[15]

부윤은 즉시 옥졸을 불러 지난번에 가둔 그 사람을 서둘러 풀어 주도
록 분부했지요. 그리고는 따로 집포사신을 다그쳐서 기필코 진짜 '아래
야'를 찾아내어 관아로 끌고 와서 기한 내에 확인하게 했지요. 그러나 진
짜를 눈 앞에서 스스로 풀어 준 줄을 누가 알았겠습니까? 오로지 옥졸만
속으로 진상을 확실히 눈치채고 그 사람의 신묘한 꾀에 탄복했답니다.
그러나 큰 뇌물을 받았으니 다시는 소문을 낼 엄두를 내지 못했지요.

손님들! 도적이 이처럼 지략이 뛰어나건만 그를 쓸 만한 데가 있겠습니
까 없겠습니까? 이것은 옛날 이야기이니 더는 들려 드리지 않겠습니다.

그건 그렇고 우리 왕조의 가정 연간에 소주 고을에 신묘한 도적으로
'나룡'[16]이라는 자가 있었습니다. 그와 관련된 일화들은 제법 많습니다.

---

14 【즉공관 방비】妙甚. 참 기막히군.
15 【즉공관 미비】當面哄去而不覺, 眞神奇手. 눈 앞에서 속이고 있는데도 눈치를 못 채는구
   나. 참으로 신묘한 도적이다!
16 나룡(懶龍) : 글자 그대로 풀면 '게으른 용'이라는 뜻이다. 여기서는 고유명사로 해석하
   였다.

그는 아무리 도적이라고는 하지만 꽤 의리가 있는 데다가 장난기까지 있었지요. 그 일화들을 들려 드리자면 웃기고 그럴듯한 구석이 많답니다. 이 이야기를 증명하는 시가 있습니다.

도적에게 법도가 없다 누가 그러더냐?	誰道偸無道,
신묘한 도적은 일마다 기이하구나.	神偸事每奇.
거기다가 다들 통까지 크니	更看多慷慨,
예삿 좀도둑 하고는 다르시단다!	不是俗偸兒.

이야기를 들려 드리도록 하겠습니다. 소주 아자성[17] 동쪽의 현묘관[18] 앞 첫 번째 골목에 어떤 사람이 살았습니다. 그의 본명은 알 수가 없지만 나중에 자신을 '게으름쟁이 용'이라는 별명으로 일컫지요. 그래서 사람들도 그를 그냥 '나룡'이라고 불렀지요.

그의 모친은 마을에 살고 있었습니다. 하루는 우연히 길을 가다가 비를 만났지 뭡니까. 그래서 비를 피하려고 웬 낡은 사당으로 갔는데 알고 보니 바로 초혜삼랑[19]의 사당이었습니다. 그 모친은 한참을 앉아 있었지

---

17 아자성(亞字城) : 명대의 소주(蘇州)를 둘러싸고 축조된 주성(州城)의 또다른 이름.

18 현묘관(玄妙觀) : 소주의 도교 사원 이름. 서진(西晉)의 무제 함녕(咸寧) 2년(276)에 지금의 강소성 소주시 관전가(觀前街)에 창건되었다. 당시에는 규모가 가장 큰 사원으로 전각만 해도 30채가 넘을 정도였다고 한다. 남송의 효종 순희(淳熙) 6년(1179)에 중건되었다.

19 초혜삼랑(草鞋三郞) : 중국 민간에서 신봉하던 신의 이름. 명대 학자 전희언(錢希言, 17세기)은 『회원(獪園)』"초혜삼랑"조에서 "항주부에 초혜삼랑묘가 있는데 제법 영험이 있어서 관청의 군졸·순라·유격 등이 집집마다 제사를 드렸다. … 전설에 따르면 초혜삼랑은 옛날의 도척이라고 한다[杭州府有草鞋三郞廟 頗有靈鄕, 公門伍伯巡邏遊徼之屬家祭戶享, … 相傳草鞋三郞即古盜跖是也]"라고 소개하였다. 이로써 춘추시대의 유명한 도적인

만 비가 도무지 그칠 줄을 모르지 뭡니까. 그 사이에 정신이 가물가물해지면서 잠이 들었고 꿈속에서 웬 신이 그 모친과 몸을 섞었는데 집에 돌아오자마자 바로 태기가 있었습니다. 그렇게 열 달을 채우고 나서 낳은 것이 바로 이 나룡이었던 거지요.

소주의 도교 사원 현묘관

나룡은 체구가 작고 날렵한 데다가 간도 크고 머리도 좋은 데다가 통도 컸답니다. 일단 그의 체구와 행실을 들려 드리겠습니다.

부드럽기가 뼈조차 없는 것 같고	柔若無骨,
가배압기가 바람이라도 탄 것 같네.	輕若御風.

도척(盜跖)이 관아의 하급 관리들의 보호신인 초혜삼랑으로 받들어졌음을 알 수 있다. 명대의 전예형(田藝衡, 1524~?)은 『유청일찰(留青日札)』에서 "초야삼랑은 옥졸·아전들이 제사를 드리는 신이다[草野三郎, 獄訟所祀者]"라고 전했는데, 이로써 초혜삼랑이 때로는 '초야삼랑'으로 일컬어지기도 했음을 알 수 있다.

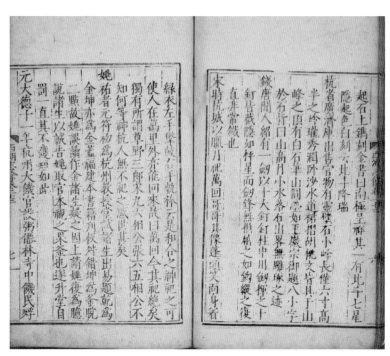

명대 전여성(田汝成)이 지은 『서호유람지여(西湖遊覽志餘)』의 「초혜삼랑」 대목

크게는 집을 오르고 대들보를 타고	大則登屋跳梁,
작게는 담장 타고 벽을 걷는다네.	小則捫墻摸壁.
상황에 따라 변화에 맞추고	隨機應變,
상황을 보고 반응을 보인다네.	看景生情.
입 오므리면	撮口
닭 개 오소리 소리를 낼 줄 알고	則爲雞犬狸鼠之聲,
손을 마주 치면	拍手
퉁소 북에 현악기 소리까지 낸단다.	則作簫鼓絃索之弄.
물을 마시는 데에도 다 방법이 있어	飮啄有方,

가락이 뒤 따르는데	律呂相應.
너무도 빼다 박은 탓에	無弗酷肖,
진짜조차 헷갈릴 지경이라네.	可使亂眞.
나타나고 꺼지는 것은 귀신 같고	出沒如鬼神,
갔다 왔다 하는 것은 비바람 같네.	去來如風雨.
정말로 세상에 적수가 없으니	果然天下無雙手,
참으로 세상에 으뜸가는 도적이로다!	眞是人間第一偸.

　나룡은 수완이 비상할 뿐만 아니라 기막힌 장기와 기이한 성격까지 몇 가지 가지고 있었습니다. 젊어서부터 장화를 신고 벽을 걸어 다닐 줄 아는 것은 물론이고 열세 성(省)이나 되는 지역들의 사투리까지 구사할 줄 알았답니다.[20] 게다가 밤이 되면 밤새도록 잠을 자지 않을 수 있고 낮이 되어도 연거푸 며칠 동안 잠을 잘 수가 있었지요. 차도 마시지 않고 밥도 먹지 않을 때에는 딱 진단[21]과 판박이였습니다! 그러면서도 때로는 한껏 먹었다 하면 술을 몇 말, 밥을 몇 되나 먹어도 성에 차지 않을 정도였고, 때로는 단식을 했다 하면 며칠이 지나도 허기가 지지 않을 정도였지요. 그는 신발 밑바닥에 벼를 태운 재를 깔아서 걸음을 걸어도 전혀 소리가

---

20 【즉공관 미비】天生絶技. 하늘이 내리신 대단하신 장기로군!
21 진단(陳摶, ?~989) : 당대 말기의 은자. 진원(眞源) 사람으로, 자는 도남(圖南)이며 스스로를 부요자(扶搖子)라고 불렀다. 오대(五代) 때의 은자인 진단은 후당(後唐) 때 과거에서 낙방하자 벼슬에 대한 미련을 버리고 초야에 은거하였다. 송나라가 건국된 뒤로는 화산(華山)에 은거했는데 한번 잠을 자면 백일이 넘어도 일어날 생각을 하지 않았다고 한다. 진단의 일화는 후대에도 희곡·소설 등의 문학작품 속에서 세상을 등진 은자의 본보기로 자주 언급되곤 하였다.

침대에서 잠을 청하는 진단의 모습

나지 않았습니다. 그리고 남들과 씨름이라도 할라치면 팔을 놀리고 몸을 움직이는 것이 바람만큼이나 빨랐지 뭡니까. 가만히 따져 보면 『검협전』[22]에 등장하는 백원공白猿公이나 『수호전』에 나오는 고상조[23]조차 민첩함에서 그를 따라 잡지 못할 정도였지요.

그런데 예로부터 이런 말이 있답니다.

"본성이 끌어 당기는 법"   性之所近.

---

22 『검협전(劍俠傳)』: 명대 중기의 무협소설집. 당시 저명한 정치가이자 문학가이던 왕세정(王世貞, 1526~1590)이 1569년 전후에 당·송대 검객, 협객의 이야기 서른세 편을 네 권으로 엮었는데, 여기에는 당대의 소설가 두광정(杜光庭)이 지은 『규염객전(虬髯客傳)』에서 모티브를 따 온 「부여국왕(夫餘國王)」 이야기도 수록되어 있다. 청대 말기에 임웅(任熊, 1823~1857)이라는 사람은 이 소설집의 내용에 근거하여 『삼십삼검객도(三十三劍客圖)』를 그려 인기를 끌기도 하였다. 왕세정 이전의 것으로는 당대 말기 사람인 단성식(段成式, 803~863)이 지었다는 『검협전』이 있으나, 중국의 저명한 현대소설가 노신(魯迅, 1881~1936)은 『중국소설사략(中國小說史略)』에서 그것을 명대 사람의 위작으로 판정하였다.
23 고상조(鼓上蚤): 명대의 소설인 『수호전(水滸傳)』에 등장하는 양산박 호걸 시천(時遷)의 별명.

나룡이 이처럼 대단한 자이다 보니 그 자신도 그 끼를 감추지 못했습니다. 그래서 나이 젊은 건달들과 어울리면서 도둑질까지 배웠지 뭡니까. 당시에 도적들 중에서 고수로는 이런 자들이 있었습니다.

여가가蘆茄茄:푸른 갈대 가지처럼 바짝 말랐지만 구슬을 뽑을 때에는 흰 구슬을 맞추는 데에[24] 최고의 명수임

자모응刺毛鷹: 사람을 보면 몸을 감추는데 그 모습이 전갈 같으며 대들보와 담벽 위에서 하룻밤을 새기도 함

백탑박白搭膊: 흰 깁을 전대[腰纏]로 삼으며 뿔에는 큰 쇠갈고리를 걸고 있다가 갈고리를 위로 던져서 걸리면 그 전대를 타고 위로 올라간다. 아래로 내려갈 때 역시 갈고리의 힘을 빌어 전대를 사다리 삼아 재빨리 내려옴

여기서 소개한 사람들은 모두가 오吳 땅의 고수였습니다. 그런데도 나룡의 수완을 보고 나면 다들 진심으로 탄복하면서 자신들이 못하다고 여길 정도였답니다.

---

24 구슬을 뽑을 때에는 흰 구슬을 맞추는 데에[探丸白打最勝] : 중국 고대의 놀이의 일종. '탐환(探丸)'은 빨강·하양·검정 세 가지 색깔의 탄알을 고루 섞고 곽 안에 넣고 하나를 고르거나 맞추는 놀이이다.

탑박(搭膊)의 예시. 안쪽(우) 양 끝으로 주머니를 만들어 물건을 담을 수 있게(중) 만들었으며, 겉쪽
(좌)을 밖으로 해서 허리에 묶거나 어깨에 걸고 다니곤 하였다

　나룡은 원래 이렇다 할 가산이나 땅마지기가 없었습니다. 이번에도 아
예 살던 집을 버리고 이르는 곳마다 집으로 삼았지요. 그래서 남들은 그
가 어디에서 자는지 전혀 모를 정도였답니다. 그렇다 보니 대낮에 도시
안을 다니거나 남의 집안에 잠입하면 그림자만 보일 뿐 그 모습은 절대
로 드러내는 법이 없었습니다. 컴컴한 밤에 대갓집이나 부잣집에 몰래
잠입했을 때에는 바닷거북으로 장식된 대들보 사이나 원앙새 그림으로
장식된 누각 아래, 수를 놓은 병풍 안이나 화려하게 아로새긴 전각 등에
서 고슴도치처럼 한 덩어리로 움츠린 채로 그가 잠자리로 삼지 않는 데
가 없을 정도였지요. 그러다가 적당한 때가 되면 바로 작업에 착수하는
식이었습니다.

　그는 하루 종일 잠을 자면서도 용처럼 변화가 무쌍했답니다. 그래서
사람들이 그를 '나룡'이라고 부른 거지요. 그는 가는 곳마다 도둑질을 하

고 나면 벽에 매화꽃을 한 가지씩 그려 놓곤 했습니다. 검은 곳에는 분으로 흰 글씨를 쓰고 회를 바른 벽에는 숯으로 검은 글씨를 쓰는 등, 빈 채로 놓아 두는 법이 없었지요. 그래서 사람들이 '일지매一枝梅'라고 부르기도 했답니다.

가정[25] 연간 초기였습니다. 동정洞庭의 두 산[26]에서 이무기가 나타나더니 태호[27] 변산邊山의 벼랑이 무너지면서 웬 오래된 무덤 속의 붉은 칠을 한 관이 하나 드러났습니다. 거기에는 보물이 셀 수조차 없을 정도였는데 전부 사람들이 남김없이 다 훔쳐 가 버렸지 뭡니까. 그 일을 누가 성내에 소문을 내었습니다. 우연히 벗과 함께 호수에 물놀이를 나왔던 나룡은 그 소식을 듣고 현장으로 갔지요.

관을 휘감고 있는 칡덩굴을 보니 벌써 누군가의 칼에 잘려나간 상태였습니다. 그래서 관을 열고 보니 말라 빠진 해골만 있는데, 그 무덤 옆에는 부러진 비석에 글자가 흐릿하게 남아 있었지요. 그것이 옛날의 왕공

---

25 가정(嘉靖) : 명나라 세종 주후총(朱厚熜)이 1522년부터 45년 동안 사용한 연호. "가정 원년"이라면 서기 1523년에 해당한다.

26 동정(洞庭)의 두 산 : 중국 강소성 소주시(蘇州市) 서남부, 태호 동남부에 소재한 산. 일반적으로 동정서산과 함께 '동정산(洞庭山)'으로 일컬어진다. 현지에서는 각각 '동산'과 '서산'으로 불리며 '중국 10대 명차' 중 하나로 일컬어지는 벽라춘(碧螺春)의 산지이기도 하다.

27 태호(太湖) : 중국의 "5대 담수호" 중의 하나로 꼽히는 아열대 호수. 예로부터 '진택(震澤)·구구(具區)·오호(五湖)·입택(笠澤)' 등으로 불리기도 하였다. 강소성과 절강성을 가로지르는 장강 삼각주의 남쪽 자락에 자리잡고 있으며, 동으로는 소주, 서로는 의흥(宜興), 남으로는 호주(湖州), 북으로는 무석(無錫)과 연결된다. 총 면적은 2427.8km로, 호수 안에 50개 넘는 섬이 위치해 있고 역시 50여개나 되는 하천이 흐르면서 내륙 수로가 거미줄처럼 연결되어 있다.

神偷寄興
一枝梅

신묘한 도둑이 흥 실어 매화를 한 줄기 그리다

의 묘라고 여긴 나룡은 무심결에 딱한 생각이 들어서 그 관을 덮어 주었습니다. 그리고 즉시 은자를 좀 내어 현지 주민을 사서 흙을 모아 잘 묻어 준 다음 술을 바치고 제사를 지내 주었지요.

한대의 청동 거울. 한 가운데의 돌기가 '비뉴'이다

제사를 마치고 길을 나서려 할 때였습니다. 나룡이 보니 풀 속의 웬 물건이 발에 걸리지 뭡니까. 고개를 숙이고 그것을 집어 보니 옛날에 만든 청동거울이었습니다. 그는 서둘러 그것을 버선 속에 감추고 남에게는 보여 주지 않았지요. 그 길로 성내에 이르렀을 때 그것을 가지고 후미진 곳으로 가서 흙을 깨끗이 닦아낸 다음 자세히 살펴 보았습니다. 그 거울은 아주 작아서 겨우 너댓 치 정도였으며, 정면은 밝게 빛이 났지요. 그리고 뒷면에는 네 군데에 비뉴[28]가 달려 있고, 양각으로 궁기[29]·도철[30]·어룡·물결 문양이 새겨져 있었습니다. 그 거울은 전체적으로 청록색을 띠는데 온통 주사와 수은이 삭은 색깔을 드러내고 있었지요. 그래서 시험 삼아 한번 두드려 보았더니 그 소리도 맑고 곱지 뭡니까. 보물임을 눈치챈 그는 그것을 몸에 찼습니다. 그리고 밤이 되었을 때 꺼내서 비추어 보니 어두운 곳이 온통 환해지는 것이 마치 대낮 같지 뭡니까. 그 거울을 얻은 나룡은 드나들 때마다 그것을 몸에 지녔습니다. 밤에 다닐 때 따로 불을 쓰지 않아도 되니 한결 보탬이 되었지요. 그렇다 보니 다른 사람들은 어두운 때를 꺼렸지만 그에게는 낮에 다니는 것과도 같아서 물건을 훔치는 데에도 훨씬 수월했습니다.

그건 그렇고 나룡은 비록 도둑질을 했지만 좋은 점을 가지고 있었습니다. 남의 집 여자들을 겁탈하지 않았고, 선량하거나 어려움에 처한 집안에는 들어가지 않았으며, 남과 한번 이야기 한 것은 절대로 약속을 어기는 법이 없었지요. 더욱이 도의를 중시하고 재물을 가벼이 여겼답니다. 그래서 훔쳐 온 물건들은 되는 대로 가난하고 어려운 사람들에게 나누어

---

28 비뉴(鼻紐) : 중국 고대에 청동 거울이나 도장의 손잡이. 손잡이와 그 쪽에 줄을 꿰기 위하여 뚫어 놓은 구멍이 콧구멍 같다고 해서 '코 비(鼻)'를 추가하여 부른 것이다.
29 궁기(窮奇) : 중국 고대의 신화 속에 등장하는 괴수의 하나. 혼돈(混沌)·도올(檮杌)·도철과 함께 '네 가지 흉악한 괴수[四凶]'에 속하며, 서방 천제(西方天帝) 소호(少昊)의 후손으로 충신을 싫어하고 험한 말을 좋아하여 우순(虞舜)에 의하여 먼 곳으로 추방되었다. 『산해경(山海經)』「해내북경(海內北經)」에 따르면 외모가 범을 닮았고 덩치는 소만 했으며 날개가 두 개 돋아 있었다고 한다.
30 도철(饕餮) : 중국 고대의 신화에 등장하는 괴수. 혼돈·도올·궁기와 함께 '네 가지 흉악한 괴수'에 속하며, 노도(老饕)·포효(狍鴞)로 불리기도 하였다. 『산해경』「북차이경(北次二經)」에 따르면 그 형상은 양의 몸에 사람 얼굴을 했고 눈이 겨드랑이 속에 돋아 있는데 범니에 사람 손톱을 가졌으며 그 소리가 갓난아기 같다고 하였다. 중국 문학에서는 주로 탐욕의 화신으로 묘사된다.

주곤 했답니다.

그가 가장 미워하는 것은 인색한 고리대업자나 의롭지 못한 부자들이었습니다. 그래서 상황에 맞추어 그들을 놀림감으로 만들어 우스운 일화들을 연출해 내었지요. 그렇다 보니 그가 이르는 곳마다 사람들이 그를 좋아서 떼를 지어 따르면서 '그가 의롭다'는 소문이 자자해졌습니다. 그럴 때마다 나룡은 웃으면서 말했지요.

"나는 부양할 부모도 처자식도 없다. 그러니 세상에 남아 도는 이 재물들로 헐벗은 이들이나 구제해 주자꾸나! 이거야말로 '여유로운 이들의 것을 가져다가 부족한 이들에게 보태 준다'[31]는 경우일 테지? 하늘의 이치상 그렇게 하는 것이 옳은 것일 뿐 내가 도의를 좋아해서만은 아니다."

그러던 어느 날이었습니다. 누가 하는 말이 어떤 대상인이 그 집 고명따님을 직조업자[32]인 주갑周甲의 집에 출가시킨다는 것이었습니다. 나룡은 그녀를 가로챌 계획이었지요. 그런데 술에 취하는 바람에 장소를 착각해서 엉뚱한 집으로 들어가 버렸지 뭡니까. 그 집은 가난한 집이어서 방 안에는 고작 큰 안석几만 하나 있을 뿐으로, 사방을 둘러 보아도 이

---

31 여유로운 이들의 것을 가져다가 부족한 이들에게 보태 준다[損有餘補不足] : 노자의 『도덕경』 제77장에 나오는 말. 원문은 "하늘의 법도에서는 여유로운 이들의 것을 가져다가 부족한 이들에게 보태 준다. 인간의 법도에서는 그렇지 않아서 부족한 이들의 것을 가져다가 여유로운 이들에게 보태 준다[天之道, 損有餘而補不足. 人之道, 則不然, 損不足以奉有餘]"이다. 가난한 이들을 구제하는 방법을 설파하였다.
32 직조업자[織人] : '직인(織人)'은 명대에 직조업에 종사하고 이윤을 창출하는 업자들을 일컫는 이름이었다.

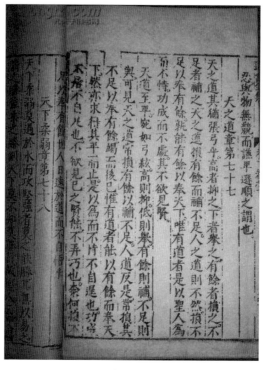

명대 가정 연간에 간행된 『노자도덕경』 제77장 대목

렇다 할 남는 물건이 없었습니다. 그러나 그렇게 방에까지 들어갔는데 바로 나가기가 어렵지 뭡니까. 하는 수 없이 그 안석 아래에 엎드렸지요. 그랬더니 그 가난한 집안의 부부가 마주앉아 밥을 먹는 모습이 보이는데 밥상에는 반찬이랄 것도 하나 보이지 않는 것이었습니다. 그 남편은 시름이 가득한 얼굴로 아내를 보고 말했지요.

"밀린 집세가 큰일인데 갚을 방법이 없으니 … 차라리 죽는 편이 낫겠어!"

그러자 그 아내가 말했지요.

"어째서 죽는다고 하세요? 차라리 ··· 저를 파십시요! 그러면 그 돈으로 생계라도 꾸릴 수가 있지 않겠습니까?"

말을 마친 부부는 눈물을 비 오듯이 쏟는 것이었지요. 그러자 나룡이 불쑥 뛰쳐 나왔습니다.[33] 그 서슬에 부부가 당황하고 놀라자 나룡이 말하는 것이었습니다.

"두 분은 두려워하실 것 없소이다. 나는 바로 나룡이요. 뜻하지 않게 누구 말을 듣고 어떤 대상인 집을 찾아가다가 여기까지 잘못 들어왔지 뭡니까. (···) 이제 보니 두 분 생계가 딱하군요. 내가 이백 금을 내어 두 분이 생계를 꾸리도록 도와 드려야 겠습니다! 제발 죽겠다는 생각을 하거나 이렇게 괴로워하지는 마시오!"

부부는 그의 명성을 평소부터 듣고 있던 참이었습니다. 그래서 절을 하더니 말했지요.

"만약 ··· 의인께서 그렇게 큰 은혜를 베풀어 주신다면 우리 부부 ··· 죽다가 되살아난 격입니다요!"

---

33 【즉공관 미비】與劍俠何異. 검객과 다를 바가 무엇인가?

위패 예시

그렇게 해서 나룡이 그 집 문을 나가고 한 경 정도 지났을 때였습니다. 문 안에서 '쩔렁' 하는 소리가 들리길래 부부가 달려가서 보니 정말 천으로 된 웬 주머니가 떨어져 있는 것이 아닙니까. 그 안에는 은자 이백 냥이 들어 있었습니다. 바로 나룡이 밤에 그 상인의 것을 가져 온 것이었지요. 부부는 몹시 기뻐하면서 나룡의 위패를 써서 평생토록 받들어 모셨답니다.

어떤 가난한 사람이 하나 있었습니다. 젊었을 때에는 나룡과 어울려 기방까지 드나들 정도였습니다마는 나중에는 집안이 몰락해 버렸지 뭡니까. 그는 나룡과 길에서 마주쳤을 때 자기 옷차림이 허름한 것을 부끄럽게 여겨 부채를 펴서 얼굴을 가린 채로 지나갔지요. 그러자 나룡이 그의 옷을 잡아 채더니 묻는 것이었습니다.

"아무개 도령이 아니시오?"

그 가난한 사람은 몸을 움츠리면서[34] 말했지요.

侠盗惯行
三昧戏

의로운 도둑이 번번이 장난에 몰두하다

"부끄럽소이다, 부끄러워요!"

"인형이 이렇게 가난해지셨을 줄이야! (…) 내일 인형 하고 같이 대갓집에 들어가서 재물을 좀 훔쳐서 드릴 테니 … 함부로 소문을 내시면 안됩니다?"

가난한 사람은 나룡의 수완은 물론이고 남을 속이는 사람이 아니라는 것도 잘 알고 있었습니다. 그래서 이튿날 저녁에 나룡을 찾아 왔지요. 나룡은 그와 함께 어떤 곳을 찾아 갔는데 알고 보니 바로 사대부 집안인 지池 씨댁 저택이었습니다. 그 광경을 볼작시면

저녁 까마귀 어지럽고	暮鴉撩亂,
푸르른 나무 무성하며	碧樹蒙籠.
세상의 온갖 소리 처량하기만 한데	萬籟凄淸,
사방은 적막하기 그지 없구나.	四隅寂靜.

나룡은 가난한 사람으로 하여금 걸음을 멈추고 집 밖에서 기다리게 했습니다. 그리고 자신만 몸을 솟구쳐 나무를 타고 올라가더니 담장을 넘

---

34 **[교정]** 몸을 움츠리면서[跼蹐] : 이 부분의 한자가 천진고적판(제837쪽)에는 '간척(幹蹐)', 강소고적판(제742쪽)에는 '국척(局蹐)'으로 되어 있다. 그러나 상우당본(제1807쪽)을 확인해 보면 '국척(跼蹐)'으로 나와 있어서 앞서의 판본들이 원본의 글자를 오독한 것임을 알 수 있다. '국척'은 몸을 구부려 움츠리는 모습을 나타내는 의태어로, 중국어 사전에는 '불안해 하다, 어쩔 줄을 몰라 하다' 식으로 의역되어 있다. 여기서는 글자 그대로 직역하여 "몸을 움츠리면서"로 번역하였다.

물고기를 잡는 가마우지

어 들어가는 것이었습니다. 그런데 한참이 지나도 나오지 뭡니까. 가난한 사람은 숨을 죽인 채 담장 바깥에서 쪼그리고 앉아 있었지요. 그러자 이번에는 개 떼가 큰소리로 짖으면서 쫓아 와서 물어 뜯으려 드는 것이 아닙니까. 그 가난한 사람이 담장을 돌아서 피하려는데 담장 안에서 어렴풋이 물 소리가 들리는 것이었습니다. 그리고 갑자기 웬 물체가 잠수하는 가마우지처럼 숲 그림자 속에서 땅으로 떨어지길래 자세히 보니 다름 아닌 나룡이었습니다. 온몸이 다 젖어서 몰골이 정말 말이 아니었지요. 그는 가난한 사람을 보고 말했습니다.

"내가 인형 때문에 하마터면 목숨이 다 달아날 뻔 했소이다! (…) 안에는 황금이 가득 들어 있는데 한 말 들이 뒷박으로 담을 만큼 많더군요. 간신히 손에 넣기는 했지요. 헌데 … 바깥에서 개들이 하도 짖어 대는 통에 집안사람들이 다 놀라 깨서 쫓아 나옵디다. 하는 수 없이 그걸 길 가에 버리고 홀가분하게 몸만 빠져 나왔소이다. (…) 이것도 다 인형의 운

명인가 보오!"

그러자 가난한 사람이 말하는 것이었지요.

"그동안은 손만 대었다 하면 무엇이든 다 손에 넣으시더니! (…) 오늘 이렇게 된 것도 다 내 팔자가 사나워서 그런 게지요!"

그렇게 한숨을 쉬면서 속상해 하고 있는데 나룽이 말했습니다.

"괴로와하실 것 없소이다! 다른 날 또 방법을 강구해 봅시다!"

가난한 사람은 우울한 마음으로 그 자리를 떠났답니다. 그로부터 한달 남짓 지났을 때였습니다. 나룽이 길에서 또 그와 마주쳤지 뭡니까. 그러자 그가 애걸하는 것이었습니다.

"제가 가난해서 못 살 지경이길래 오늘 점을 좀 보러 갔습니다. 아 그런데 상상上上의 대길로 재물운이 좋다지 뭡니까! 그 선생 말이 '부귀공명이 날아들 운으로 웬 귀인이 그렇게 도와 준다'는군요. 제 생각으로는 용형 말고 또 누구한테 기대를 하겠습니까?"

그래서 나룽이 웃으면서 말했지요.

"하마터면 잊어버릴 뻔 했군요. 지난번에 금은보화가 든 그 상자 … 벌써 손에 넣었습니다. 지금 바로 가져다 인형께 드렸다가 뉘 집에서 눈치 채기라도 하면 인형이 미처 숨기지 못해 사달이 날까 걱정이 되더군요. 그래서 잠시 그 집 연못 속에 넣어 놓고 동태를 살피고 있던 참입니다. 이제 벌써 한 달 정도 지났고 아무 낌새도 없는 걸 보면 … 그 집에서도 찾아다닐 생각을 접은 것 같군요. 이제는 챙겨 와도 문제가 없을 테니[35] 밤에 다시 한 번 다녀와야겠습니다!"

가난한 사람은 저녁나절까지 기다렸다가 나룡과 약속해서 함께 그 저택으로 가기로 했지요. 나룡이 현장에 도착해서 그 광경을 보니

버드나무 지나고 꽃나무 통과하는데	度柳穿花,
날렵하기가 나는 새 같고	捷若飛鳥.
물결 위 달리고 거품 날리는데	馳波濺沫,
씩씩하기 물 누비는 용을 닮았구나!	矯似遊龍.

얼마 지나서 나룡은 등에 웬 상자를 하나 지고 나왔습니다. 그는 서둘러 으슥한 곳으로 가서 열더니 몸에 지니고 다니던 보물 거울로 비추어 보았습니다. 그런데 안에 든 것이 온통 금은보화이지 뭡니까. 나룡은 한 푼도 갖지 않고 액수도 따져 보지도 않은 그대로 그 가난한 사람에게 넘

---

35 【즉공관 미비】如此用心, 所以不敗. 이렇게 치밀하니 실패하지 않는 게지.

겨 주었습니다. 그리고는 이렇게 당부하는 것이었지요.

2003년에 제작된 홍콩 영화 『일지매』 포스터. 『2각 박안경기』의 원작을 토대로 '나룡'의 에피소드들을 비교적 충실하게 다루었다

"이 재물은 평생 쓰기에 충분하실 겁니다. 잘 가지고 가서 쓰도록 하십시요! (…) 반 평생이 되도록 집안 하나 일구지 못하는 이 나룡처럼 못난 놈은 배우지 마시고요!"

감격한 그 가난한 사람은 그의 지적을 고맙게 여기며 그 재물을 밑천으로 써서 나중에는 드디어 부자가 되었다고 합니다. 나룡이 하는 일이라는 것이 늘 이런 식이었지요.

이보시오 이야기꾼 양반! 나룡이 정말로 수완이 그렇게 대단하다고 칩시다. 그러나 설마 그렇게 거리낌 없이 휘젓고 다니면서도 조금도 실수하는 일이 없었다는 게요?

손님, 제 이야기를 좀 들어 보십시오. 아무리 나룡이라고 한들 운수가 안 좋은 날도 만나고 어려움을 당하기도 했답니다. 다만 그런 급한 상황을 만날 때마다 꾀가 떠올라서 위기를 벗어나 빠져 나갈 수가

전통적인 중국 장농

있었지요. 한번은 어떤 집에 갔다가 옷장이 열려 있는 것을 보고 서둘러 그 안에 몸을 숨기고 옷장 속의 옷들을 가져 가려고 했지요. 그런데 뜻밖에도 그 집 사람이 잠자리에 들 때 옷장을 꼭 닫고 큰 자물통을 채우는 바람에 나룡이 옷장 속에서 꼼짝달싹도 하지 못하게 되어 버렸지 뭡니까. 밖으로 나올 수 없었던 나룡은 꾀를 하나 생각해 내었습니다. 그는 옷장 속의 옷이며 장신구들을 몸에 단단히 둘렀지요. 그리고는 큰 보따리까지 하나 싸더니 옷장 문에 바짝 대어 놓고 입으로 쥐가 옷을 갉아먹는 소리를 냈답니다. 그 소리를 들은 주인은 할멈을 불러 깨우더니 말했습니다.

"어째서 쥐를 옷장 안에 가두어 놓았어? 옷이 다 상하게시리! 어여 옷장을 열어. 쫓아 버리게!"

그러자 할멈은 불을 들고 와서 옷장을 열었습니다. 그런데 문을 여는

순간이었지요. 문 앞의 보따리가 먼저 떼구르르 땅바닥에 굴러 떨어지는 것이 아닙니까. 그 상황이 채 끝나기도 전이었습니다.[36] 나룡은 보따리가 굴러 떨어지는 틈을 노려 동시에 굴러 나오더니 그대로 할멈 손에 들린 등불을 불어 꺼 버리는 것이었습니다. 할멈은 깜짝 놀라서 외마디 비명을 질렀습니다. 나룡은 남들이 일어나면 빠져나가기 어려울 것 같아서 서둘러 그 보따리를 챙겼지요. 그리고는 할멈의 급소를 눌러 '털썩' 땅바닥에 쓰러지는 것과 동시에 바깥으로 달아나 버렸답니다.

방에서는 사람들이 달려 왔더니 땅바닥에서 웬 사람이 밟히지 뭡니까.[37] 그래서 그것이 도적인 줄 알고 주먹과 발로 마구 매질을 해 대었지요. 그 서슬에 할멈이 연거푸 비명을 지르고 방 밖에 있던 사람들은 그들대로 방 안이 소란스러운 것을 보고 모두 달려 왔습니다. 그리고 나서 불을 붙여서 비추어 보았지요. 그랬더니 자기 집 사람들끼리 서로 차고 때리고 있는 것이 아닙니까. 그제서야 다들 고함 지르는 것을 멈추었습니다. 그러나 나룡은 벌써 그 자리를 떠난 지 한참이 지난 뒤였습니다.

그 당시 직조업에 종사하는 집이 한 군데 있었는데, 고객이 은자를 내고 약간의 비단을 주문했답니다. 그 집 부부는 은자를 받아 상자 안에 넣

---

36 그 상황이 채 끝나기도 전이었습니다[說時遲, 那時快] : 송·원대 화본, 명대 의화본이나 백화소설에서 상투적으로 사용되는 표현. 보통 특정한 행위나 상황이 말보다 먼저 종결되는 것을 두고 하는 말로, 글자 그대로 풀이하면 "말하는 순간이 더디다는 생각이 들 정도로 그 순간은 빨랐다[說時遲, 那時快]" 정도로 번역할 수 있다. 『박안경기』에서는 이 표현을 편의상 "그 말이 채 끝나기도 전에" 또는 "그 행위가 끝나기가 무섭게" 식으로 상황에 맞추어 번역하였다.
37 웬 사람이 밟히자[踏着老媼] : 원문에는 '할멈'으로 나와 있으나 여기서는 '웬 사람'으로 번역하였다.

어서 침상 안쪽에 간수했습니다. 그리고는 부부가 침상 안에서 같이 잠을 자면서 밤마다 촉각을 곤두세우고 그것을 지켰지요. 그 사실을 안 나룡은 그것을 훔치기로 했습니다. 몰래 방 안으로 잠입한 그는 침상 가를 디딘 채로 손을 침상 안으로 뻗어 그 상자를 두 손으로 들었습니다. 그런데 그 아내가 놀라 깨서 보니 침상 가에 웬 물체가 있는 것 같았습니다. 그래서 슬쩍 더듬어 보니 사람 다리이지 뭡니까 글쎄! 그래서 냅다 손으로 꽉 끌어안은 채로 마구 남편을 부르면서 말했지요.

"어여 일어나세요! 내가 도둑놈 다리를 붙잡았어요!"

그러자 나룡은 즉시 그 남편의 다리를 손으로 끌어안고 꼬집었지요. 그 남편은 그 고통을 참지 못하고 마구 고함을 질러 대었습니다.

"내 다리야, 내 다리!"

남편 다리를 잘못 잡은 것으로 안 여자는 즉시 손을 놓았습니다. 그러자 나룡은 상자를 두 손으로 들고 날으듯이 그 방을 빠져 나왔지요. 부부 두 사람은 그때까지도 서로 옥신각신 하고 있었습니다.

"분명히 도둑놈 다리를 붙잡았는데 당신 때문에 놔 줬잖아요!"

아내가 이렇게 말하자 남편은 남편대로 말하는 것이었습니다.

명대의 침상

"지금까지도 내 다리가 아파 죽겠구만 무슨 도둑놈 다리 타령이야?"[38]

"당신 다리는 침상 안쪽이고 내가 붙잡은 건 바깥쪽이잖아요! 게다가 난 꼬집은 적이 없다구요!"

"그렇담 도둑놈이 내 다리를 꼬집었다고 치고 … 당신이 끝까지 그 다리를 놓아 주지 말았어야지!"

"난 또 당신이 하도 고함을 지르길래 당황해서 '잘못 붙잡았나' 싶어서 나도 모르게 손을 놓았더니 당신이 다리를 뺀 거잖아요! (…) 그 도둑놈 잔꾀에 당하다니 … 큰일났네!"

그러면서 침상 안 상자 쪽을 더듬어 보았더니 정말로 상자가 사라지고 없지 뭡니까. 부부 두 사람은 당신 잘못이네 내 실수네 하면서 서로가 서로를 원망하느라 겨를이 없었답니다.

---

38 【즉공관 미비】相互歸咎之狀如畵. 부부가 서로 책임을 전가하는 장면이 그림 같군 그래.

이번에는 나룡이 옷을 파는 어떤 가게에 갔을 때의 일입니다. 그 집 옷 창고를 찾아가서 막 좋은 것을 골라 둘둘 말려던 참이었지요. 그런데 컴 컴해서 어떤 옷감인지 확인할 길이 없지 뭡니까. 그래서 몸에 지니고 다 니던 보물 거울을 꺼내서 비추어 보았지요. 그런데 이런 말이 있지요.

담 너머에서 귀가 있을 터인데	隔墻須有耳,
문 밖이라고 사람이 없을까?	門外豈無人.

뜻밖에도 이웃집에서 누가 다락방에서 그 일을 벌이고 있었지 뭡니까. 그 두 남녀가 다락방 창문으로 옆방 옷 창고를 보니 웬 밝은 빛이 마치 번갯불 같이 번뜩이는 것이 아닙니까. 좀 난처한 상황임을 직감한 남녀 는 허둥지둥 다락방 창문을 두드려 가게 안쪽에 소리를 질렀지요.

"옆집 분들 조심하세요! 그 댁에 도둑[39]이 든 것 같습니다!"

그 소리에 가게 사람은 놀라 일어나서 고함을 질렀습니다.

"도둑 잡아라!"

---

39 도둑[小人] : '소인(小人)'은 중국에서 역사적으로 시대마다 ① 평민 백성, ② 연배가 높 은 사람 앞에서 자신을 낮추어 부르는 호칭, ③ 학식이 천박한 사람, ④ 인격이 야비한 사람, ⑤ 종복, ⑥ 체구가 작은 사람 등 다양한 의미로 사용되었다. 명대의 구어에서는 '도둑'을 뜻하는 말로 사용되기도 하였다.

그러나 그 소리를 먼저 들은 쪽은 나룡이었지요. 그가 보니 뜰에 큰 장독이 하나 있는데 그 아가리에 소쿠리가 덮여 있지 뭡니까. 나룡은 서둘러 그 소쿠리를 열고 장독 안에 숨은 다음 원래대로 소쿠리를 잘 덮었습니다. 그 집 사람들은 등롱을 들고 여기저기를 비추고 다녔지요. 그러다가 도둑의 행방이 보이지 않자 뒤쪽으로 찾으러 가는 것이었지요. 나룡은 장독 안에서 생각했습니다.

'방금 전에는 장독 안을 살피지 않았으니 이제 뒤쪽에서 나를 못 찾으면 이번에는 이 장독을 살피러 올 게 분명하다! 차라리 이미 살펴 본 쪽에 가서 숨는 편이 낫겠다!'

중국식 장독. 우리나라와는 달리 입이 넓고 뚜껑 대신 삿갓을 씌워 놓았다

그러면서도 그는 몸에 걸친 옷이 간장에 물이 들고 잔뜩 젖은 상태여서 자취를 감추기 어렵다는 생각이 들었지요. 그는 일단 옷을 장독 안에 벗어 놓고 알몸으로 빠져 나왔습니다. 그리고는 발에 간장을 묻힌 다음

땅바닥에 찍으면서 문까지 와서 문을 열었지요. 그리고 나서 자신은 몸을 돌려 안으로 들어와서 원래대로 옷 창고로 가서 숨었습니다.[40]

뒤쪽에서 찾다가 되돌아 온 그 집 사람들은 이번에는 불을 가지고 앞쪽으로 오더니 정말로 장독 뚜껑을 열고 보았습니다. 그 안에는 옷만 한 벌 들어있는데 집에 있던 옷은 아니지 뭡니까. 사람들은 그것이 도둑의 옷이 분명하다고 확신했습니다. 이번에는 땅바닥에 찍힌 발자국을 발견했는데 장독 옆에서 시작해서 문 옆까지 찍혀 있는데 문이 활짝 열려 있는 것이 아닙니까. 그러자 사람들이 모두 말했지요.

"우리가 뒤지는 것을 본 도둑놈이 허둥지둥 장독 안에 숨었다가 우리가 뒤쪽을 뒤지러 간 사이에 옷을 벗어 놓고 내뺀 게로군! 아쉽게도 한 발 늦었어! 안 그랬으면 지금쯤 벌써 우리 손에 붙잡혔을 텐데!"

그러자 가게 주인이 말했습니다.

"놈을 쫓아가기는 틀렸어. 문이나 잘 닫고 쉬러나 가세!"

집안사람들은 다들 '도둑이 달아났으니 아무 일도 없다'고 여겼습니다. 거기다가 한 동안 난리까지 치고 나더니 잠자리에 눕자마자 다들 단잠을 잤답니다. 그러나 바로 그 도둑이 여전히 집 안에 있을 줄이야 누가

---

40 【즉공관 미비】虛虛實實, 皆行兵之法也. 거짓을 참인 척, 참을 거짓인 척 남의 눈을 속이는 것은 모두가 전쟁을 수행할 때에 사용하는 방법이지.

알았겠습니까! 나룡은 느긋하게 비단 수를 놓은 옷들 속에 숨어서 최상급 옷들을 몸에 두르고 꽁꽁 묶은 다음 검푸른 낡은 옷을 밖에 덮었지요. 이어서 치밀하고 부드러운 물건들을 베 이불 속에 챙겨서 보따리를 만들었습니다. 그렇게 밤새도록 꾸리더니 살그머니 등에 지고 지붕 위에서 뛰어 나왔습니다. 그런데도 그 집 사람들은 아무도 눈치챈 사람이 없었답니다.

거리로 뛰어내린 나룡이 막 걸음을 옮길 때는 시간이 아직 동이 틀 무렵이었습니다. 그런데 일찍부터 길을 가는 사람 서너 명이 다가와서 그와 마주쳤습니다. 그 사람들은 나룡이 혼자서 무거운 행낭을 지고 이른 아침에 길을 가는 것을 보고 수상하게 여겼지요. 그래서 그를 가로막더니 말했습니다.

"당신은 누구요? 어디서 온 거지? (…) 사실대로 이야기해야 놓아주겠소!"

그러자 나룡은 대답은 하지 않고 손을 뻗어 팔꿈치 뒤에서 웬 뭉치를 하나 꺼냈습니다. 그것은 공처럼 둥근 모양이었지요. 그는 땅바닥에 던지자마자 발걸음을 옮겼습니다. 사람들이 다같이 그것을 주워서 보니 겉면을 단단히 묶어 놓았지 뭡니까. '값진 물건이 분명하다'고 여기고 앞다투어 그것을 끌렀겠다? 아 그런데 한 겹을 끌르고 나니 또 한 겹이 나타나지 뭡니까. 마치 죽순 껍질을 벗기는 것과 마찬가지였지요. 거기다가 겹겹마다 단단히 묶어 놓았는데 한 자 정도까지 깠는데 그래도 남은 알맹이가 있었습니다. 마지막에는 주먹 크기만한 것이 한 조각 남았고요.

사람들은 싸여 있는 것이 무엇인지 궁금해 했지요. 그래서 손을 멈추려 하지 않고 계속 풀어 보려고 아우성이었습니다. 그런데 아까 풀어 놓은 것들이 모두 낡은 옷가지들로, 여기저기 땅바닥에 가득 쌓여 있었지요.

그렇게 와자지껄 떠들고 있을 때였습니다. 가만 보니 사람들이 한 무리 쫓아오더니 말하는 것이었습니다.

"네놈들이 우리집 가게 옷들을 훔쳐 갔구나! (…) 예서 장물이라도 나누고 있었던 게냐!"

그러면서 다짜고짜로 연장을 들고 무지막지하게 매질을 하지 뭡니까. 그 사람들은 그침 없이 부르고 비명을 질러 대었습니다. 그러다가 상황이 여의치 않다 싶었던지 다들 뿔뿔이 달아나 버리고 말았지요. 사람들은 그 패거리 중에서 노인 하나를 붙잡았습니다. 그러나 날이 어두워져서 얼굴을 알아볼 수 없지 뭡니까. 그래서 걸음을 옮길 때마다 한 대씩 매질을 하면서 가게까지 끌고 왔답니다. 그러자 그 노인은 마구 부르고 고함을 지르면서 말하는 것이었지요.

"때리지 마라, 때리지 마! 네놈들 실수하는 거다!"

그러나 사람들은 모두 극도로 흥분한 상태여서 그야말로 '사람은 멈추어도 말은 멈추지 않는다'[41]는 격이었습니다. 그러니 어디 그 말을 들으려 들겠습니까?

그렇게 곧 날이 훤하게 밝을 때가 되었을 때였지요. 가게 주인이 자세히 보니 바로 시골에 사는 자기 집 사돈어른이지 뭡니까요![42] 그래서 서둘러 소리를 질러 사람들을 멈추게 하기는 했지만 벌써 하도 맞아서 머리며 얼굴에 성한 데가 없을 지경이었습니다. 가게 주인은 허둥지둥 사과를 하고 술을 차려 놓고 정식으로 용서를 빌었답니다. 그리고 나서 도둑 맞은 사정을 털어 놓았지요. 그러자 그 노인도 그제서야 이렇게 털어 놓는 것이었습니다.

"방금 같은 마을 사람 두세 사람 하고 길동무가 되어 이곳으로 오던 참이었소이다. 헌데 … 날이 밝기도 전인데 … 웬 사람이 등에 큰 보따리를 매고 길을 가지 뭡니까. 길을 가로막고 캐물으려고 했지. 그런데 뜻밖에도 그 자가 웬 뭉치를 하나 떨어뜨리고 갑디다. 그래서 다들 가서 앞 다투어 열어 보니까 겹겹이 온통 낡은 옷가지들뿐입디다. 그 자한테 속은 거지요! (…) 아 그런데 그 자를 붙잡기도 전에 이 댁 분들한테 다짜고짜 한 바탕 매질을 당하는 통에 길동무들이 다 놀라서 흩어져 버리고 말았구려. 그 망할 놈이 어디까지 내뺐을지 모르겠군 그래!"

---

41 사람은 멈추어도 말은 멈추지 않는다[人住馬不住] : 명대의 속담. 사람은 멈추고 싶어도 말은 멈추려 하지 않는 것처럼, 사태가 일단 벌어지고 나면 수습하려 해도 할 수가 없다는 뜻이다. 청대 초기의 소설가 · 극작가인 이어(李漁, 1611~1680)가 지은소설인 『무성희 (無聲戱)』 제2회의 "사람은 멈추어도 말은 멈추지 않을 줄 누가 알았으리오?[誰想人住馬 不住]"에도 같은 표현이 보인다.

42 【즉공관 미비】奇趣. 정말 재미 있군.

그 이야기를 들은 사람들은 다들 놀라면서 후회하는 것이었습니다. 이웃에서는 '아무개 집에서 도둑을 잡으려다가 실수로 사돈어른을 흠씬 두들겨 팼다'는 소식을 듣더니 웃음거리 삼아 동네방네 소문을 퍼뜨렸지 뭡니까.

사실 그 공은 바로 나룡이 옷장에서 시간을 보낼 요량으로 만들었다가 몸에 지니고 있었던 것이었습니다. 그랬는데 누가 자신을 쫓아오는 것을 막기 위해서 그것을 던져 시간을 끄는 데에 사용한 것이었지요.

이 이야기들이 모두 위기를 만나자 급하게 낸 꾀로 교묘하게 빠져나간 사례들인 것입니다. 이 일을 증명하는 시가 있습니다.

교묘한 기술로 매미 잡고자 탄알 놀리며	巧技承蜩與弄丸,
앞에서 벼라별 기교 다 부리네.	當前賣弄許多般.
도적의 행태 어찌 기술할 수 있겠냐마는	雖然賊態何堪述,
때 만났을 때 갑자기 기지 발휘하기 어렵단다.	也要臨時猝智難.

그렇게 해서 신묘한 도적 나룡의 명성은 사방에 퍼졌습니다. 그러자 그 고을 위衞 순포[43]의 장張 지휘[44]는 그 사실을 알고 순군[45]에게 그를 체

---

43 순포(巡捕) : 명대의 지방 관서인 순포아문(巡捕衙門)을 줄여 부른 이름. 그 성격 및 기능에 있어서 조선시대의 포도청(捕盜廳)과 거의 일치한다. 뒤에 이어서 나오는 '집포군교(緝捕軍校)' 역시 조선시대의 '포졸'과 같은 성격의 아전들이었다. 때로는 순포아문에 소속된 포졸들을 가리키기도 하였다.

44 지휘(指揮) : 중국 중·근세의 관직명. 원래 오대시기와 송대에 500명의 보병으로 편성된 군대를 일컫는 명칭이지만, 때로는 그 보병들을 통솔하는 군관인 지휘사(指揮使)에

포하게 했지요.

그와 대면한 장 지휘가 물었습니다.

"너는 도적 두목이냐?"

그러자 나룡이 말했습니다.

"소인은 도둑질을 한 적이 없습니다. 헌데 어째서 도둑 두목이라고 하십니까? 소인은 재판정에서 뇌물 죄를 범한 일도 없습니다. 도적들이 소인을 끌어 들이려 든 적도 없었지요. 그저 잔꾀를 좀 부려서 친척이나 지인들과 장난을 친 일이야 더러 있었습니다. (…) 나리, 소인에게 죄를 묻지 마십시오. 그러시면 혹시라도 소인을 쓰셔야 할 때가 있다면 그곳이 물이든 불이든 마다하지 않겠습니다!"

장 지휘가 그를 보니 체구는 자그마한데 말투가 시원시원 했습니다. 그리고 장물도 없고 증인도 없으니 그에게 죄를 묻기는 어렵다고 판단했지요. 게다가 자신을 기꺼이 도와줄 의향이 있다고 하는 말을 듣고 나니 '이런 자는 쓸모가 있고 난처한 일을 당할 염려는 없다'는 판단을 내렸습니다.

대한 약칭으로 사용되기도 하였다.
45 순군(巡軍): 관할지역을 순찰하는 군인.

이렇게 이야기를 나누고 있을 때였지요. 창문[46]에 사는 육소한陸小閑이라는 사람이 붉은 부리의 녹색 앵무새[47]를 가져 와서 장 지휘에게 바치는 것이 아닙니까. 그래서 조롱에 자물통을 채우고 처마 밑에 걸어 두게 했지요. 그리고 나서 웃으면서 나룡을 보고 말하는 것이었습니다.

『소주청명상하도』에 그려진 소주성의 창문(閶門)

---

46 창문(閶門) : 춘추시대에 오나라 왕 합려(闔閭, ?~BC496)가 축조한 소주 성(蘇州城)의 8개의 문들 중 서북쪽으로 난 문의 이름. '창(閶)'은 하늘의 기운과 통한다는 뜻으로, 오나라가 천신의 보호를 받기를 기원하는 마음을 표현한 것이다. 소주 시내에 있으며 유명한 관광 명소인 호구(虎丘)로 연결된다.

47 앵무새[鸚哥] : '앵가(鸚哥)'는 열대지역에 서식하는 새의 일종인 앵무(鸚鵡)의 다른 이름으로, 우리에게 익숙한 '잉꼬'의 원어(原語)이다. 중국에서 '앵무'라는 이름은 이미 『삼국지(三國志)』·『진서(晉書)』·『양서(梁書)』·『북사(北史)』·『남사(南史)』·『구당서(舊唐書)』·『명사(明史)』에까지 두루 확인되는 반면 '앵가'는 명대의 사서·문헌들에서 비로소 사용되기 시작하였다. 그리고 이 '앵가'의 중국어 발음인 '잉꺼(Yingge)'가 일본으로 전해져 '잉코(インコ)'로 바뀐 이름이 우리나라로 전해져 '잉꼬'로 굳어지게 된다.

"수완이 신통하다고 들었네. 자네야 아무리 장난으로 그랬고 장물도 없다고 하지만 남의 물건을 훔친 일도 적지 않을 터! 오늘은 일단 자네 죄를 용서해 주기로 하고 … 내 자네 수완은 꼭 좀 보아야겠네. (…) 자네가 오늘 밤에 이 앵무새를 훔쳐갔다가 내일 내게 돌려주게. 그러면 앞으로는 무슨 일이든 자네를 귀찮게 하지 않겠네!"

"그거야 어렵지 않지요. 소인이 지금 나가면 내일아침에 보내 드리도록 하겠습니다!"

나룡이 머리를 조아리고 나서 그곳을 나가자 장 지휘는 즉시 당직을 서는 군인 두 사람에게 분부했습니다.

"횃대 위의 앵무새를 잘 지키도록 해라. 만약에라도 실수를 저지르기라도 하면 단단히 책임을 물을 것이다!"

두 군인은 그 명령에 따라 처마 밑에서 당직을 서면서 한 걸음도 벗어날 엄두를 내지 못했습니다. 아무리 눈꺼풀이 천근만근 내리 눌러도 억지로 버틸 수밖에 없었지요. 어쩌다 졸음이 엄습해 와도 무슨 소리라도 들릴라치면 놀라 깨다 보니 이만저만한 고역이 아니었답니다.

밤이 벌써 오경[48]이 지났을 때였습니다. 나룡은 장 지휘의 서재 건물 지붕 위로 접근하여 서까래 쪽 기와를 걷은 다음 안으로 잠입했습니다.

그리고 나서 가만 보니 옷걸이
에는 노주[49] 특산 비단으로 만
든 침향색[50] 망토가 걸려 있고,
안석 위에는 화양건[51]이 하나
놓여져 있었지요. 또, 벽에는
작은 행등[52]이 하나 걸려 있는
데 그 곁에는 '소주 위당蘇州衛堂'
네 글자가 씌어져 있었습니다.
나룡은 속으로 꾀를 내어 즉시
그 두건과 옷을 걸쳤습니다. 그
리고는 소매 속에서 불씨를 꺼

화양건을 쓴 여동빈. 화양건은 도사들이 주로
착용하였다

내더니 촉매[53]를 불어 행등에 불을 붙인 다음 손에 들었지요. 그리고는
장 지휘의 목소리와 걸음거리를 흉내 내는데 그 풍채며 기개가 어느 하

---

48 오경[五鼓] : '오고(五鼓)'는 '오경(五更)'과 같은 뜻으로, 인시(寅時) 즉 새벽 3시부터 5
시까지에 해당한다.

49 노주(潞州) : 중국 하북성 상당군(上黨郡)의 옛 이름. 5대 10국(五代十國)시대 북주(北
周)가 선정(宣政) 원년(578) 최초로 상당군에 노주를 설치했는데, 수나라 때 폐지되었던
것을 당나라 무덕(武德) 원년(618)에 다시 설치하였다.

50 침향색(沈香色) : 침향(沈香)은 다양한 색깔의 것들이 산출되지만 명대의 문학·역사 문
헌들에 언급된 것을들 근거로 따져 보면 일반적으로 누른 색과 검은 색 사이의 색깔, 즉
어두운 누른 색[暗黃色]을 가리킨다.

51 화양건(華陽巾) : 중국 고대의 두건의 일종. 남북조시대 양(梁)나라의 도사 도굉경(陶宏
景, 456~536)은 자신을 '화양은거(華陽隱居)'라고 일컬었으며, 후세 사람들이 그 뒤로
도사가 쓰는 두건을 '화양의 두건[華陽巾]'이라고 부르기 시작했다고 한다.

52 행등(行燈) : 중국 고대에 밤길을 다닐 때에 들고 다니던 등롱.

53 촉매(燭媒) : 화약(질산 칼륨)을 함유한 종이를 말아 만든 불쏘시개. 초 심지나 아궁이에
불을 붙일 때에 사용했다고 한다.

나 닮지 않은 것이 없지 뭡니까.[54]

그렇게 몸채[55]의 벽문[56] 옆까지 왔을 때였습니다. 나룡은 문을 '덜컹' 하고[57] 열더니 멀찍이 행등을 내려놓고 느릿느릿 복도 처마 밑까지 왔습니다. 이때는 달빛이 어슴프레하고 하늘이 컴컴했습니다. 두 군인은 꾸벅꾸벅 졸고 있는 참이었지요. 그러자 나룡은 그들을 슬쩍 밀면서 말했습니다.

"날이 차츰 밝아 오니 이제 지킬 것 없다. 물러가도록 하라!"

그리고는 손을 뻗어 앵무새가 앉아 있는 횃대를 들더니 중문中門 안으로 느릿느릿 들어가는 것이었지요.[58]

---

54 【즉공관 미비】 戲得有趣. 사람을 재미있게 놀려 먹었군.
55 몸채[中堂] : '중당(中堂)'은 중국 고대의 건축 구조로 따져 볼 때 가옥 가운데에 자리잡는 집을 말한다. 고대 중국에서는 이 전통적인 건축 구조를 정치적 위상을 표현하는 데에 적용하기도 하였다. 즉 당대에는 중서성(中書省)에 재상이 집무하는 정사당(政事堂)이 설치되어 있었기 때문에, 후세사람들이 재상을 '중당(中堂)'이라고 부르기도 하였다. 명대에는 황제에게 권력이 집중되고 정치적 이유로 인하여 재상(宰相), 중서성 등의 기구가 철폐되어 내각(內閣)이 국가의 정무를 처리했기 때문에, 내각의 수보대학사(首輔大學士)와 협판대학사(協辦大學士)를 재상의 별칭인 중당으로 불렀다.
56 벽문(壁門) : 중국 고대에 병영에 난 문. 때로는 글자 그대로 담벽을 뚫어 낸 문을 가리키기도 한다.
57 [교정] '덜컹' 하고[劃然] : 이 부분이 상우당본(제1822쪽)에는 '괵연(劃然)'으로 나와 있으나 천진고적판(제839쪽)에는 '획연(騞然)'으로 되어 있다. 첫 글자의 경우 '괵(劃)'은 무엇이 깨지거나 붙어있던 것이 떨어지는 소리를 나타내는 의성어로 주로 사용되며, '획(騞)'은 의성어로 사용되기도 하지만 어떤 동작이나 상황이 신속하게 이루어지는 것을 나타내는 의태어로 사용되기도 한다. 강소고적판(제748쪽)에도 '괵연'으로 나와 있는 것을 보면 천진고적판의 '획연'은 오자로 보인다.
58 【즉공관 미비】 如羚羊掛角. 울타리에 뿔이 걸린 영양 꼴이로구나.

두 군인은 눈을 감고 눈을 비비면서 그렇지 않아도 이제는 더 이상 견딜 수가 없던 참이었습니다. 그러던 차에 물러가라는 소리를 들으니 하늘나라로부터 사면장이라도 받은 것 같지 뭡니까요 글쎄![59] 그러니 싫고 자시고 할 것이 어디 있습니까? 그 길로 연기처럼 그 자리를 떠나 버렸답니다.

이윽고 날이 밝고 장 지휘가 나왔습니다. 그런데 앵무새가 처마 밑에 보이지 않는 것이었습니다. 그 행방을 물으려고 서둘러 두 군인을 불렀지요. 그런데 두 사람 모두 그 자리에 없지 뭡니까. 서둘러 끌고 오게 했더니 두 사람은 그때까지도 남은 잠이 채 가시지 않은 상태였습니다. 장 지휘는 호통을 치면서 말했지요.

"네놈들더러 앵무새를 잘 지키라고 했더니 앵무새는 어디로 가고 문밖에서 자빠져 자고 있는 게냐!"

그러자 두 군인이 말했습니다.

"오경 무렵에 나리께서 직접 나오시더니 앵무새를 가지고 들어가시면서 쇤네들더러 돌아가라고 하셨지 않습니까요. 헌데 어째서 되려 쇤네들한테서 앵무새를 찾으십니까요?"

---

59 하늘나라로부터 사면장이라도~[只當接得九重天上赦書] : 명대의 유행어. 속박에서 해방된다는 뜻이다. 여기서는 당직의 의무를 벗어나게 된 것을 두고 한 말이다.

"허튼 소리! 내가 언제 나왔다고 그러는 게야? 네놈들이 헛것이라도 본 게로구나!"

"나리께서 직접 나오셨었다니까요? 우리 둘이 저기에 같이 있었는데 설마 둘 다 눈이 멀기라도 했겠습니까요?"

난감해진 정 지휘는 서재로 가서 서까래 쪽을 올려다 보았습니다. 그런데 거기에 웬 구멍이 나 있지 뭡니까. 그제서야 '이쪽에서 손을 쓴 게 분명하다'고 판단했지요.

그렇게 머뭇거리고 있을 때였습니다. 바깥에서 '나룡이 앵무새를 가지고 왔다'고 보고하는 것이 아닙니까. 정 지휘는 그제서야 빙그레 웃으면서 나오더니 '어떻게 훔쳐 갔느냐'고 물었습니다. 나룡은 간밤에 그의 옷과 두건을 걸치고 정 지휘인 척 변장을 하고 앵무새를 가지고 들어간 일을 소상하게

중국 근현대 화가 우비암(于非闇)의 앵무새 그림

이야기해 주었지요. 정 지휘는 놀랍기도 하고 기쁘기도 해서 그를 각별히 아꼈답니다. 나룡은 나룡대로 늘 작으나마 충성을 바쳤고[60] 정 지휘는

그럴수록 심복처럼 대해 주니 나룡은 더더욱 편안하고 무사하게 지낼 수가 있었지요.

이 세상 순포관巡捕官들이 뜻밖에도 도둑의 뒷바라지를 해 주는 것이[61] 예전부터 이런 식이었던 것입니다. 이 일을 증명하는 시가 있습니다.

고양이와 쥐가 어찌 한 곳서 잠을 자겠나?	貓鼠何當一處眠,
결국은 맛이 있어 침을 흘리는 게지.	總因有味要垂涎.
따지고 보면 포졸들도 죄다 도둑인데	繇來捕盜皆爲盜,
도적떼가 어찌 기승을 부리지 않을 수 있나!	賊黨安能不熾然.

말이야 그렇다고는 하지만 나룡이 정말로 남들과 장난을 친 사례는 많았습니다. 일찍이 어떤 노름꾼이 노름판에서 횡재를 만난 일이 있었습니다. 그는 등에 천 금이나 되는 돈을 지고 집으로 돌아가다가 길에서 나룡을 마주쳤습니다. 노름꾼은 돈을 가리키면서 나룡에게 농담 삼아서 말했지요.

"오늘 밤에 이 돈을 베개 밑에 놓아 두겠소. 형씨가 만약 가져 간다면 내일 내가 한 턱을 내리다. 못 가져 가면 형씨가 나한테 한 턱 내시오!"

---

60 【즉공관 방비】要緊. 아주 중요하지.
61 【즉공관 미비】有詰盜之責者知之. 도적을 다스리는 책임을 맡은 이들은 이 점을 알아야 할 것이다.

그러자 나룡이 웃으면서 말했습니다.

"그럽시다, 그래요."

그렇게 집으로 돌아간 노름꾼은 아내를 보고 말했지요.

"오늘 횡재를 만났소! 이 돈은 베개 밑에 놓아 두어야 겠어."

아내는 속으로 기뻐하면서 닭을 한 마리 잡고 술을 데워서 함께 먹었습니다. 그런데 닭을 다 먹지 못해서 절반이 남았지 뭡니까. 그래서 그것을 챙겨 부엌에 놓아 두고 침상에 올라 함께 잠자리에 들었지요. 그러면서 나룡과 내기를 한 일을 일러 주고 서로 경계하면서 내외가 각별히 경각심을 가지고 있었습니다. 그러나 나룡이 그때 이미 창 밖에서 그 한 마디 한 마디를 다 듣고 있을 줄이야 어떻게 알았겠습니까! 아무리 대단한 나룡이라도 그 부부가 맨 정신으로 버티고 있으니 손을 쓸 도리가 없었습니다. 그러다가 꾀를 내어 부뚜막 밑으로 가서 겨릅을 한 대 입에 넣고 씹었지요. 그러자 '뻐덕뻐덕' 소리가 나는데 그야말로 고양이가 닭을 먹고 있는 것 같지 뭡니까. 부부는 놀라 잠자리에서 일어났습니다.

"아직도 반이 넘게 남아서 내일 한 끼 배부르게 먹을 참인데! 저 망할 놈이 물고 가면 안되지!"

하면서 허둥지둥 침상을 내려 와서 그 광경을 보려고 부엌 문을 열었습니다. 그런데 그때 나룡은 천정⁶²으로 들어가서 돌 하나를 우물 속에 던져 '퐁!' 하는 소리를 내었지요. 노름꾼은 그 소리를 듣고 놀라면서 말했습니다.

중국 천정의 안(좌)과 밖(우)

"그런 하찮은 음식 때문에 발을 헛디뎌서 우물에 빠지기라도 하면 어쩌려고! 큰일 나!"

하면서 허둥지둥 문을 열고 보러 나오는 순간이었지요 나룡은 몸을 숨긴 채 방으로 들어가더니 베개 밑에 있던 돈을 다 파 들고 가 버렸습니다.

부부 두 사람은 어두움 속에서 부르고 대답하면서 서로 무사한 것을 확인했습니다. 그리고는 손을 마주잡고 방으로 들어왔지요. 그렇게 침상 안으로 들어왔을 때였습니다. 가만 보니 베개가 엉뚱한 자리에 가 있는 것이 아닙니까. 그래서 돈이 있었던 쪽을 더듬어 보니 돈은 벌써 흔적도

---

62 천정(天井) : 중국의 전통적인 가옥 구조. 가옥과 가옥 또는 가옥과 담장으로 둘러싸인 집 내부의 작은 뜰을 가리킨다. 『이각 박안경기』 제11권에도 같은 표현이 보인다.

없이 사라지고 난 뒤였습니다. 부부는 서로를 원망하면서 말했지요.

"멀쩡한 사람이 둘이나 있으면서 ⋯ 게다가 잠도 들지 않은 채로 그 자한테 바로 눈앞에서 농락을 당하고 말다니! 참 우습기도 하구려!"

날이 밝자 나룡은 그 돈을 가지고 와서 돌려주더니 한 턱 내라고 보채는 것이었습니다. 그러자 노름꾼은 껄껄 웃으면서 몇백 전을 끌러 소매 속에 넣더니 나룡과 함께 술집으로 가서 술 대접을 했지요. 두 사람은 술을 마시는 동안 간밤에 있었던 일들을 자세하게 이야기 하면서 손뼉을 치며 껄껄 웃었답니다. 그러다가 대화를 들은 술집 주인이 그 까닭을 묻길래 그 사연을 들려 주었더니 술집 주인이 말했습니다.

"그동안 수완이 대단하다는 소문은 듣고 있었소이다마는 그게 정말이었군요!"

그는 탁자 위의 주석 술 주전자를 가리키면서 말하는 것이었습니다.

"오늘 밤에 이 주전자를 가지고 가시면 나도 내일 한 턱 내지요!"

그러자 나룡은 웃으면서 말했지요.

"그것도 어렵지 않지요."

"문을 부수거나 창문이 상하면 안되고 … 바로 이 탁자 위에서 … 어디 재주껏 가져가 보시구려!"

명대의 팔선탁

"알겠습니다, 알겠어요!"

이렇게 말한 나룡은 몸을 일으키더니 작별 인사를 하고 그 자리를 떠나는 것이었지요.

술집 주인은 밤이 되자 집 문을 단단히 지키도록 분부했습니다. 그리고 자신은 등불을 사방에 켜 놓았지요. '이 정도면 못 들어올 테지' 하고 여긴 주인은 생각했습니다.

'나는 탁자 위에 등불을 놓아 두고 … 필사적으로 앉아서 이 주전자를 지켜야지! 어디 어떻게 훔쳐 가는지 두고 볼까?'

술집 주인은 정말로 그렇게 한밤중까지 앉아 있었습니다. 그런데 전혀 아무 동정도 없지 뭡니까. 주인은 좀 따분하다는 생각이 들었습니다. 그러다가 노곤해지면서 어느새 꾸벅꾸벅 졸기 시작했지요. 처음에는 그래도 억지로라도 버텨 볼 각오였습니다. 그러나 더 이상 버티지 못하고 탁자에 비스듬히 기댄 채로 잠이 들더니 자기도 모르게 코까지 요란하게 골기 시작하는 것이었습니다.

그러나 나룽은 진작부터 문 밖에서 듣고 있었습니다. 그는 살그머니 용마루로 기어 올라가 지붕 위의 기왓장을 들어내고 돼지 오줌보를 가는 대롱 위에 단단히 박았습니다. 그 대롱은 대나무 마디를 뚫어서 만든 것이었지요. 그는 그것을 천천히 내려서 술 주전자 입 안까지 찔러 넣었습니다. 술집의 주전자라는 것은 한결같이 몸이 뚱뚱하고 목이 좁지요. 그래서 나룽이 위에서 숨을 대롱을 통해서 불어 넣자 그 돼지 오줌보가 주전자 안에서 부풀면서 주전자 안에 바짝 밀착되는 것이었습니다. 그러자 나룽은 대롱 윗쪽 끝을 꽉 누른 채로 술 주전자를 끌어 올렸지요. 그런 다음 원래대로 기왓장을 잘 덮어서 전혀 건드린 티가 나지 않게 했답니다.

술집 주인이 잠에서 깼을 때는 탁자 위 등불이 꺼지지도 않았는데 술 주전자는 이미 사라져 버린 뒤였습니다. 그는 허둥지둥 일어나서 사방을 둘러 보았지요. 그러나 창문도 원래대로 잘 닫혀 있어서 전혀 빠져 나갈

틈이 없지 뭡니까. 도무지 무슨 신통력을 부려서 가지고 갔는지 알 길이 없었습니다.

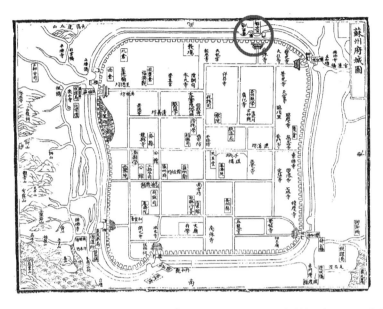

명대의 연혁서 『고소지(姑蘇志)』에 그려진 「소주부성도」. 동그라미 부분이 북동자문으로 보인다

또 어느 날이었습니다. 나룡이 젊은이 두세 사람과 함께 북동자문北童子門의 술집 앞에 서 있을 때였지요. 강의 배 안에 복건 출신의 웬 도령이 종복으로 하여금 옷을 뱃머리에 펴 놓게 해서 햇볕에 말리고 있는 것이 아닙니까. 그 옷은 비단 수를 놓아 번쩍번쩍 하는 것이 보는 사람들 치고 감탄하지 않는 이가 없을 정도였지요. 배 안에는 이불도 하나 있는데 서쪽 바다[63]의 기이한 비단으로 더더욱 특별한 것이었습니다. 사람들은 그

것이 유난히 번쩍거리는 것을 보고 농담 삼아 말했지요.

"무슨 방법을 써서라도 저 양반 것을 가져 와서 한 바탕 웃어나 봅시다!"

그러자 다들 나룡을 추천하는 것이었습니다.

"지금 나룡이 솜씨를 뽐내지 않으면 언제 뽐내겠소?"

나룡은 웃으면서 말했지요.

"오늘 밤에 제가 저것을 구해 오지요. 그러면 내일 여러분께서 도령에게 돌려주고 상금을 달라고 하십시오. 그 돈으로 여러분 하고 같이 취할 때까지 마셔 봅시다!"

말을 마친 나룡은 먼저 목욕탕⁶⁴에 가서 몸을 깨끗이 씻었습니다. 그런 다음 배 옆으로 가서 동정을 살폈지요.

이경⁶⁵까지 기다렸을 때였습니다. 그 도령과 손님들은 모두 술이 얼근

---

63 서쪽 바다[西洋] : 중국 고대의 지역명. '서양'은 '서쪽의 큰 바다'라는 뜻으로, 그 서쪽 바다를 가리키며, 그 동쪽은 '동양(東洋)'이라고 불렀다. 근대 이후로는 '서양'이 유럽과 아메리카, '동양'이 일본을 각각 일컫는 지리개념으로 굳어졌다.

64 목욕탕[混堂] : 원·명대의 공중 목욕탕. 원대 극작가 이호고(李好古)의 잡극 희곡 『장생자해(張生煮海)』 제3절의 "却生扭做香水混堂, 大海將來升斗量", 명대 풍몽룡의 송대 화본 소설집 『성세항언』 제1권의 "趙二在混堂内洗了個净浴, 打扮得帽兒光光"에서도 원·명대 공중 목욕탕의 광경을 엿볼 수 있다.

65 이경[二更] : 밤 아홉 시부터 밤 열한 시까지를 말한다.

히 취하고 몸도 녹초가 되어 정신이 몽롱해진 상태였지요. 그래서 임시용 침대를 펴고 입으로 등불을 끈 다음 다 함께 바닥에 누워 잠을 청하는 것이었습니다. 나룡은 갑자기 '번쩍' 하고 어느새 손님들 잠자리에 섞여 들어가서 이불 안에 끼었습니다. 그리고는 복건지방 사투리를 쓰면서 일부러 이불 속에서 끼어 이리저리 부대꼈지요. 그 서슬에 손님들은 잠을 설치자 투덜투덜 불평을 해대었습니다. 나룡은 나룡대로 복건 말투로 잠꼬대까지 해 대었지요. 그렇게 사람들 사이에서 섞여 복작거리는 틈을 타서 그 특별한 비단 이불을 잡아 당겨 한 묶음으로 말았습니다. 그리고는 잠에서 깨서 '소변을 보러 간다'고 하면서 공공연히 선창 문을 열고 소변을 보러 나오자마자 그 길로 뭍으로 뛰어내렸지요. 배 안의 사람들은 그래도 전혀 그 사실을 눈치채지 못하고 있었답니다.

오봉선의 선창(가운데 지붕을 씌워 놓은 부분)

다음날 날이 밝았을 때였습니다. 배 안에 있던 비단 이불이 보이지 않자 온 선창 안이 다 떠들썩해졌습니다. 도령은 도령대로 몹시 아까워 하면서 손님들과 함께 상의까지 했지요. 그러나 관가에 신고하자니 그럴 정도로 큰일은 아니었습니다. 그렇다고 포기하자니 너무 아깝지 뭡니까요. 하는 수 없이 일천 전의 상금을 주기로 약속하고 사람을 불러 그 행방을 찾게 했지요. 그러자 나룽은 어제 그 패거리와 함께 배에 올라갔습니다. 그리고 도령을 보고 말했지요.

"배에서 잃어버리신 그 비단 이불 말씀인데 … 우리가 벌써 어떤 장소에서 보았습니다. 도령께서 상금을 거시고 우리 형제들한테 먹을 술을 사시면 … 그걸 찾아 와서 그대로 돌려 드린다고 장담합니다!"

도령은 당장 사람을 시켜 일천 전을 꺼내 와서 그 자리에 놓게 하더니 이불을 가져 오는 즉시 돈을 주겠다고 선언했습니다. 그러자 나룽이 말했지요.

"댁의 집사에게 저희들을 따라 가지러 가게 하시지요."

도령은 자신을 수행하는 하인에게 분부해 그들과 함께 휘주徽州 상인이 운영하는 전당포까지 따라가게 했지요. 그 하인이 비단 이불을 확인해 보니 바로 당초에 잃어버린 물건이지 뭡니까.

"이건 우리 배에 있던 물건인데 ⋯ 어째서 여기에 있는 겁니까?"

하인이 이렇게 묻자 전당포 주인이 말하는 것이었습니다.

"아침에 웬 사람이 잡히러 왔더군요. 헌데 ⋯ 우리가 보니 이 비단은 이 지역에서 나는 것이 아니었습니다. (⋯) 좀 이상하길래 그 자한테 잡힌 물건 값을 주지 않았지요. 그랬더니 그 자가 그럽디다. '당신들이 안 맡아 주면 아는 사람을 찾아 가서 맡기고 은자를 받아 가면 됩니다.'라고요. 우리가 '그럼 그렇게 하라'고 했더니 가게를 나가더니 끝내 돌아오지 않았지요. (⋯) 저는 처음부터 '분명히 내력을 알 수 없는 물건'이라고 여겼는데 그 배의 물건이라니 가지고 가십시요. 그 자가 가지러 오면 그 자를 잡아서 배로 보내 드리겠습니다!"

사람들은 그 비단 이불을 가지고 가서 도령에게 돌려주고 전당포에서 한 이야기를 들려주었지요. 그러자 도령이 말했습니다.

"우리 같은 객지 사람들이야 물건을 안 잃어 버렸으면 된 거지요. 그 도둑을 찾아서 뭐 어쩌겠습니까?"

그리고는 일천 전을 꺼내서 당초 그 사실을 알려 주었던 나룽의 패거리에게 건네는 것이었지요. 돈을 받은 사람들은 다함께 술집으로 가서 다 써 버렸답니다. 그러나 알고 보면 처음에 전당포에 간 사람 역시 나룽의 부탁을 받은 사람이었답니다. 그가 비단 이불을 그 전당포에 가져다 놓음으로써 상금을 받기 수월하도록 손을 쓴 거지요.

이런 식으로 나룡이 장난을 친 일은 한두 번이 아니었습니다. 그야말로

어명 하나면 무덤도 팔 수 있는데　　　　　　臚傳能發塚,
좀도둑에게 굳이 각박하게 굴 것 어디 있나.　穿窬何足薄.
만약 대단하신 유학자님네 말씀 빌리자면　　若託大儒言,
장난과 농담 잘 하는 사람일 뿐이란다.　　　是名善戲謔.

『소주청명상하도』 속의 명대 전당포

나룡은 물론 장난을 즐기기는 했습니다. 그러나 만약 그의 기분이 언짢을 때에는 장난 반 진심 반으로 반드시 그를 고생시키곤 했습니다. 어떤 좀도둑이 술을 준비하고 나룡을 초대해서 호구[66]로 나들이를 갔습니다. 산당山塘을 지난 배가 잠시 어떤 싸전 문 앞 강가에 멈추었을 때 그 싸전을 건너가서 땔감과 술을 샀지

66　호구(虎丘) : 소주 경내의 명승지 이름. 강소성 오현(吳縣)에서 서북쪽으로 7리 거리에 자리잡고 있으며, '虎邱'로 쓰기도 한다.

요. 그러자 싸전 사람은 그가 가게 앞에 배를 대는 바람에 손님들이 드나드는 데에 지장을 줄까 신경이 쓰이지 뭡니까. 그래서 소리를 버럭 지르면서 쫓아내더니 배를 대지 못하게 하는 것이었습니다. 도둑들은 불평을 하면서 아우성을 쳤지요. 그러자 나룡이 눈짓을 하더니 말했습니다.

소주의 작은 산 호구에 세워진 호구탑

"이 집에서 다니지 못하게 하면 우리가 배를 좀 옮겨서 따로 내릴 곳을 찾으면 그만입니다. 그렇게 역정을 내실 필요가 어디 있겠습니까?"[67]

그리고는 배를 풀게 하는 것이었습니다. 사람들이 그래도 씩씩거리자 나룡이 말했습니다.

"입씨름을 할 것 없습니다! 오늘밤 제가 알아서 저 자를 손 볼 방법이 다

---

67 【즉공관 미비】睚眦必報. 하찮은 원한이라도 반드시 갚아야 하는 법.

있으니까요."

그래서 사람들이 물었더니 나룡이 말하는 것이었지요.

"다들 가서 관선[68]을 한 척 구해 오십시오. 오늘 밤에 술 한 동이, 술통 하나, 술 데우는 도구, 땔나무며 숯 같은 것들을 남겨 놓았다가 모두 배에 잘 실으시오. 돌아가는 길에 날이 밝을 때까지 달 구경이나 좀 할까 싶습니다! (…) 여러분도 내일이면 알게 되실 테니 … 지금은 발설해서는 안됩니다!"

이날 밤, 호구에서의 술자리가 끝나자 사람들은 헤어져 그 자리를 떠났답니다. 그러자 나룡은 그들과 내일 아침에 만나기로 약속하고 술을 잘 마시는 사람 하나만 술친구로 남게 하고, 배를 잘 모는 사람에게는 노르 잡게 한 다음 그 관선을 타고 돌아왔지요.

그렇게 돌아오는 길에 싸전이 있는 강 어귀를 지날 때였습니다. 그 싸전은 이미 문이 굳게 닫혀 있었지요. 그 시간에는 강에서 달구경을 하고 피리를 불고 노래를 부르며 돌아가는 배가 무척 많아서 싸전 사람들도 마음 놓고 잠을 자고 있었습니다. 나룡은 배를 싸전 널문 쪽에 바짝 붙여 세웠습니다. 그리고는 낮에 눈여겨 보아 두었던 싸전 구석에 쌀이 한 통

---

68 관선[站船] : '참선(站船)'은 중국 근세에 역참(驛站)에 배치하고 관청의 수요에 맞추어 동원하던 관선(官船)을 말한다. 여기서도 편의상 '관선'으로 번역하였다.

가리 쌓여 있는데 마침 강물 앞 널판 가까운 곳이지 뭡니까. 나룡은 소매 속에서 작은 칼을 꺼내더니 간판의 마디 부분을 후벼 팠습니다. 그러자 나무 마디는 통째로 떨어지고 간판에는 아주 큰 구멍이 하나 생기는 것이었습니다.

나룡은 허리춤을 더듬어 대롱을 하나 꺼냈습니다. 그리고 양쪽 끝을 우피[69]처럼 깎더니 한쪽을 간판 구멍을 통하여 쌀 통가리로 찔러 넣었지요. 그리고 나서 살짝 좀 흔들어 주는 것이었습니다. 아 그런데 가만 보니 통가리 안의 쌀이 '스르르' 대롱을 통하여 쏟아져 나오는 것이 아닙니까. 마치 물이 쏟아 붓는 것 같이 말입니다. 나룡은 한편으로는 달을 마주보고 술잔을 기울였지요. 더러 술에 취해 고래고래 소리도 지르고 껑충껑충 뛰면서 웃기도 하면서 말이지요. 그 소리가 쌀이 쏟아져 내리는 소리와 뒤섞이는 바람에 그 옆을 오가는 배들도 눈치를 채지 못했답니다. 그 싸전 사람들이야 안에서 잠을 자고 있었으니 더더욱 꿈에서조차 상상도 하지 못했을 테지요. 동이 틀 때가 되어서 대롱에서도 더 이상 쌀이 나오지 않자 쌀 통가리가 텅텅 빈 것을 눈치챘습니다. 나룡은 쌀이 배에 가득 차자 뱃사람에게 닻줄을 풀고 천천히 배를 띄우게 했습니다.

그렇게 해서 웬 으슥한 곳으로 갔더니 도둑들이 모두 몰려 드는 것이었습니다. 그래서 나룡이 경위를 이야기해 주니 다들 손뼉을 치면서 껄

---

69 우피(藕披) : 연뿌리. 명대에 강소·절강 두 지역 사람들은 연뿌리를 먹을 때 비껴 썰기로 얇게 썬 연뿌리를 '우피(藕披)'라고 불렀다고 한다.

『소주청명상하도』속의 명대 싸전 . 일꾼들이 쌀을 나르고 있다

껄 웃는 것이었지요. 그러자 나룽은 두 손을 모아 인사를 하면서 말했습니다.

"여러분께 이것으로 간밤의 후한 대접에 보답할까 싶습니다!"

물론, 자신은 한 톨도 챙기지 않았답니다.[70]

그 싸전에서는 통가리를 열 고 나서야 그 안이 텅텅 비어 있는 사실을 깨달았습니다. 그러나 언제 사라지고 어떻게 사라진 것인지는 알 도리가 없었지요.

---

70 【즉공관 미비】臨財毋苟得. 재물 앞에서는 구차하게 굴어서는 안되는 법이다.

홍콩 영화 『당백호점추향(唐伯虎點秋香)』에서 화려한 모자를 쓴
선비들

당시에 소주에서는 백주모[71]가 새로 유행하고 있었습니다. 젊은이나

한량들 치고 그것을 쓰고 꾸미지 않는 사람이 없을 정도였지요. 남원[72]

옆 동도당東道堂 백운방白雲房의 도사들도 다들 개인적으로 한 개씩 장만해

놓고 있었지요. 놀러 나갔을 때 속인 행세를 하기 좋도록 말입니다.[73]

그러던 어느 날이었습니다. 여름 날이어서 호구로 나들이를 가기로 하

고 벌써 술을 실은 배를 대절해 놓았지요. 그런데 '사왕삼紗王三'이라는 사

람이 있었습니다. 바로 왕직사王織紗의 셋째 아들로, 평소에 도사들과 사

---

71 백주모(白柱帽) : 명대에 유행한 모자의 일종. 가정(嘉靖) 연간에 소주 지역에서 유행한
    간편한 모자로, 주로 대갓집 자제들이 착용했다고 한다. 풍몽룡의 『유세명언』 「장흥가중
    회진주삼(蔣興哥重會珍珠衫)」(제1권)에도 같은 이름이 보인다.

72 남원(南園) : 명대 소주의 정원 이름. 지금의 강소성 소주시 인근 태창시(太倉市)에 자리
    잡고 있다. 명대 후기인 만력(萬曆) 연간의 재상인 왕석작(王錫爵, 1534~1614)이 매화
    와 국화를 심고 그 경치를 즐겼다고 한다.

73 【즉공관 미비】 卽已不良. 그런 심보부터가 불량스러운 것이다.

이가 좋아서 늘 같이 어울려 돈을 모아 술을 마시곤 했답니다. 도사들은 그가 상습적으로 자기들 덕을 보려고 드는 것을 싫어했지요. 거기다가 주사까지 심한지라 이번만큼은 그를 속여 넘기려 했습니다. 그런데 뜻밖에도 사왕삼이 그 사실을 먼저 눈치챘지 뭡니까?

그는 도사들이 자신만 빼 놓은 것을 못마땅하게 여겼습니다. 그래서 나룡을 찾아가 상의한 끝에 무슨 수를 써서라도 그들의 기분을 망치기로

작정했지요. 그러자 나룡은 그 요청을 받아들였습니다. 그는 그 길로 백운방으로 가더니 도사들이 늘 쓰던 판건[74]을 모조리 다 가지고 왔습니다. 그래서 사왕삼이 말했지요.

명대 판건(와릉모). 조선시대의 탕건을 닮았다

"왜 그 새 모자들을 안 가져 오셨습니까? 그런 판건이 무슨 쓸모가 있다구요!"

그러자 나룡이 말하는 것이었습니다.

74　판건(板巾) : 명대에 도사들이 착용하던 두건. '와릉모(瓦楞帽)'라고 부르기도 하였다.

"그 자들이 새 모자를 잃어 버리면 내일은 산에 나들이를 오지 않을 겁니다. 그래서야 무슨 재미가 있겠소?[75] 귀하는 신경을 쓰지 마십시오. 나는 내일 그 자들 하고 같이 시간을 보낼 겁니다!"

사왕삼은 그래도 그 의도를 알지 못했지만 그 뜻을 따를 수밖에 없었지요.

이튿날, 도사들은 가벼운 저고리에 작은 모자 차림으로 젊은 도령으로 변장했습니다. 그리고는 배를 타고 마음대로 놀러 다녔지요. 그러자 나룡은 검푸른 옷을 차려 입고 그들을 따라 배를 타고 키잡이 자리에 쪼그리고 앉았지요. 뱃사공은 뱃사공대로 그가 도사들을 따라 온 시종인줄 알고 서로가 다 전혀 이상하게 여기지 않았답니다. 배가 출발하자 도사들은 옷을 풀고 모자를 벗은 채로 술판을 벌이면서 환호하는 것이었습니다. 그러자 나룡은 틈을 봐서 새 모자 몇 개를 소매 속에 말아 감추었습니다. 그리고 허리춤에서 어제 가져온 판건을 몇 개 꺼내서 그 자리에 놓았지요. 그리고는 짐작교[76] 옆까지 왔을 때 배를 가까운 기슭에 대자 나룡 혼자서 뭍으로 뛰어 내렸지요.

도사들이 옷과 모자를 쓰고 근사한 모습으로 뭍에 내리려 할 때였습니다. 모자는 보이지 않고 늘 쓰던 사라[77]로 짠 바로 그 판건만 그 자리에

<hr>

75 【즉공관 미비】 文字做得深一步, 纔有趣. 계획은 좀 더 깊이 세워야 재미가 있는 법이지.
76 짐작교(斟酌橋) : 명대에 소주에 지어진 다리 이름. 원래는 나무다리였는데 만력 13년 (1585)에 다리의 널과 아치를 석재로 개수하여 평면으로 지었다. 청대 광서(光緒) 21년 (1895)에 중수되었다.

남아 있는 것이 아닙니까. 납작하게 접어서 가지런하게 저쪽에 놓아 둔 상태로 말입니다. 도사들은 아우성을 쳤습니다.

"해괴하구나, 해괴해! 우리 모자는 죄다 … 어디로 간 거여?"

소주에 있는 짐작교의 모습

그래서 사공이 말했지요.

"도사님들이 알아서 챙기셔야지 어째 나한테 묻습니까요? 배에서는 바늘 하나 사라질 일이 없지요.[78] 잃어버리실 턱이 없습니다!"

---

77 사라(紗羅) : 올이 가는 가벼운 견직물을 아울러 일컫는 이름.

78 배에서는 바늘 하나 사라질 일이 없으니[船不漏針] : '선불루침(船不漏針)'은 명대의 속담으로, 일종의 육지에서 격리된 공간인 배 안에서 바늘을 잃어버렸다면 그 안에 있는 사람이 주울 수밖에 없다는 뜻이다. 내부인의 소행이라는 말이다.

도사들은 이번에는 여기저기를 또 한 차례 찾아보았습니다. 그래도 그림자 하나 보이지 않지 뭡니까. 그래서 뱃사공에게 물었지요.

"방금 당신네 배에 검푸른 옷차림에 마르고 키 작은 사내가 하나 있다가 뭍에 내렸지. 그 자를 불러다 한 마디 물어 봅시다. 그 자 지금 … 어디에 있소?"

"우리 배에 그런 사람이 어디 있다고 그러세요! 도사님네를 따라서 타더구만 멀?"

그러자 도사들은 이렇게 아우성을 쳐 대었습니다.

"우리한테 언제 누가 따라 와? (…) 네놈이 작당해서 벌건 대낮에 우리 모자를 훔쳐 간 게지! 우리 모자는 한 개에 몇 냥이나 되는 모자야! 절대로 그냥은 못 넘어간다!"

그러면서 뱃사공을 붙잡고 놓아주지 않지 뭡니까. 뱃사공은 뱃사공대로 그 말에 승복하지 않고 큰소리로 아우성을 쳐 대었지요. 그 서슬에 뭍에서는 사람들이 잔뜩 모여 들더니 벌떼처럼 몰려 구경을 하는 것이었습니다. 그런데 그 인파 속에서 웬 젊은 도령이 나타나 '쿵' 하고 배에 올라타더니[79] 말하는 것이었지요.

"왜 이렇게 소란스러운 게요?"

도사들과 뱃사공은 각자 한 차례씩 하소연을 했습니다. 도사들은 그 사람이 아는 사이인지라 분명히 자신들 편을 들어줄 거라고 믿었습니다. 아 그런데 뜻밖에도 그 사람은 정색을 하면서 되려 도사들을 나무라는 것이었습니다.

"여러분은 모두 신선가에 속한 분들입니다. 그러니 당연히 판건만 쓰고 배를 탔겠지요. (…) 지금 판건이 전부 다 저기에 있군요. 그런데 웬 백주모 타령들이시오? 당신들이 뱃사공을 속이려 드는 게 분명하구려!"

그러자 구경하던 사람들도 그 말을 들은 '당사자들이 도사들이고 판건이 모두 있는데 되려 배에서 모자 값을 뜯어 내려 드는 것'으로 여겼습니다. 그래서 그 구경꾼들이 야유를 퍼부을 때였지요. 그 동네에서 빈둥거리면서 놀기 좋아하는 참견 잘 하는 건달 몇 사람이 불쑥 나서더니 주먹을 쥐고 팔을 걷어 부면서 말하는 것이었습니다.

---

79 올라타더니[跳下船來] : 상우당본 원문(제1838쪽)의 '하선(下船)'은 글자 그대로 풀면 '배에서 내리다'라는 뜻이 된다. 그러나 명·청대 구어체 중국어[白話]의 경우, 소주 등 일부 방언(강남)에서는 '배에 타다'의 의미로 사용되었다. 여기서도 전후 맥락을 따져 볼 때 껑충 뛰어서 배로부터 뭍으로 내리는 것이 아니라 껑충 뛰어서 뭍으로부터 배로 올라타는 것을 나타낸다. '하(下)'는 '내리다'가 아니라 '타다'로 번역해야 옳다는 뜻이다. 명·청대 구어체 중국어에서는 이처럼 현대 중국어의 의미나 용법과는 편차가 큰 경우가 제법 존재하기 때문에 이해와 번역에 각별히 유념할 필요가 있다.

"이제 보니 엉터리 도사놈이 억지를 쓴 게로군? 다들 놈을 흠씬 두들 겨 패서 관아로 끌고 갑시다!"

그러자 그 사람은 배 안에서 손사래를 치면서 그들을 말리더니 말했습 니다.

"이러지들 마시오, 이러지들! 그들이 자진해서 가게 둡시다."

그리고는 서둘러 뛰어서 뭍에 내리는 것이었지요. 도사들은 도사들대 로 괜한 시비를 부를까 두려웠던지 사공에게 서둘러 배를 출발시키게 했 습니다. 모자가 없어진 데다가 남들에게 들통까지 나는 바람에 자신들의 정체를 감출 수가 없게 되어 버렸으니까요. 산 나들이 하기는 글렀으니 언짢은 심정으로 돌아가는 수밖에요. 공연히 한 턱 내느라 돈만 들이고 기분은 기분대로 망친 셈이었습니다.

배 안으로 뛰어들었던 그 사람이 누구인지 아십니까? 바로 사왕삼이 었습니다! 나룡은 판건을 모자와 바꿔치기 하고 나서 그 일을 사왕삼에 게 알려 주었지요. 그리고 나서 실랑이를 벌이는 틈을 타서 작심하고 도 사의 정체를 폭로하여 흥을 깨어 버린 것이었습니다.

도사들은 돌아가서도 뱃사공을 붙잡고 늘어졌습니다. 그러자 사왕삼 은 사람을 시켜 모자 몇 개를 그들에게 돌려주게 했습니다. 그리고 그 위 에 이렇게 썼지요.

"앞으로 한 턱 내고 근사하게 꾸미실 때에는 꼭 알려 주십시오!"

도사들은 그제서야 사왕삼이 장난을 친 것임을 깨달았습니다. 사실은 그들 역시 나룡의 명성을 전부터 듣고 있었지요. 그래서 사왕삼이 평소에 그와 내왕하던 사이이며, 이 모든 소동이 나룡이 벌인 일임을 눈치챘답니다.

그 당시에 이웃 고을인 무석[80]에 지현이 한 사람 있었습니다. 욕심이 유난히 많아서 나쁜 쪽으로 명성이 자자했지요. 그런데 누가 와서 나룡을 보고 말하는 것이었습니다.

"무석현 관아에는 금은보화가 산처럼 쌓여 있습니다마는 죄다 의롭지 못한 재물들입니다. 그것들을 가져다가 가난한 사람들에게 나누어 주시는 것이 어떻겠습니까?"

나룡은 그 말을 새겨 듣고 무석 땅으로 갔습니다. 그리고 밤중에 관아로 잠입하여 안의 동정을 살폈지요. 그 관아 안은 정말로 부티와 귀티가 넘치고 있었지요. 그 광경을 볼작시면

함짝마다 화려한 비단[81]이요   連箱錦綺,

---

81 [교정] 비단[錦] : 상우당본 원문(제1840쪽)에는 '이어질 면(綿)'으로 되어 있다. 그러

선반마다 진기한 보물들이로구나.	累架珍奇.
원보[82]는 종이로 싸지 않고	元寶不用紙包,
차곡차곡 줄 지어 재어 놓고	疊成行列,
그릇들도 절반은 도기가 아니라	器皿半非陶就,
금과 은이 가득 늘어서 있네.	擺滿金銀.
큰 코끼리 아가리의 상아를	大象口中牙,
아둔한 여종이 가져다 불을 지피고	蠢婢將來揭火,
뿔소 대가리의 뿔을	犀牛頭上角,
아이가 가져다 뜨거운 물을 담누나.	小兒拿去盛湯.
회초리 들고 쫓아가 부르느라	不知夏楚追呼,
남 집 혈육 얼마나 많이 헤어지게 만들었을꼬?	拆了人家幾多骨肉.
거기다 선물이 넘쳐 나니	更兼苞苴混濫,
지방 곳곳의 이익들 다 챙겨서	捲了地方到處皮毛.
온 마음 다해 자손에게 물려주려 하며	費盡心要傳家裡子孫,
낯 붉히며 평민 부모 받아들이네.[83]	靦着面且認民之父母.

나룡은 이루 다 눈에 담을 수 없을 정도로 엄청난 사치의 현장을 보면

나 전후 맥락을 따져 볼 때 여기에는 '비단 금(錦)'을 써야 옳다. 강소고적판(제755쪽)과
천진고적판(제843쪽)에도 '비단 금'으로 수정해 놓았다.

82 원보(元寶) : 명대에 유통되었던 화폐의 일종. 명대에는 금으로는 다섯·열 냥짜리 원
보를, 은으로는 쉰 냥짜리 원보를 만들어 유통시켰다고 한다. '원보'는 그 이름 자체가
행운을 뜻하는 데다가 첫 글자인 '원(元)'은 세 단계의 과거시험에서 모두 급제하기를
기원하는 '삼원급제(三元及第)'의 '원'과 같은 글자를 썼기 때문에, 행운이나 부귀를 상
징하는 도안에 자주 등장하였다.

83 【즉공관 미비】 可以垂淚. 눈물을 흘릴 만하군.

서 생각했습니다.

'몇 겹이나 되는 문들에 여기저기 자물통들이 채워져 있고 … 바깥에서는 야경 도는 소리가 끊이지 않으니 전부 가져가기는 어렵겠군!'

그러다가 웬 작은 상자가 눈에 들어 왔습니다. 그 상자는 꽤 묵직해 보이는 것이 순금과 백은이 들어 있을 것이 분명했지요. 그래서 슬쩍 몸에 챙기고 나서 속으로 생각했습니다.

청대의 야경꾼들

'관아의 물건이다. 내일 온갖 억측으로 애먼 사람들을 다치게 하는 일이 없게 해야겠어!'[84]

그는 붓을 꺼내더니 함짝과 선반이 있는 쪽 담에 매화꽃을 한 가지 그렸습니다. 그리고 나서 살그머니 처마 밑에서 관아 뒤쪽으로 빠져 나갔지요.

그리고 이삼일이 지났을 때였습니다. 지현이 공금을 점검하다 보니 금만 넣어 둔 작은 상자가 보이지 않지 뭡니까. 얼추 이백 냥이 넘는 금이 들어 있었으니 은자로는 천 냥이 넘는 액수였지요. 그래서 군데군데를 다 찾아 보았습니다. 그런데 가만 보니 옆쪽에 매화가 한 가지 그려져 있는 것이 아닙니까. 먹 자국이 선명한 것이 그린 지 얼마 되지 않은 것이 분명했습니다. 지현은 놀라면서 말했지요.

"이건 우리 관아 사람이 아닌 것이 분명하다. 침실에 누가 드나들 수 있단 말인가? 그런데도 매화를 표식으로 남길 정도로 여유를 부리다니! 이건 … 평범한 도둑이 아니다! 기필코 놈을 찾아내야 한다!"

그러더니 눈썰미가 있고 행동이 민첩한 포졸들을 관아로 소환하여 와서 도둑이 남긴 그 자취들을 살피게 했지요. 포졸들은 벽에 그려진 그림을 보더니 놀라서 말했습니다.

"나리! 이 도적은 쇤네들도 아는 놈인데 … 못 잡습니다요! (…) 이 놈

---

84 【즉공관 미비】陰德事. 음덕을 쌓는 일이지.

은 소주부의 신묘한 도적으로 '나룡'이라고 합니다. 가는 곳마다 어김없이 물건을 도둑질 당한 집에 매화를 한 가지씩 그려서 표식으로 삼곤 하지요. 그 놈은 예삿 수완을 가진 것이 아니어서 그야말로 신출귀몰 합니다. 거기다가 의리가 남달라서 놈을 따르는 패거리도 아주 많습니다요. (…) 놈을 찾아내는 일이 중요하기는 하오나 또다른 사달이 날까 걱정입니다. 금은을 잃어버린 것은 하찮은 일이니 차라리 포기하시지요. 괜히 성급하게 놈을 자극하지 마시고요."

그러자 지현은 벌컥 성을 내면서 말했지요.

"이 놈들 보게? 그 놈 이름까지 다 알고 있다면서 어째서 못 잡는단 말이냐! 네놈들이 평소에도 도적들과 내통하다 보니 아주 대놓고 그 따위 소리로 놈을 두둔하는 게지? 모두 곤장 맛을 단단히 보아야 되겠구나! 지금 네놈들에게 도둑을 잡으라고 하는데도 몸만 사리는구나? 열흘 내에 놈을 잡아서 대령하지 않으면 모조리 다 죽을 줄 알거라!"

그러자 포졸들은 대답을 할 엄두를 내지 못했습니다. 지현은 즉시 서방[85]을 불러 도둑을 체포하라는 지령을 작성한 다음 포졸 두 명을 파견했습니다. 그리고 관자를 써서 장주·오강 두 현에 공문을 돌리고 기필코

---

85 서방(書房) : 고대 중국어에서 '서방(書房)'은 보통 서재나 사숙(글방)을 뜻하지만 명대 구어에서는 행랑채[廂房]의 뜻으로 사용되기도 하였다. 여기서는 제3의 뜻으로, 명대 관청에서 공문의 작성을 담당했던 관속을 가리키는 말로 사용되었다.

그 나룽을 체포해 관아로 끌고 오도록 일렀지요.

어쩔 도리가 없던 포졸들은 소주로 다녀 올 수밖에 없었지요.

포졸들이 막 창문閶門을 들어설 때였습니다. 나룽이 창문 어귀에 서 있는 모습이 눈에 들어오지 뭡니까. 포졸들은 그의 어깨를 두드리면서 말했지요.

"용형, … 우리 나리 물건을 훔쳤으면 된 거지 웬 솜씨를 자랑한답시고 매화까지 그려 놓았는가? 나리께서 지금 우리더러 정해진 시간 안에 기필코 임자를 붙잡아 관아로 끌고 오라고 하시니 … 이걸 어쩌면 좋아 그래?"

그러자 나룽은 조금도 당황하지 않고 말했습니다.

"두 분께서는 걱정하실 것 없습니다. 일단 술집에 가서 자세하게 말씀을 드리지요."

나룽은 두 포졸을 잡아 끌고 함께 술집으로 와서 한 자리를 차지하고 술을 먹었습니다. 그러더니 말하는 것이었지요.

"두 분 하고 상의를 좀 합시다. (…) 그쪽 원님이 정말로 저를 잡아 오라고 다그친다면 … 어떻게 두 분께 폐를 끼칠 수가 있겠습니까? (…) 하루 쉬고 계시는 동안 제가 그 분에게 서신을 보내겠습니다. 그러면 그 분도 자연히 영패와 주표를 거두어 들이고 저를 끌고 오라고 다그칠 엄두를 내지 못할 겝니다.[86] 어떻습니까?"

그러자 포졸이 말했지요.

"그게 그럴듯하긴 한데 … 헌데 … 임자가 원님 물건을 하도 많이 가져가서 말이야! (…) 원님 말씀으로는 전부 금이라던데 … 어디 포기하려 드시겠는가? (…) 우리가 임자 하고 같이 안 가면 임자도 낭패를 당할 것이 분명하단 말일세!"

"저를 데려 가시더라도 저한테는 이제 금이 없는 걸요."

"어디에 있길래?"

"이 자리에서 두 분에게 나누어 드렸지요."

"용형, … 농담은 하지 마시게! 그런 소리를 원님 앞에서 했다가는 정말 큰일이 난다니까!"

---

86 【즉공관 미비】悍哉. 대단하구만!

"저는 그동안 거짓말을 한 적이 없었습니다. 애초부터 농담이 아니라는 말씀이지요. (…) 두 분이 댁에 가서 보시면 아실 겁니다."

이렇게 말한 나룡은 두 사람 귀를 끌어당기더니 말했습니다.

"댁의 … 기왓고랑 속을 찾아 보시면 … 있을 겝니다!"

기왓고랑. 오목하게 파서 빗물이 흘러내리게 만든 홈을 말한다

포졸들은 그의 수완을 잘 알고 있는지라 생각했습니다.

'만에 하나 … 원님한테 그렇게 고했는데 정말로 장물이 우리 집에서 나오기라도 하면 … 되려 낭패를 당하지 않겠나!'

그래서 이렇게 상의했답니다.

"우리야 용형을 데려갈 엄두를 못 내지 … 만서도 그래서 지금 용형은 … 어떻게 할 작정인 게요?"

그러자 나룡은 거짓으로 이렇게 둘러 대었지요.

"두 분께서 먼저 댁으로 가시면 제가 뒤 따라 가야지요. (…) 지현 나리가 입도 벙긋 하지 못하게 만들어서 절대로 두 분께 폐가 없게 해 드리면 되지 않겠습니까?"

그리고는 허리춤을 더듬어 금을 한 뭉치 꺼내는데 얼추 두 냥 정도 되어 보였습니다. 그것을 두 사람에게 주더니 말했습니다.

"일단 노자로 쓰십시요!"

예전부터 이런 말이 있지요.

아전이 돈을 보니	公人見錢,
마치 쇠파리가 피를 보는 것 같다.	如蒼蠅見血.

번쩍번쩍 하는 황금을 보았는데 욕심이 생기지 않을 리가 없지요. 두

사람은 싱글벙글 하면서 그것을 챙기더니 생각했습니다.

'이 금이야 … 이 현의 것일 테지?'

그렇다 보니 더더욱 그를 데려 갈 엄두를 낼 수가 없었지요. 그렇게 해서 양쪽은 그 자리에서 작별하고 헤어졌답니다.

나룡은 그날 밤 길을 나서서 아침에 무석에 도착했습니다. 그리고 밤이 되자 현령의 관아로 잠입했지요.

무석현의 지현은 큰 부인과 작은 부인을 거느리고 있었습니다. 이 날밤은 큰 부인 방에서 잠을 자기로 했지요. 그래서 작은 부인은 혼자 침상안에 있었답니다.

나룡은 침상의 휘장을 걷어 올리고 팔을 안으로 뻗어 더듬었지요. 그러다가 그녀의 머리의 청사계[87]에 손이 닿았는데 마치 또아리를 튼 용 같았지요. 나룡은 가위로 살그머니 그 청사계 머리를 잘랐습니다. 그리고 나서 이번에는 도장상자를 찾아 내었습니다. 그는 그 상자를 따더니 그 머리카락을 상자 안에 쑤셔 넣은 다음 원래대로 잘 닫았습니다.[88] 이어서 벽에 매화를 한 가지 그려 놓고 나서 다른 것은 하나도 건드리지 않고 몸

---

87 청사계(靑絲髻) : 명대에 상투처럼 머리 양쪽으로 틀어 올린 여자 머리. 여기서 '푸를 청(靑)'은 '파란색(blue)'가 아니라 '검푸른색', 즉 남색(藍色, dark-blue)을 띠는 머리카락을 두고 한 말이다.
88 【즉공관 미비】作用皆靈妙. 수완이 한결같이 절묘하군 그래!

도 가볍게 그곳을 빠져 나왔지요.

이튿날, 작은 부인이 일어났더니 갑자기 머리카락이 스르르 풀리면서
드리워지는 것이었습니다. 이상하게 여기고 손으로 더듬어 보더니 정수
리의 청사계가 둘 다 사라지고 없지 뭡니까. 그래서 큰소리를 질렀더니
다 놀라고 괴이하게 여긴 관아 사람들이 달려와서 까닭을 묻는 것이었지
요. 그러자 작은 부인은 울면서 말했습니다.

구영 『한궁춘효도』 속의 청사계 머리를 한 여인의 모습

"누가 못된 심보로 내 머리카락을 다 잘라 가 버렸지 뭐야!"[89]

그리고 서둘러 지현에게 알려서 보러 오게 했습니다. 달려온 지현이

---

89 【즉공관 방비】必疑大妻矢. 큰 부인을 의심할 것이 분명해.

휘장 안을 보니 웬 행각승[90]이 하나 앉아 있는 것이 아닙니까 글쎄! 어디서부터 어떻게 나무라야 할지 모를 지경이었지요. 생각해 보면 이전에는 머리카락으로 총각 머리를 튼 모습이 그렇게 사랑스러울 수가 없었습니다. 아 그런데 지금 이 몰골이 되어 버린 것을 보니 속이 다 쓰리고 놀랍지 뭡니까.

　'지난번에 금을 도둑 맞고 여태 범인도 잡지 못했는데 이번에 또 나쁜 놈이 관아로 들어왔구나! 다른 건 몰라도 현의 관인부터 확인하자!'

　그래서 서둘러 관인 상자를 가져와서 보았지요. 그랬더니 봉인이 그대로이고 자물통과 열쇠도 다 그대로였습니다. 그 자리에서 상자를 열어서 보았더니 관인이 윗칸에 그대로 있는 것이었지요. 지현은 속으로 마음을 조금은 놓았습니다. 그런데 거기에 둘둘 감아 놓은 머리카락이 보이는 것이 아닙니까. 그래서 윗칸을 들어내었더니 그 바닥에 청사계 머리카락 한 다발이 상자 안에 흩어져 있는 것이었습니다. 그래서 이번에는 다른 것들을 점검해 보았더니 역시 전혀 손을 타지 않은 상태였지요. 그리고 나서 벽 쪽을 보니 매화가 한 가지 그려져 있는데 지난번 것과 판박이처럼 똑같지 뭡니까요 글쎄! 놀란 지현은 얼이 다 나간 채로 말했지요.

90　행각승[頭陀] : '두타(頭陀)'는 '털어내다'라는 의미를 가진 산스크리트 어 두타(dhuta)를 한자로 옮긴 불교 용어로, 때로는 '타도(馱都)·두다(杜多)·두도(杜茶)' 등으로 쓰기도 한다. 원래는 불교 승려들이 의식주에 대한 집착을 떨쳐 버리고 심신을 닦는 고행을 뜻하지만 나중에는 각지를 떠돌면서 탁발을 하는 중을 가리키는 말로 사용되기도 하였다. 여기서는 밤 사이에 총각 머리를 잘려 버린 지현의 작은 부인을 두고 한 말이다.

"알고 보니 이번에도 지난번 그 놈이었구나! 내가 하도 급하게 몰아 부치니까 그 놈이 신통력을 보여 내게 소식을 전하려 한 게지! (…) 머리 카락을 잘라 간 것은 … 머리도 베어 갈 수 있다는 뜻인 것이 분명하다. (…) 그것을 관인 상자에 넣어 둔 것은 … 관인도 훔쳐 갈 수 있다는 뜻이 분명해! (…) 이 도적놈이 이렇게 지독한 놈일 줄이야! (…) 지난번에 포 졸들이 날더러 '놈의 심기를 자극하지 말라'고 말리더니만 … 이제 보니

'일지매'는 가지 하나에 핀 매화를 아울러 일컫는 말이다

정말이었군 그래? (…) 만약 여기서 멈추 지 않으면 큰 해코지 를 당할 것이 분명하 다! (…) 금은 아무 것 도 아니지. 기를 쓰고 부자 몇 놈만 족치면 얼마든지 채워 놓을 수가 있거든.[91] 그러니 더 이상 추궁하지 않 는 편이 낫겠어!"

그는 서둘러 명첩을 뽑아 지난번에 소주로 파견해 공문을 전하게 일렀 던 그 포졸들로 하여금 당초의 명패를 반납하도록 소환하는 것이었지요.

---

[91] 【즉공관 미비】 美政可想. 그가 얼마나 선정을 베풀었는지 알 만하구나.

한편 두 포졸은 그날 나룡과 작별하고 나서 자기 집으로 갔습니다. 그리고 나룡이 일러 준 대로 각자 집의 기왓장 속을 찾아 보았지요. 그랬더니 정말로 두 집 다 금이 한 뭉치씩 있는 것이 아닙니까. 곁에는 날짜와 봉함 표시가 적혀 있는데 바로 지난번에 현에서 도둑을 맞은 날이었습니다. 나룡이 언제 그것들을 가져 와서 감추어 놓았는지 알 수가 없었지요. 그야말로 깜짝 놀란 포졸들은 손가락을 문 채로 말했습니다.

"이제는 그 자를 원님께 끌고 갈 필요가 없게 되었군. 허나 … 그 자가 한 마디라도 실토해서 이 장물을 뒤져 가져 가기라도 하면 온 몸에 입이 달렸어도 그 죄를 씻기 어렵네. 그건 그렇고 … 이제 원님한테는 어떻게 보고를 올린담?"

그는 동료를 불러 상의를 하면서 망설이고 있었습니다. 그런데 갑자기 현 관아에서 사령이 명첩을 가지고 왔지 뭡니까. 두 사람은 나룡에 대한 보고 기한을 넘긴 것을 추궁하려나 보다 싶어서 속으로 당황했습니다. 그런데 명패를 반납하라고 부른 것이지 뭡니까. 포졸들이 그 까닭을 물었더니 찾아 온 사령이 그동안 관아에서 있었던 일들을 일일이 다 들려 주었습니다. 그리고 나서 말하는 것이었지요.

"나리께서 그때 정말 단단히 놀라셨네. 그러니 어디 범인을 잡을 엄두가 나시겠는가?"

포졸들은 그제서야 나룡이 정말로 약속을 어기지 않고 먼저 그곳으로 와서 신통방통한 일을 해 놓은 것을 알게 되었답니다. 정말 대단한 수완 아닙니까?

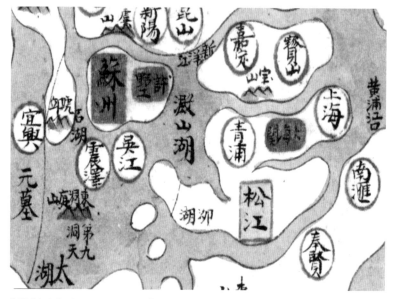

『대청분성여도(大淸分省輿圖)』의「강남성여도」에 표시된 오강현. 소주부(네모) 아래에 오강 현이 보인다

가정嘉靖 연간 말기에, 오강[92]의 어떤 지현은 탐욕스럽고 비리가 많은 데다가 심성이 교활하고 사나운 것으로 정평이 나 있었습니다. 그는 어느 날 갑자기 심복 아전을 파견해 예물을 가지고 소주성으로 와서 나룡의 방문을 요청했습니다. 그가 꼭 자기네 현으로 와 달라고 말이지요. 나룡은 그 초청에 응하여 오강현으로 와서 지현을 만나고 아뢰었지요.

---

92 오강(吳江) : 명대의 지명. 지금의 강소성 오강시로, 명대에는 소주부(蘇州府)에 속한 현이었다.

"상공께서 소인은 어인 일로 부르셨는지요?"

그러자 지현이 말하는 것이었습니다.

"그동안 자네 명성은 익히 듣고 있었네! 한 가지 은밀한 일을 … 부탁하려고 말일세!"

"소인은 시정의 잡배이온데 이렇게 호의를 보여 주시는군요! (…) 소인 무슨 일이든 물불을 가리지 않겠습니다!"

그러자 지현은 주위 사람들을 물러가게 했습니다. 그리고는 은밀히 나룡과 상의하는 것이었지요.

"아 글쎄 순안 어사[93]가 … 우리 현에 와서 내 잘못을 찾아내려 들지 뭔가! (…) 자네가 찰원[94] 관아로 가서 그의 인신印信을 훔쳐 주어야겠어. 그자가 벼슬살이를 하지 못하게 만들어야 내 속이 후련해지겠네! 이 일만 해결해 준다면 … 상금으로 백 금을 주지!"

---

93 순안어사(巡按御史) : 명대의 관직명. 줄여서 '순안(巡按)'으로 부른다. 어명에 따라 각지를 순시하면서 관리 고과, 사건 심리 등의 임무를 수행했으며, 지부(知府) 이하의 관리는 그 명령을 따라야 하였다.

94 찰원(察院) : 명대의 감찰기관인 도찰원(都察院)의 약칭. 도찰원은 좌·우로 각각 도어사(都御史)·부도어사(副都御史)·첨도어사(僉都御史)를 중심으로 예하 기관을 거느리고 절강(浙江) 등 13개 도(道)에 분소를 두고 내·외직 관리들을 감찰하였다. 때로는 어사가 어명에 따라 외지로 파견되었을 때 현지에 임시로 구성되는 집무 장소도 '찰원'으로 일컬어졌다.

"꼭 가져 와서 기대를 저버리지 않도록 하겠습니다!"

그런데 정말로 그 자리를 떠나더니 한 밤중이 되자 찰원의 인신을 빼내어 오더니 두 손으로 지현에게 넘겨 주지 뭡니까. 지현은 몹시 기뻐하면서 말했습니다.

"정말로 기막힌 솜씨로군 그래! 아무리 홍선[95]이 금합金盒을 훔쳤다고는 하지만 이 정도로 신통한 재주는 없었을 걸세!"

그는 서둘러 백 금을 가져다 나룡에게 상으로 주고 '속히 오강현을 떠나되 이곳에는 남아서는 안된'고 이르는 것이었지요. 그래서 나룡이 말했습니다.

"후한 상금을 내려 주셔서 감사합니다! 헌데 … 상공께서는 그 관인을 어디에 쓰려고 하십니까?"

그러자 지현이 웃으면서 말했습니다.

"관인이 내 손에 들어 왔으니 … 그 자도 나를 어쩌지는 못할 게야!"

---

95 홍선(紅線) : 중국 전설에 등장하는 당대의 여협객. '홍선'은 이름이 아니라 별명인 것으로 보인다. 이 이야기에 관해서는 역자가 2023년에 낸 학고방판 『박안경기』 제4권을 참조하기 바란다.

"소인 상공의 후한 은덕을 입었으니 한 말씀 충언을 올리고자 합니다!"

"무엇이냐?"

"소인이 찰원 대들보 위에 몸을 숨기고 밤새도록 순안 대감이 촛불 아래에서 공문을 처리하는 모습을 훔쳐 보았습니다. 그런데 붓을 거침없이 놀리면서 매사를 공정하게 처리하시더군요. (…) 그 분은 민첩하고 통찰력이 있는 분이어서 상공께서는 속이실 수가 없을 것입니다.[96] 차라리 내일 인신을 돌려보내시는 편이 낫겠습니다. 그러시면서 '밤에 순찰을 돌다가 습득했는데 도적은 이미 도주했다'고만 고하십시오. 물론, 어사 대감께서 전혀 의심을 하지 않으실 수야 없을 겁니다. 하지만 그 일에 감격하는 한편 두려움을 느끼고 자연히 상공과 맞설 엄두를 내지 못할 것입니다!"

"돌려주라니? 그렇게 되면 그대로 그 자가 마음대로 하게 내버려 두는 꼴이 아닌가? 당치도 않은 소리! (…) 네 갈 길이나 가고 내 일에는 상관하지 말라!"

그러자 나룡은 더 이상 말할 엄두를 내지 못하고 자취를 감추어 버렸답니다.

---

96 【즉공관 미비】又具知人之鑑. 거기다 사람을 알아 보는 거울까지 지녔구나.

나룡과 어사가 관인을 되찾은 이야기를 소재로 삼은 경극 『실화구인(失火救印)』의 한 장면. 관인을 든 쪽이 오강 지현이다

다시 이야기를 들려 드리도록 하겠습니다. 이튿날, 찰원은 사저에서 관인을 쓰려고 상자를 열었지요. 그런데 속이 텅 비어 있는 것이 아닙니까. 그래서 사저의 하인들에게 군데군데 다 찾아보게 했지만 그 행방을 찾을 길이 없습니다. 찰원은 속으로 생각했지요.

'그곳밖에 더 있겠나? (…) 그 지현은 내가 자신과 뜻이 다른 것을 눈치챈 상태다. (…) 이 고을은 그가 관할하는 땅이니 밀정이 많을 것이다. 사람을 시켜 벌써 대책을 세워 놓았을 테지만 … 내게도 방법이 있지!'

찰원은 사람들에게 분부하여 그 일을 누설하지 말도록 입단속을 시켰습니다. 그리고는 원래대로 관인 상자를 평소처럼 자물통을 채웠지요.

그리고 병을 핑계로 공무를 처리하는 것을 중단하고 모든 공문은 임시로 순포관에게 보내어 간수하게 했습니다.

그렇게 한 지 며칠째 되었을 때였지요. 지현은 그에게 심장병이 생긴 것으로 알고 몰래 회심의 미소를 지었습니다. 물론 안부 인사를 하러 가지 않을 수 없었지요. 찰원은 지현이 왔다는 보고를 듣자마자 쪽문을 열고 그를 불렀습니다. 그리고는 내실 침상 앞까지 불러 들여 즐겁게 담소를 나누었지요. 찰원은 현지의 풍속이며 재정 상황 등의 일들을 거론하는데 매사를 허심탄회하게 열정적으로 이야기하면서 지대한 관심을 보이는 것이었지요. 차 한 잔을 다 마시지도 않았는데 또 한 잔을 내오면서 말입니다. 찰원이 이토록 진심으로 대해 주는 것을 본 지현은 되려 주눅이 들어서[97] 무슨 영문인지 알 수가 없었지요.

그렇게 한참 이야기를 나누고 있을 때였습니다. 갑자기 부엌에서 불이 났다고 고하는 것이 아닙니까. 이어서 사저의 문지기며 조리사들까지 앞다투어 몰려 들어오더니 다짜고짜 외치는 것이었지요.

"불이 이쪽으로 번집니다요! 대감, 어서 피하십시오!"

---

97 [교정] 주눅이 들었던지[跼蹐] : 강소고적판(제759쪽)과 천진고적판(제845쪽)에는 이 부분이 '국척(局蹐)'으로 나와 있으나 상우당본(제1852쪽)에는 '국척(跼蹐)'으로 되어 있다. 어느 쪽이든 의미는 동일하지만 '판 국(局)'은 '구부릴 국(跼)'의 약자 또는 별자로 쓴 것이므로 글자는 상우당본 식으로 써야 옳다. '국척'은 원래 몸을 움츠리는 것을 나타내는 의태어이지만 여기서는 편의상 '주눅이 들다, 위축되다' 정도로 번역하였다.

그러자 찰원은 안색이 바뀌더니 서둘러 걸음을 옮겼습니다. 그러면서 손으로 잘 봉인된 관인 상자를 직접 지현에게 건네더니 말했지요.[98]

"현령께서 대신 조심해서 가지고 나가 현 관아 창고에 보관하고 인부들을 차출해 어서 불을 꺼러 와 주시오!"

지현은 당황해서 쩔쩔 매었습니다. 그렇다고 해서 거절할 수도 없지 뭡니까. 하는 수 없이 그 빈 상자를 안고 나왔습니다. 이때 현지의 소방수들이 모두 모여 불을 껐지요. 그 덕분에 부엌 두 칸만 불에 탔을 뿐 관청 건물은 무사했답니다. 그러자 찰원은 문을 닫게 했습니다. 이 계책은 사실은 관인을 도난당한 뒤에 찰원이 사전에 분부해 놓은 것이었지요.
지현은 돌아가서 생각해 보았습니다.

'이 빈 상자를 내게 떠맡기다니 … 만약에 이대로 돌려주었다가 … 열어 보았는데 인신이 보이지 않으면 … 내 책임을 떠넘길 수도 없게 될 것이 아닌가!'

지현이 아무리 궁리를 해 보아도 방법이 없지 뭡니까. 하는 수 없이 침을 발라 봉인지를 뗐습니다. 그리고는 지난번에 훔친 관인을 원래대로 상자에 넣은 다음 아까처럼 자물통을 채웠지요. 그리고 나서 이튿날 재판정

98【즉공관 미비】妙着. 기막힌 수로군!

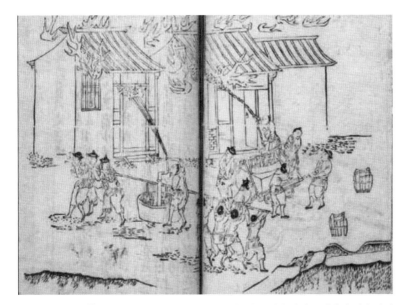

『원서기기도설록(遠西奇器圖說錄最)』에 그려진 명대 소방대의 진화 장면

에 찰원이 모습을 드러내자 상자를 안고 가서 돌려주었지요. 아나나 다를 까 찰원은 지현을 붙잡아 놓고 그 자리에서 상자를 열어 인신을 확인하는 것이었습니다. 그는 지난번에 미처 발송하지 못했던 공문들에 관인을 찍고 당일 바로 하급 관청들에 공문을 내려 보낸 다음 길을 나섰지요.

오강 땅을 벗어난 찰원은 즉시 그 내막을 순무[99] 도당[100]에 보고했습니

---

99 순무(巡撫) : 명대의 관직명. 명나라 태조 때인 홍무(洪武) 24년(1391)에 태자에게 명령을 내려 섬서성 일대를 순시[巡]하고 안무[撫]하게 한 데서 유래하였다. 선덕(宣德) 5년(1430)에 우겸(于謙)·주침(周忱) 등에게 북경과 남경을 위시하여 산동·산서·하남·강서·호광 등지를 순시·안무했고 그 후로 각 성에서 상설화 되었다. 처음에는 세량(歲糧) 감독, 운하 관리, 유민 안무, 변방 정돈 등으로 업무가 다양했지만 나중에는 군사 업무에 편중되었다.

100 도당(都堂) : 명대의 관서인 도당부(都堂府)를 말한다. 명대에는 도찰원의 수장인 도어사(都御史)·부도어사(副都御史)·첨도어사(僉都御史)를 '도당(都堂)'이라고 별칭했으

다. 두 사람은 회동을 가지고 그 지현이 불법을 저지른 일을 상소문에 적어 그의 파직을 요청했지요. 결국 파면된 그 지현은 임지를 떠날 때에 관아 사람들을 보고 말했습니다.

"나룡 그 자는 식견이 있는 자이다. 내 그의 말을 따르지 않아 이 꼴이 된 것이 후회스럽구나!"

그야말로

공연히 마음 고생 하더니	枉使心机,
자업자득이 되고 말았구나!	自作之孽.
목적을 이루기는커녕	無梁不成,
되려 벼슬까지 잃고 말다니!	反輸一帖.

나룡은 그 명성이 하도 널리 퍼져서 다른 고을에서 생긴 도난사건들까지 그가 한 일로 의심 받아 수시로 연루되는 곤욕을 치러야 했습니다. 그때 마침 소주부에서 관아 창고의 원보를 열 덩이 정도 도난당하는 일이 벌어졌지 뭡니까. 그러자 관아의 아전들은 멋대로 이렇게 입방아를 찧어대었습니다.

며, 이들이 공무를 처리하는 관아를 '도당부'라고 불렀다. 때로는 외지로 파견된 총독이나 순무 역시 도찰원 어사로 간주하여 '도당'으로 불렸다고 한다.

"그렇게 사라지더니 행방이 묘연한 걸 보면 혹시 … 나룡이?"

물론, 나룡은 사실 그것을 훔친 일이 없었습니다. 그러나 그는 남들이 자신을 의심하자 되려 그 사건의 진상을 분명히 수소문하려고 나섰지요. 그는 속으로 창고지기가 내막을 알고 있을 것이라고 추정했습니다. 그래서 밤중에 부 관아 관서 으슥한 곳에 숨어 있다가 창고지기의 방으로 잠입해서 조용히 대화를 엿들었습니다. 그런데 문득 듣자니 창고지기가 그 아내를 보고 이렇게 말하는 것이었지요.

"내가 창고의 은자를 챙겼는데 남들은 다들 나룡을 의심하니 횡재를 한 셈이야! 허나 … 나룡이 어디 승복하려고 들겠어? 내가 내일 그 자가 평생 동안 도적질을 한 행적을 글로 써서 소주부 지부 나리께 갖다 바쳐야 겠어. 그러면 … 그 놈이 죄를 뒤집어 쓰겠지."

그 말을 들은 나룡은 속으로 생각했습니다.

'큰일이로구나! 나와는 무관한 일이 아닌가! (…) 지금 창고지기 자신이 도둑질을 해 놓고 죄를 떠넘길 요량으로 원님 앞에서 몰래 나를 해코지 하려 들다니! 관원과 관속은 한 통속인 데다가 나 역시 흠결이 전혀 없는 건 아니지. 그러니 어떻게 분명히 해명을 할 수가 있겠는가? (…) 차라리 도망치는 것이 상책이다! 난데없이 고문을 당하지 말고!'

그래서 그날 밤 바로 길을 나서 그 길로 남경으로 갔습니다. 그는 장님으로 변장하고 거리에서 점을 쳐 주었지요. 그때 소주부 태창[101]의정[102]에는 장 소사[103]라는 사람이 살았는데, 도적들 사정에 밝기로 유명한 두목이었지요. 그는 남경 거리에서 나룡과 마주치자 말했습니다.

"저 장님이 좀 수상하구나!"

그래서 장님의 상을 자세하게 살펴 보니 나룡이 변장을 하고 있는 것이 아닙니까. 그는 나룡을 알아보고 덥썩 붙잡아 으슥한 곳으로 데리고 가서 말했지요.

"네놈이 창고의 원보를 훔쳐 가는 바람에 관아에서는 지금 네놈을 추적하는 중이다. 헌데 이곳으로 도망 와서 이런 모습으로 변장하고 숨을 작정이었느냐? 네놈이 내 이 두 눈을 어떻게 속일 수 있겠느냐!"

---

101 태창(太倉) : 명대의 지명. 지금의 강소성 태창시에 해당한다. 홍치 10년(1497)에 태창위(太倉衛)와 진해위(鎮海衛)를 고쳐 설치했으며 청나라 옹정(雍正) 2년(1724)에는 직예주(直隷州)로 격상되었다.
102 이정(夷亭) : 소주의 명승지. 당대의 학자 육광미(陸廣微, 9세기)가 건부(乾符) 3년(876)에 저술한『오지기(吳地記)』에 따르면, "춘추시대 오나라 국왕 합려 10년에 동이가 오나라를 침범하자 오나라 왕이 그들을 물리친 일을 기리기 위하여 그 자리에 정자를 지었기 때문에 그렇게 명명했다고 한다(吳王闔閭十年, 東夷寇吳, 吳王結亭于此, 以御東夷, 故名)"
103 장 소사(張小舍) : '소사(小舍)'는 소사인(小舍人)'을 줄여 부른 호칭이며, '사인'은 '도령, 도련님'에 해당한다. 글자 그대로 직역하자면 '장 씨댁 작은 도련님' 정도 되는 셈이다. 다만, 여기서는 장 소사의 이름이 소개되지 않기 때문에 따로 번역하지 않고 편의상 고유명사처럼 표기하였다.

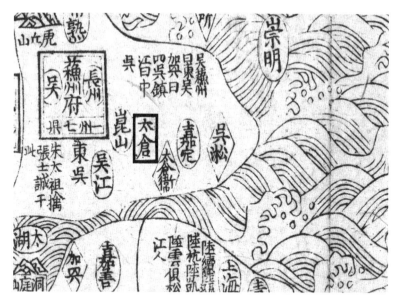

『대명구변만국인적노정전도(大明九邊萬國人跡路程全圖)』속의 태창(작은 네모). 소주부와
오강현 동쪽에 표시되어 있다

그래서 나룡이 소사의 손을 잡아 끌면서 말했습니다.

"귀하께서는 저의 됨됨이를 아시지 않습니까. 이번 사건도 변호해 주
셔야 옳거늘 어째서 그런 말씀을 하십니까? (…) 그 창고의 은자는 창고
지기가 훔쳤습니다. 제가 그 부부 둘이 침상에서 나누는 대화를 들어 보
니 틀림이 없더군요! 그 자가 '제게 뒤집어씌우고 은밀히 관아에서 손을
쓰겠다'고 했습니다. 저는 관아에서 그 자의 말을 믿을까 걱정이 되길래
여기까지 도망쳐 온 것입니다. (…) 귀하께서 만약 관아에 가셔서 이 사
실을 똑바로 고하신다면 관아에서 상금을 받는 것은 물론이고 제 일도
분명히 해명될 테지요. (…) 저 역시 약소하나마 성의를 보일 것입니다.

그러니 지금은 여기서 제 갈 길을 말아 주십시오!"

소사는 원래 소주부의 위임으로 이번 사안을 탐문하던 참이었습니다. 그러다가 지금 이 정보를 입수하자 나룡을 풀어 주고 소주로 돌아와 그 일을 보고했지요. 아니나 다를까 창고지기를 추궁한 결과 바로 나룡과는 전혀 상관이 없다는 사실이 밝혀졌습니다. 덕분에 장 소사는 도둑을 신고해 진상을 밝혔다 하여 관아로부터 상금을 받았지요.

그는 얼마 뒤에 다시 남경에 들렀을 때 또 나룡과 마주쳤습니다. 나룡은 이번에도 장님으로 변장하고 거리를 다니고 있었지요. 소사는 일부러 그와 어깨를 부딪치더니 말했지요.

"자네 … 소주 사건의 진상이 벌써 밝혀졌는데 … 지난번 약속을 어째서 잊어 버렸는가?"

그러자 나룡이 말하는 것이었습니다.

"잊지 않았습니다. 댁에 가셔서 잿더미 속을 한번 뒤져 보시지요. 그러면 제 약소한 성의를 확인하게 되실 겝니다!"

그래서 소사가 반가워 하면서 말했지요.

"용형! 역시 거짓말을 하는 법이 없구려!"

소사는 그와 작별하고 돌아가 집으로 가서 잿더미 속을 뒤져 보았습니다. 그랬더니 정말로 금은 한 뭉치가 번뜩거리는 날카로운 칼 한 자루와 함께[104] 잿더미 속에 묻혀 있지 뭡니까! 소사는 혀를 내두르면서 말했지요.

"무서운 인간이로고! (…) 내가 끝까지 자신을 물고 늘어질까 봐서 보물로 사례를 하면서 동시에 칼로 협박을 하다니! 그건 그렇고 … 도대체 언제 갖다 놓았을까? 정말 수완이 신묘하군! (…) 나도 이제 다시는 놈의 심기를 건드릴 엄두가 나지 않는군!"

나룡은 나룡대로 소사와 다시 마주쳤을 때 소주의 상황을 분명히 전해 듣고 이제는 거리낄 것이 없음을 깨달았습니다. 그래도 언젠가는 누군가가 자신을 해코지 할까 두려웠지요. 그래서 그 뒤로는 도둑질을 접고 다시는 솜씨를 뽐내지 않았습니다. 그리고는 조신하게 남에게 점이나 쳐주고 생계를 꾸리면서 장간사[105]에서 몇 년 동안 머물다가 마침내 천수를 다했답니다.

---

104 【즉공관 방비】悍着. 무서운 수법이로고!
105 장간사(長干寺) : 중국 남북조시대의 사찰 이름. 건강(建康, 지금의 강소성 남경시) 장간리(長干里)에 조성되었다. 건강성 남쪽 진회하(秦淮河) 남쪽 기슭에는 동산이 있고 그 사이의 평지에는 관리와 평민이 섞여 살았다. 당시 현지에서는 산과 논두렁 사이를 '간(干)'이라고 했는데 그 길이가 길다는 뜻에서 '장간'이라고 명명한 것이다. 북송대의 혁신 정치가인 왕안석(王安石)이 그 사찰의 풍광을 묘사한 같은 제목의 「장간사」라는 7언율시(七言律詩)를 짓기도 하였다.

그는 당대의 대단한 도적이었습니다. 그럼에도 불구하고 관가의 형벌을 받거나 경을 치는[106] 수모는 한 번도 당한 적이 없었지요. 지금도 소주 사람들은 여전히 교활하면서도 농담을 즐기던 그의 일화를 이야깃거리로 삼곤 한답니다. 이런 인물은 그래도 도둑질이나 하는 하찮은 자들 중에서는 대단한 협객이었던 셈입니다. 앞에서는 옳다고 하면서 뒤로는 아니라고 말을 바꾸거나, 재물을 보면 기어이 자기 것으로 만들고 이득을 보면 도의를 저버리는 저 대단하신 벼슬아치들 하고는 정반대인 것입니다.[107] 게다가 그런 신묘한 재주는 만약에 병영의 물건을 훔치고 요새를 공격하거나 중간에서 간첩 노릇을 하는 데에 썼다면 무슨 큰일인들 하지 못할 리가 있겠습니까! 아쉽게도 태평한 세상, 심지어 선대의 전통만 소중하게 여기는 때까지 만나는 바람에 그 기량을 하찮은 곳에 써서 남들의 이야깃거리나 제공하는 데서 그치고 만 것입니다. 그야말로

세상서 지금 반은 그대 같은 이들이니	世上于今半是君,
여전히 아직은 공평하지 않다 하겠지만	犹然説得未均勻,
나룡의 행적들을 처음부터 보고 나면	懶龍事蹟從頭看,
어찌 도둑이 소인배라고 단정할 수 있으랴?	豈必穿窬是小人.

---

106 경을 치는[刺臂字] : 중국 고대에 죄인에게 내리던 형벌인 경형(黥刑)은 주로 얼굴 그것도 이마나 뺨을 인두로 지지고 먹을 먹여 지우지 못하게 만드는 경우가 많았다. 여기서 '자비자(刺臂字)'는 글자 그대로 직역하면 '팔에 경을 쳤다' 정도로 번역되므로 명대에는 팔뚝에도 문신을 하는 형벌이 존재했음을 알 수 있는 셈이다.
107 【즉공관 미비】罵絶一世. 한 세상 욕을 먹어도 싸지.

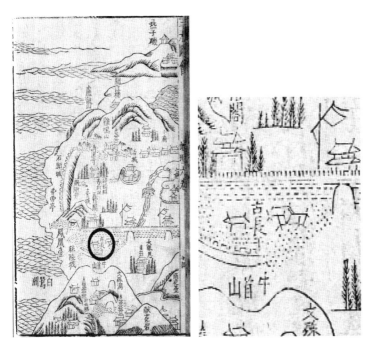

『금릉산수도(金陵山水圖)』 속의 장간사 위치와 확대한 모습(『삼재도회』)

제40권

송공명이 원소절에 소란을 일으키다

宋公明鬧元宵 雜劇

이야기 출처

『귀이집(貴耳集)』·『옹천좌어(甕天脞語)』

가사 창작

즉공관(卽空觀)

해제

    하루는 북송의 황제 휘종^{徽宗}이 서울^{동경}에서 명성이 자자한 기생인 이사사^{李師師}의 집에 행차한다. 그에 앞서 이사사를 만나 대화를 나누고 있던 당대의 가객 주방언^{周邦彦}은 갑작스러운 황제의 행차에 미처 현장을 떠나지 못하고 이사사의 침상 아래에 몸을 숨긴다. 그 밑에서 휘종과 이사사의 대화를 엿들은 주방언은 그 내용을 근거로【소년유^{少年游}】가사를 짓는다. 그 소문을 들은 휘종은 격노한 나머지 주방언을 지방의 한직으로 좌천시킨다. 그러나 총애하던 이사사의 간곡한 부탁과 주방언이 가사를 짓는 데에 뛰어난 재능을 가진 것을 보고 다시 서울로 불러 들여 제례악을 관장하는 관청의 수장인 대성악정^{大晟樂正}으로 삼는다. 그리고 마침 원소절^{元宵節}이 임박하자 태평성대를 기념하여 성대하게 등불놀이를 열도록 명령한다.

    그 소식을 접한 양산박^{梁山泊}의 호걸 송강^{宋江}은 서울의 화려한 등불놀이를 구경하기 위하여 그 결의형제인 시진^{柴進}·연청^{燕青}·이규^{李逵} 등을 데리고 서울로 향한다. 서울에 당도한 송강 일행은 대궐의 숙위로 있는 관리를 속여 술집으로 데려 와서 술과 음식을 대접한다. 그리고 술에 취하여 인사불성이 되자 그의 제복을 대신 입고 대궐로 잠입하여 여유만만하게 구경을 하고 나온다. 이어서 이사사의 명성을 듣고 그 집으로 찾아가서 이사사와 인사를 나누고 자신의 정체를 암시하는【염노교^{念奴嬌}】가사를 지어 건넨다. 그때 공교롭게도 휘종과 주방언이 그 자리에 들이닥치자 송강은 과거의 산채 생활을 청산하고 휘종에게 귀순하려 한다. 그러나 뜻밖에도 송강이 기방을 드나든 사실을 안 깜보 이규가 불만을 품고 성을 내며 난입하여 집에 불을 지르는 등 서울을 온통 어지럽게 만들어 원소절의 축제 분위기에 찬 물을 끼얹는다.

이 이야기는 이전에 지어진 소설집 『귀이집貴耳集』과 『옹천좌어甕天胜語』를 참고하면서 명대 초기 소설가 시내암施耐庵, 1296~1370이 완성한 구어체 소설 『수호전水滸傳』의 제72회 「시진이 꽃 꽂고 대궐이 잠입하고 이규는 원소절에 동경에서 소란을 일으키다柴進簪花入禁院, 李逵元夜鬧東京」 이야기를 부연하여 잡극雜劇 희곡으로 각색한 것이다.

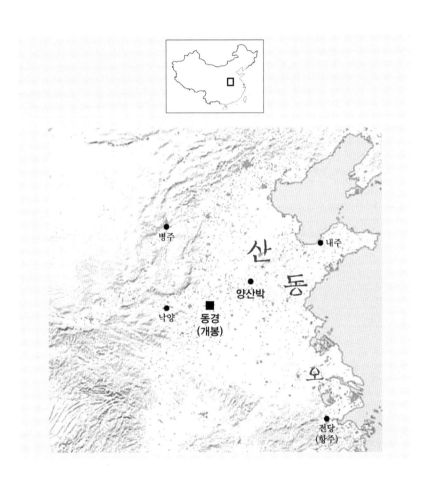

제1절[1]

줄거리 소개

提綱

(말[2]이 등장하여 노래를 부른다)

소개자

【청옥안】	【靑玉案】[3]
동풍 아직[4] 불지 않은 수많은 나무의 꽃들	東風未放花千樹,
진작에 바람에 져서 별비처럼 쏟아지고	早吹隕[5]星如雨.
온 길에 화려한 말과 수레 향기 가득하네.	寶馬雕車香滿路.
퉁소 소리 울리고	鳳簫聲動,
옥 주전자 같은 달은 기우는데	玉壺光轉,
밤새도록 어룡 춤추며 흥청대누나.	一夜魚龍舞.
뽀얀 미인들은 황금 장신구 꽂고	蛾兒雪柳黃金縷,

---

1 절(折) : 동일한 궁조(宮調)에 속하는 노래들이 동일한 각운(脚韻)을 사용하여 하나의 집합을 이루는 조곡(組曲)을 근간으로 대사와 지문을 추가하여 특정한 이야기를 연출하는 잡극의 기본 단위. 자세한 설명은 문성재 역,『중국고전희곡 10선』, 제24쪽을 참조하기 바란다.

2 말(末) : 중국 전통극 배역의 하나. 원대에는 해당 연극의 주인공을 주로 맡았지만 명·청대(明淸代) 이후로는 조연 배우들이 주로 맡는 배역으로 전환되었다.

3 【청옥안(靑玉案)】 : 이 가사는 송대의 가객인 신기질(辛棄疾, 1140~1207)이 지은 송사(宋詞)「원석(元夕)」을 그대로 옮겨 놓은 것이다.

4 아직[未] : 주방언의 가사 원문에는 '밤 야(夜)'로 되어 있다.

5 조취운(早吹隕) : 주방언의 가사 원문에는 '갱취락(更吹落)'으로 되어 있다.

한껏 웃는 얼굴로 잔잔한 향기 남기고 가네.　　笑鬞盈盈暗香去.

사람들 속에서 그 향기 찾고 찾다가　　衆裏尋香千百度.

문득 고개 돌렸더니　　驀然回首,

그녀는 엉뚱하게도　　那人却在

등불 어슴프레한 곳에 있더이다!　　燈火闌珊處.

이사사는 손으로 햇 유자 쪼개고　　李師師手破新橙,

주 대제는 이별의 정을 슬피 노래하네.　　周待制慘賦離情.

소선풍은 꽃 꽂고 대궐 정원으로 잠입하고　　小旋風簪花禁苑,

급시우는 원소절 밤에 등불을 구경하네.　　及時雨元夜觀燈.

한대 화상석에 그려진 어룡춤

제2절
유자를 쪼개다
破橙

(지사운[6]에 맞추어 노래를 지음)

(생[7]이 주미성周美成으로 분장하고 등장한다)

주방언

〔선려인자〕【자소환】　　　　　　　　　〔仙呂引子〕【紫蘇丸】

학문 제대로 써 먹지 못 하는 가난한 수재　　窮秀才學問不中[8]使,

이 집을 어디 투숙할 수 있겠나?　　　　　是門庭那堪投止.

무슨 인연으로 아름다운 여자 볼 수 있을꼬?　甚因緣得逗女嬌姿,

군왕조차 상사병에 죽는 일 금할 길 없겠네.　摠君王禁不住相思死.

【억진아】[9]　　　　　　　　　　　　　【憶秦娥】

향기 그윽히 나더니　　　　　　　　　　香馥馥,

술자리 앞에 옥 같은 미인　　　　　　　樽前有個人如玉.

6　지사운(支思韻) : 원대의 음악가 주덕청(周德淸, 1277~1365)이 지은 곡률 지침서『중원음운(中原音韻)』에 소개된 모음. 현대 중국어에서는 "ㅓ[ʅ]"와 "ㅡ[ɿ]"에 해당한다. 송·원대에 형성된 것으로 근대 중국어의 대표적인 특징의 하나이다.

7　생(生) : 중국 전통극의 배역들 중 하나. 주로 해당 작품의 남자 주인공을 맡는다.

8　【즉공관 미비】不中二字俱作平. '부'와 '중' 두 글자 모두 평성(平聲)으로 써야 한다.

9　【억진아(憶秦娥)】: 송대에 무명씨가 지은 가사.

옥 같은 미인 있네.   人如玉,

비취빛 날개의 황금 봉황 장식은   翠翹金鳳,

황가[10]의 양식이로구나.   內家裝束.

수줍은 듯 눈썹 수시로 찌푸리며   嬌羞愛把眉兒蹙,

사람 만나면 상사곡[11]만   逢人只唱相思曲.

상사곡만 부르느라 여념 없는데   相思曲,

그 마디 마디 한결같이   一聲聲是

꽃 진다 원망하고 잎만 는다 슬퍼하네.   怨紅愁綠.

나는 주방언[12]으로, 자가 미성美成이며 전당[13] 사람입니다. 재능과 학식

---

10 황가[內家] : '내가(內家)'는 당·송대의 구어적 표현으로, 천자가 사는 황궁 또는 궁중을 두루 가리킨다. 풍몽룡이 엮은 송원 화본소설집인 『성세항언(醒世恆言)』 제13권의 "이 후궁은 원래는 경이 바친 사람이오(此位內家, 原是卿所進奉)"에서 보듯이, 때로는 후궁이나 내시(환관)를 가리키는 말로 사용되기도 하였다.

11 상사곡(相思曲) : 중국 고대의 악곡 제목. 원래 제목은 '오농가(懊儂歌)'이다. 북송의 학자인 곽무천(郭茂倩, 1041~1099)이 『악부시집(樂府詩集)』 「청상곡사3(清商曲辭三)」 "오농가"조에서 인용한 남북조시대 진(陳)나라 학자 지장(智匠)의 『고금악록(古今樂錄)』에 따르면, "'오농가'라는 음악은 진나라의 석숭과 녹주가 지은 것으로, 원래는 「사포삽난봉」 한 곡뿐이었다. 그 뒤의 것들은 모두가 융안 연간(397~401) 초기에 민간에 잘못 전해지던 음악이다. 그래서 유송의 소제가 새로운 가곡 36곡을 다시 지었으며, 제나라 태조가 늘 이 가곡을 '중조곡'이라고 불렀다. 그러다가 양나라 천감 11년(511)에 양나라 무제가 칙명으로 '상사곡'으로 이름을 바꾸게 하였다[懊儂歌者, 晉石崇綠珠所作, 惟絲布澀難縫一曲而已, 後皆隆安初民間訛謠之曲, 宋少帝更製新歌三十六曲, 齊太祖常謂之中朝曲, 梁 天監十一年, 武帝敕法云改爲相思曲]"라고 한다.

12 주방언(周邦彦, 1056~1121) : 북송(北宋)의 가객이자 문장가. 자는 미성(美成), 호는 청진거사(清眞居士)이다. 태학생(太學生) 시절에 『변도부(汴都賦)』를 지어 황제 신종(神宗)의 눈에 들어 태학정(太學正)으로 승진하였다. 그 뒤로 10년 동안 도성 밖의 외직으로 전전하다가 철종(哲宗) 때에 이르러 개봉으로 귀환하여 국자감 주부(國子監主簿)·교서랑(校書郎) 등을 역임하였다. 휘종(徽宗) 때에는 잠시 대성부 제거(大晟府提擧)로 임명

주방언 초상

으로는 양운[14]에 맞먹어 왕년에 『변도』[15]라는 노래를 지어 바쳤고 풍류
로는 유칠[16]을 능가하여 나란히 악부[17]로 명성을 날리지요. 어명 칙서 같

되어 악보를 제작하고 사곡을 지어 조정에 바치는 업무를 담당했으나 다시 외직으로 전
전하다가 66세 때에 남경 응천부(應天府)에서 죽었다. 당나라 때에 지어진 시문의 문구
를 교묘하게 활용하여 가사를 짓는 데에 남다른 재능을 보였다. 남송대 완약파(婉約派)
가사의 시조로 추앙되며, 가사집으로는 『편옥사(片玉詞)』, 문집으로는 『청진집』이 있다.

13　전당(錢塘) : 송대의 지명. 지금의 중국 절강성 항주시(杭州市) 일대에 해당한다. 이 일대
　　를 흐르는 전당강은 물줄기가 갈 지(之) 자로 구부러져 흐르기 때문에 때로는 절강(浙江)
　　· 곡강(曲江) · 지강(之江)으로 불리기도 하였다.

14　양운(揚雲) : 전한의 문장가인 양웅(揚雄, BC53~AD18)을 가리킨다. 촉군(蜀郡) 성도
　　(成都) 사람으로, '운(雲)'은 그의 자인 자운(子雲)을 줄인 이름이다. 젊어서부터 재능을
　　인정받아 성제(成帝) 때 궁정 문인으로 발탁되었으며, 각종 전적에 해박하고 기이한 글
　　자에도 정통하였다. 성제를 수행하면서 『감천부(甘泉賦)』 · 『하동부(河東賦)』 · 『우렵부
　　(羽獵賦)』 · 『장양부(長楊賦)』 등의 노래를 지어 바쳤다. 이 밖에도 당시의 방언들을 집대
　　성한 『방언(方言)』 · 『역경(易經)』을 모방한 『태현경(太玄經)』 · 『논어(論語)』를 모방한
　　『법언(法言)』 등을 저술하기도 하였다.

15　『변도(汴都)』 : 주방언이 지은 가곡인 『변도부(汴都賦)』를 말한다. 신종의 치세를 기념하
　　고 당시 도읍이던 변경(汴京, 지금의 하남성 개봉시)을 성황을 소개하기 위하여 지었다.

16　유칠(柳七) : 송대의 유명한 가객인 유영(柳永, 987?~1053?)을 말한다. 본명이 삼변(三

은 대단한 글월은 문장의 고수임을 누군들 모를 것이며 선정적이고 관능적인 가곡은 남들이 다 화려한 홍등가의 전문가인 것으로 여긴답니다. 세간 사람들과 부대낄 수밖에 없기에 여가를 빌어 고고하게 더부살이를 하는데 지금은 개봉[18]의 감세[19]를 지내면서 잠시 금문[20]의 이은[21]으로 있지요.

이곳에는 수청을 드는 행수[22]로 이사사李師師가 있습니다. 그녀는 바로 지금의 도군 황제道君皇帝께옵서 총애하시는 기녀라지요. 그 여자는 풍류가 남다르니 그야말로 '화류계의 으뜸'이라고 하겠습니다. 게다가 사람

變) 자가 기경(耆卿)이며, 복건성(福建省) 숭안(崇安) 사람이다. 집안에서 일곱째여서 '유칠(柳七)'로 불렸으며, 인종(仁宗) 때 진사(進士)가 되어 둔전 원외랑(屯田員外郞)을 지내면서 '유 둔전(柳屯田)'으로 불리기도 하였다. 그가 지은 가사들은 재능이 있음에도 불구하고 시절을 잘못 만난 울분과, 부역과 객지생활을 통해 느낀 이별의 슬픔을 묘사한 것이 많다. 평생을 한 곳에 머무르지 않고 자유분방하게 살았으며, 가기(歌妓)의 생활과 도시의 풍경을 읊은 그의 많은 작품들은 당시 민간에서 널리 유행하여 우물가에서도 그의 노래를 하는 아낙네들을 만날 수 있었다고 한다. 음악에 정통한 데다가 통속적인 구어를 적절히 잘 사용하여 당(唐)·오대(五代)의 수식적인 사풍(詞風)을 바꾸어 놓았다. 저작으로는『악장집(樂章集)』이 있다.

17 악부(樂府) : 한대의 관청 이름. 악부는 한나라 무제 때 악공을 훈련시키고 악보를 만들고, 민요를 채집하고 보존하던 관청이었으나, 나중에는 음악성을 가진 시가를 일컫는 이름으로 전용되었다.

18 개봉(開封) : 북송의 수도. 지금의 하남성 개봉시 일대에 해당하며, 변수(汴水)를 끼고 있어서 '변경(汴京)·변량(汴梁)'으로 불리기도 하였다.

19 감세(監稅) : 송대의 관직명. 세수의 감독하는 업무를 관장하였다.

20 금문(金門) : 직역하면 '황금으로 장식된 문'으로, 황제가 드나드는 대문, 나아가 황제가 기거하는 대궐을 가리키기도 한다. 여기서는 황제를 섬기는 관리라는 뜻에서 한 말이다.

21 이은(吏隱) : 공직에 있기는 하지만 세속적인 명리에 휩쓸리지 않는 은자 같은 관리를 일컫는 이름.

22 수청을 드는 행수[上廳行首] : '행수(行首)'는 관가의 행사에 수청을 드는 관기(官妓)들 중에서도 으뜸 가는 기생을 말한다. 수하의 기생들을 관리하기도 했으며, 나중에는 이름난 기생을 두루 일컫는 말로 전용되었다. 옛날 중국에서는 관기들은 수청이나 노역에 출석할 의무를 지고 있었다. 때문에 관청에서 연회를 거행한다든지 관청의 수장에게 개인적인 길흉사가 있으면 반드시 가서 가무를 하거나 술 시중을 들어야 했다.

보는 눈이 대단해서 문인들을 상당히 아낀답니다. 소생도 그녀가 마다하지 않은 덕분에 아는 사이로 지내고 있지요. 오늘은 날이 춥고 쌀쌀한 것이 ··· 주상[23]께옵서 조정에 행차하지 않으실 것 같군요. 그러면 그녀 집에 가서 한번 취해나 볼까나! (걸음을 옮긴다)

〔선려과곡〕【취부귀】   〔仙呂過曲〕【醉扶歸】

그는 구중 궁궐서 이리도[24] 관심 보이나   他九重兀自關情事,

난 삼생[25]에 겨우 작은 인연을 맺었나니   我三生結下小緣兒,

'온유' 두 글자가 증거란다.   兩字溫柔是證明師.

나무마다 꾀꼬리 · 꽃 깃발 내걸리고   儘樹起鶯花幟,

빼어난 봉오리 포근한 남쪽 가지에 맘껏 피어   任奇葩開煖向南枝,

그 꽃다운 향기가 벌 · 나비 유혹하누나.   這芳香自惹蜂蝶恣.

(단[26]이 이사사로 분장하고 등장하여 노래를 부른다)

이사사
_____

23 주상[官家] : 송대에 민간에서 황제를 일컫는 또다른 존칭.
24 이리도[兀自] : '올자(兀自)'는 원 · 명대의 구어체 표현으로, 발성을 소리 나는 대로 한자로 표기한 의성어여서 구체적인 의미를 나타내는 것은 아니며 '보시다시피' 또는 '이런 식으로' 식의 어감만 나타낸다.
25 삼생(三生) : 과거의 전생(前生), 현재의 현생(現生), 미래의 후생(後生)을 말한다.
26 단(旦) : 중국 고전극에서 배역의 하나로, 극중에서 여자로 연기한다. 등장인물의 신분이나 연령 · 성격에 따라 다시 주인공 격인 정단(正旦)을 위시하여 소단(小旦) · 첩단(貼旦) · 외단(外旦) · 노단(老旦) · 화단(花旦) · 차단(搽旦) · 도마단(刀馬旦) 등으로 세분된다. 이 중에서 주인공을 맡는 정단은 남자 주인공을 맡는 정말(正末) 또는 생(生)과 나란히 제일 중요한 배역으로 간주되었다.

【전강】[27]

	【前腔】
화류계에서 춤추는 치마며 노래하는 부채	舞裙歌扇烟花市,
구슬 궁궐과 꽃 떨기 전각이라 한들	便珠宮蕊殿,
무슨 차이가 있겠는가?	有甚參差.
섣불리 부시[28] 들여다 보는 것 누가 허락할까?	誰許輕來覷罘罳,
여느 하찮은 집 계단도 아닌 것을!	須不是閒階址.
화류계에 바다신[29]의 사당이 끼어 있는 격	花衚衕排下箇海神祠,
첫 구절은 '우선 군왕께서 해 보시라' 하네.	破題兒先把君王試.

소녀는 이사사[30]입니다. 누가 거실[客堂]에 있는 것 같군요. 가서 보아야 겠습니다. 서로 인사를 나눈다 오라, 이제 보니 주 나리이셨군요! 무슨

---

27 【전강(前腔)】: 중국 근세의 음악 용어. 남송대에 민간에서 유행한 연극인 남희(南戲)나 명대에 유행한 연극인 전기(傳奇)의 희곡에서 동일한 음악을 다시 한번 반복해서 사용할 때 두 번째로 사용하는 그 음악을 부르던 이름. '전강(前腔)'을 글자 그대로 직역하면 '바로 앞의 가락'이라는 뜻이다. 여기서는 이 바로 앞에 사용된 음악인 【취부귀(醉扶歸)】에 해당한다. 원대 잡극에서 '전강'과 같은 개념으로 사용한 것이 【요편(么篇)】이다.

28 부시(罘罳): 중국 고대에 궁궐에 세워 내부를 차단하던 문병(門屛)을 말한다. 전설에 따르면, 부시(罘罳)는 "거듭 생각한다"라는 뜻을 딴 이름으로, 신하가 황제를 알현할 때 문병 밖까지 오면 거듭 생각하면서 어떻게 대처할 것인지 마음의 준비를 했다고 한다.

29 바다신[海神]: 여기서는 명대의 문학가·서예가인 채우(蔡羽, ?~1541)가 지은 단편소설인 『요양해신전(遼陽海神傳)』에 등장하는 신을 가리키는 것으로 보인다. 이 소설은 가정 19년(1540) 이전에 지어진 것으로 보이며, 그 줄거리는 이 이야기의 내용과 대체로 동일하다. 구체적인 내용은 『이각 박안경기』의 제37권 부분을 참조하기 바란다.

30 이사사(李師師, ?~?): 북송대 말기의 가곡으로 명성을 떨친 기생. 개봉부 출신으로, 미색과 문재를 겸비하면서 기질도 털털해서 '비장군(飛將軍)'이라는 별명으로 불리기도 하였다. 당시에 왕족·고관대작은 물론이고 유명한 문인들도 친분을 쌓기 위해서 그녀를 만나려고 애썼다고 한다. 그 사적과 일화들이 야사·소설 등에 자주 보이는데, 전설에 따르면 휘종의 총애를 받았으며 당시의 유명한 가객인 주방언 및 『수호전』에 등장하는 호걸인 연청(燕靑)과도 돈독한 친분을 나누었다고 한다.

바람이 불어서 여기까지 오셨습니까?

(생이 말한다)

주방언 소생 내심 심심하길래 귀하 하고 담소나 좀 나누어 볼까 싶구
려! 오늘은 날이 무척 추워서 주상께옵서 행차하지 않으셨을
것 같아서 이렇게 들렀소이다!

(단이 말한다)

이사사 그러시다면 소녀 술을 데워 나리와 같이 추위에 맞서 담소나 나
누어 볼까요? 애야, 술을 가져 오너라!

(축[31]이 어린 여종으로 분장하고 술을 들고 등장한다)

여종 술을 대령했습니다!

(단이 술을 건넨다)

이사사

【계지향】　　　　　　　　　　　　　【桂枝香】

---

31 축(丑) : 중국 전통극에서 운용되는 배역의 하나. 주로 희극적인 인물을 연기하는 경우가
많다. 등장인물의 신분에 따라 다시 문축(文丑)·무축(武丑)으로 세분된다. 코 부위에만
흰 분을 바르기 때문에 '소화렴(小花臉)'이라고 부르기도 한다.

대단한 현자께서 행차하시니   高賢來至,

사람의 마음을 자극하는구나.   撩人淸思.

우리 이 집은 말이오,   俺這家門戶呵,

아무리 하루 종일 떠들썩 하다 해도   假饒終日喧鬪,

그저 해거름에 혼자 있는 것 같을 뿐이니   只算做黃昏獨自.

이 마음 아는 이 몇이나 될까요?   論知心有幾,

이 마음 아는 이 몇이나 될까요?   論知心有幾,

정 많은 이 서로 마주보며   多情相視,

기꺼이 같이 앉아 시중들어 드리리다.   甘當陪侍.

(함께 노래를 부른다)

두 사람

마음 간절한 것이   意孜孜,

가장 사람 마음 끄는 때가   最是疼人處,

등불 끄고 웃음 머금는 때라오.   吹燈帶笑時.

(생이 노래를 부른다)

주방언

【전강】   【前腔】

보잘 것 없는 미천한 선비   迂疎寒士,

이사사 초상. 그 오른쪽 상단에 청나라 건륭제의 옥새가 찍혀 있다

가난하기 짝이 없는 샌님을	饞窮酸子.
고맙게도 상대해 주시매	謝娘行眼底種情,
진작에 흉중의 기이한 글자 좋아하게 되었구려.	早賞識胸中奇字.
이 마음 아는 이 몇이나 될까요?	論知音有幾,
이 마음 아는 이 몇이나 될까요?	論知音有幾,
이토록 인재를 아끼는 이 또 누구 있으리오?	這般憐才誰似,
성실함을 얻기로는 둘도 없구나.	辦取志誠無二.

(이상의 노래를 함께 부른다)[32]

두 사람

【전강】	【前腔】
보잘 것 없는 미천한 선비	迂疎寒士,
가난하기 짝이 없는 샌님을	饑窮酸子.
고맙게도 상대해 주시매	謝娘行眼底種情,
진작에 흉중의 기이한 글자 좋아하게 되었구려.	早賞識胸中奇字.
이 마음 아는 이 몇이나 될까요?	論知音有幾,
이 마음 아는 이 몇이나 될까요?	論知音有幾,
이토록 인재를 아끼는 이 또 누구 있으리오?	這般憐才誰似,
성실함을 얻기로는 둘도 없구나.	辦取志誠無二.

(소생[33]이 송나라 도군[34]으로 분장하고 도복[35] 차림으로 내시[36] 두 사람을 거느린

---

32 이상의 노래를 함께 부른다[合前] : 중국 고전극에서 사용되는 전문용어로, "앞 부분(같은 부분)을 합창한다"라는 뜻이며, 합창을 하는 노래의 두 구절을 가리킨다. 여기에서 '앞 부분'에 해당되는 것은 앞 노래【옥포두(玉抱肚)】의 마지막 두 구절 "연기와 먼지 눈앞에 자욱하고 들판엔 시체들이 널렸건만, 기댈 것이라고는 그저 양주의 병력 하나뿐이로구나!"이다.

33 소생(小生) : 중국 전통극 배역의 하나. 주로 연배가 젊은 남자로 등장한다.

34 도군(道君) : 북송의 제8대 황제인 휘종(徽宗) 조길(趙佶, 1082~1135)을 가리킨다. 제6대 황제 신종의 아들이자 철종의 동생이다. 평소에 도교를 신봉하여 스스로 자신을 '교주도군황제(敎主道君皇帝)'로 책봉했기 때문에 역사적으로 '도군황제'로 일컬어진다. 정강 연간에 금나라 군사가 대거 남침하여 도성을 포위하자 측근이던 이강(李綱, 1083~1140)의 건의에 따라 제위를 급히 태자 조환(趙桓, 흠종)에게 선양함으로써 금나라의 예봉을 피하려 하였다. 그러나 금나라와의 교섭이 좌절되고 아들 흠종과 함께 포로가 되어 금나라로 끌려갔다가 거기서 병사하였다. 군주로서는 좀처럼 드물게도 다양한

채 등장한다)³⁷

(노래를 부른다)

휘종

【잠】   【賺】

아름다운 옥이 여기에 있으니   美玉於斯,

변복 하고 잠행 하는 데는 이유가 있는 법.   微服潛行有所之.

풍류에 관한 일이라면   風流事,

왕이라도 예외 없음을 누가 알리오?   誰知王者必無私.

(내시가 호령한다)

내시 주상 마마 납시오!

예술 분야에서 두각을 드러낸 팔방미인이었지만 정치적으로는 나라를 망쳤다는 부정적인 평가를 받는다.

35 도복(道服) : 중국 고대에 도교를 신봉하는 도사들이 착용하던 복장. 앞의 주석에서 보듯이 휘종이 도교를 신봉한 사실에 착안하여 이렇게 설정한 것으로 보인다.

36 내시(內侍) 중국 고대에 궁중에서 황제의 시중을 드는 환관(宦官)들을 두루 일컫던 이름. 당대에는 내시감(內侍監)을, 명대에는 내관감(內官監)을 각각 설치했는데 둘 다 주로 거세된 환관들로 충당되었다. 환관은 때로는 '내감(內監)·태감(太監)'이라는 존칭으로 불리기도 하였다.

37 소생이 … 내시 두 사람을 데리고 등장한다[小生 … 帶二內侍上] : 여기서부터 이 절 끝까지 주방언이 등장하는 내용은 시내암 『수호전』(제72회)에는 보이지 않으며, 송대의 문어체 소설집인 『귀이집(貴耳集)』권중(卷中)에 소개된 휘종·이사사·주방언 세 사람의 일화를 차용한 것이다.

도군황제 휘종의 초상

(생과 단이 당황한다) (단이 노래를 부른다)

이사사

서둘러 달려가 모시네!   忙趨侯,

(생이 노래를 부른다)

주방언

서생이야 담력·식견은 있어도 날개는 없으니　書生俏膽無雙翅,

(침상 아래로 숨으면서)

일단 침상 밑에 암탉처럼 숨고 보자!　且向床陰作伏雌.

(소생이 노래를 부른다)

휘종

어명 받들되　聽宣示,

침착하게 받들기만 하고 당황하지 말라.　從容祗對無遽次.

(단이 절을 한다)

이사사

소첩 죽을 죄를 지었나이다,　妾當萬死,

소첩 죽을 죄를 지었나이다!　妾當萬死!

(소생이 말한다)

휘종 경은 고개를 드시오.

(단이 말한다)

이사사 주상 마마 만세를 누리소서!

(소생이 말한다)

휘종 앉아서 이야기를 합시다.

(단이 황은에 고마워하면서 말한다)

이사사 어가로 행차하시매 옥체가 지치셨을 테지요. 신첩이 만수무강
　　　을 빌며 술을 한 잔 올리겠사옵니다!

(안[^38]에서 음악이 울리고 단이 술을 권한다)

(소생이 말한다)

휘종 짐에게 새로운 물건이 생겼는데 안주로 삼을 수 있을 게요.

(소매 속에서 유자[^39]를 꺼낸다)

(단이 말한다)

이사사 향기가 강한 것이 … 이곳에는 여태껏 없던 것이로군요!

(소생이 말한다)

휘종 이것은 강남에는 처음 들어온 것인데 경과 함께 나눌까 하오!

---

38 안[內] : 중국 전통극에서 직접 무대에 등장하지 않으면서 무대 위 배우들과 극중 행위를
　　수행하는 스탭(staff) 또는 그들이 대기하는 공간을 가리킨다.
39 유자[橙] : '등자(橙子)'는 중국 남방에 분포하는 아열대계 과일의 일종으로, 국내의 유
　　자(柚子)에 해당한다. 여기서는 편의상 '유자'로 번역하기로 한다.

(단이 말한다)

이사사 신첩이 손으로 찢고 칼로 다진 다음 소금을 곁드려 안주로 삼도록 하시지요! (소생이 술을 마신다)

중국 남부(남만)의 유자

휘종

【도각아서】	【棹角兒序】
꽃다운 향기 마침 뿜어나오는 이 햇 유자	這新橙芳香正滋,
역참마다 전해 와 비로소 강남에 당도했소.	驛傳來江南初至.
파발 하나가 붉은 먼지 날린 것은 아닐 터	須不是一騎紅塵,
여러 명의 사자들에게 수고를 끼쳤으리라.	也煩着幾多星使.
보시라 그녀가 병주[40] 가위를 내려 놓고	試看他下幷刀,

---

40 병주(幷州) : 중국 고대의 지명. 산서성의 성도(省都)로, 산서성 중부의 분지 북단에 자리
    잡고 있는 태원시(太原市) 일대에 해당한다. 지리적으로 그 자리가 산서성 중부를 흐르는

오[41] 땅 소금에 절이니	醃吳鹽,
금으로 된 회를 능가하고	勝金齏,
옥으로 만든 회와도 맞먹으며	同玉膾,
그 손은 굳은 기름 같이 뽀얗구나!	手似凝脂.

(생황[42] 반주 속에 함께 노래를 부른다)

두 사람

찬 기운이 바야흐로 기승을 부리매	寒威方肆,
향로에서는 하늘하늘 향 연기 피어오르네.	獸煙裊絲.
웃는 얼굴로 생황 불며 서로 마주앉는데	笑欣欣調笙坐對,
취한 눈은 게슴츠레 하구나.	醉眼迷眵.

(소생이 말한다)

휘종 주흥이 다했으니 짐도 대궐로 돌아가야겠구려.

(단이 말한다)

이사사 신첩 드릴 말씀이 있사온데 … 주상 마마께 고해도 될 지요?

진수(晉水)의 북쪽에 자리잡고 있다고 해서 '진양(晉陽)'으로 불리기도 하였다. 역사적으로 이곳에서 나는 가위가 유명하여 '병주 가위'라는 뜻에서 '병도(幷刀)'로 일컬어졌다.

41 오(吳) : 중국 고대의 지역명. 태호를 둘러싸고 있는 지금의 강소성(江蘇省) 남부와 절강성(浙江省) 북부 일대에 해당한다. 유자를 소금으로 절이면 신맛이 가시고 단맛이 풍부해진다고 전해져서 명대에는 그렇게 먹는 경우가 많았다고 한다.

42 생황[笙簧] : 중국의 전통적인 취주악기.

(소생이 말한다)

휘종 얼마든지 말해 보시오.

(단이 입을 귓가에 대고 낮은 소리로 노래를 부른다)

이사사

【전강】   【前腔】

오늘밤은 누가 밤 시중 드시는지요?   問今宵誰行侍私.

(소생이 웃으면서 말한다)

휘종 그건 신경 쓰지 마시오!

(단이 계속 노래를 부른다)

이사사

지금 그래도 입바른 소리 하건만   這些時猶煩唇齒.
성루에서 북 벌써 세 번 치는 소리 들리고   聽嚴城鼓已三搧,
거리에는 오가는 이들 드물지요.   六街中少人行止.
지금 보니 폐하께선 이슬·서리 잔뜩 맞고   試看他露霜濃,
말을 타면 길조차 미끄러우실 테니   騎馬滑,
차라리 멈추시지요   到不如休,
돌아가시고 나서   回去,

무엇 때문에 한숨을 내쉬나이까?　　　　　　着甚嗟咨.

(이상의 노래를 함께 부른다)

두 사람

지금 그래도 입바른 소리 하건만　　　　　這些時猶煩唇齒.

성루에서 북 벌써 세 번 치는 소리 들리고　聽嚴城鼓已三搥,

거리에는 오가는 이들 드물지요.　　　　　六街中少人行止.

지금 보니 폐하께선 이슬·서리 잔뜩 맞고　試看他露霜濃,

말을 타면 길조차 미끄러우실 테니　　　　騎馬滑,

차라리 멈추시지요　　　　　　　　　　　到不如休,

돌아가시고 나서　　　　　　　　　　　　回去,

무엇 때문에 한숨을 내쉬나이까?　　　　　着甚嗟咨.

(소생이 말한다)

휘종 경이 짐을 사랑하니 그 말에 일리가 있구려. 내시에게 일러 내일
　　　아침에 대궐로 돌아가도록 하리다!

(단의 어깨를 끌어안는다)

【미성】　　　　　　　　　　　　　　　　【尾聲】

그대 있는 여기 남으니 기쁜 마음 주체할 수 없네　留儂此處歡情恣,

소양전에서 꿈 깨는 것보다 ^{훨씬} 낫지!　抵多少昭陽殿裡夢廻時.

복원된 소양전의 모습

(다같이 노래를 부른다)

두 사람

어찌 알리오   怎知道,

비 내리고 구름 내리는 일 다른 관청서 할 줄!   行雨行雲在別一司.

(다함께 퇴장한다)

(생이 침상 아래에서 나와서 말한다)

주방언 신기하다, 신기해! (…) 깜짝 놀랐구나! (…) 정말 천만다행이

다! (…) 내 보아하니 주상께옵서 유자를 쪼개어 드시면서 가까

이 앉아 담소를 나누시더니만 가려 하다가 머물려 하시다가 하면서 서로 희롱하고 놀리시는구나! 만약에 대궐의 사관史官이 옆에 있었다면 기거주[43]에 여기 일을 적으려 들었겠지! (…) 신이 무슨 인연으로 이렇게 직접 뵙고 직접 듣는단 말입니까! (…) 이 순간의 광경을 새로운 가사로 지어 이 일을 기록으로 남겨야겠다!

(가사를【소년유】[44] 가락에 맞추어 읊는다)

주방언

병주 가위는 물처럼 그침 없고	并刀如水,
오 땅 소금은 눈조차 압도하는데	吳鹽勝雪,
가녀린 손으로 햇 유자를 쪼개네.	纖手破新橙.
비단 휘장 이제 막 따뜻해지고	錦幄初溫,
향로에선 연기 끊이지 않는데	獸煙不斷,
마주보고 앉아 생황을 연주하네.	相對坐調笙.

가만히 여쭙건대	低聲問,
'뉘집에 묵으시는지요?	向誰行宿?

---

43 기거주(起居注) : 중국 고대에 사관이 황제의 일거수일투족의 언행을 기재한 기록으로, 실록을 편찬하는 자료로 사용되었다. 황제는 자신의 언행을 기록한 기거주를 열람할 수가 없었다. 그 체제나 기능에 있어 우리나라 조선시대의 사초(史草)와 대동소이하다.
44 【소년유(少年遊)】: 주방언이 지은 가사.

성루에서는 벌써 삼경[45]을 알리고	城上已三更.
말은 짙은 서리로 길 미끄러우니	馬滑霜濃,
차라리 가지 마시지요.	不如休去,
다니는 사람조차 드무니 말입니다!'	直是少人行.

가사를 다 쓰고 나서 이튿날 사사에게 보여 주고 그 고운 웃음이나 사 보자꾸나!

주방언

【조라포】	【皀羅袍】
무심코 양대[46]에 가서 머물다가	偶到陽臺左次,
비·이슬 내리시는 봄의 신[47]을 뵈어	遇東皇雨露,
마침 곁 가지가 은혜를 입는구려!	正洒旁枝.
햇유자 쪼개자 서리에도 지지 않는 자태 드러내	新橙剖出傲霜姿,
옥 생황 잡은 건 가늘디 가는 손가락들이로고.	玉笙按就纖纖指.
나지막히 서로 담소를 나누고	低聲廝諢,

---

45 삼경(三更) : 밤 11시에서 새벽 1시까지를 가리킨다.
46 양대(陽臺) : 전국시대 초(楚)나라 가객 송옥(宋玉)이 지은 「고당부(高堂賦)」에 나오는 장소. 초나라의 양왕[襄王]이 고당으로 유람을 갔다가 꿈에 어떤 여자를 만났는데, 작별할 때 "소녀는 무산의 남쪽 고구의 험지에 산답니다. 아침에는 떠다니는 구름이고 저녁에는 움직이는 비가 되어 아침저녁으로 양대 밑에 있답니다(妾在巫山之陽, 高丘之阻. 朝爲行雲, 暮爲行雨, 朝朝暮暮, 陽臺之下)"라고 말했다고 한다. 다음날 아침 양왕이 현장으로 가 보니 그 여인의 말이 사실이길래 그 곳에 사당을 짓고 '조운(朝雲)'이라고 이름 붙였다고 전한다. 나중에는 남녀간의 정사나 밀회 장소를 나타낼 때 양대·고당·무산(巫山)·운우(雲雨) 등의 말을 사용하게 되었다.
47 봄의 신[東皇] : '동황(東皇)'은 '동군(東君)'이라고도 하며, 봄을 관장하는 신을 가리킨다.

애교 머금고 빈정거리네.	含嬌帶嗔.
'차라리 돌아가지 마시라'며	不如休去,
정성 들여 말씀 올리니	殷勤致辭,
마마께서 사랑 놀음 하지 않을 수 있을쏘냐?	怕官家不押箇鴛鴦字.

꾀꼬리에게 뜰 담장 넘는 것 허락하기도 전에	未許流鶯過院墻,
천자께서 여기서 「고당부」[48]를 부르네.	天家於此賦高唐.
큰 붕새는 날아 오동나무 위에 깃들건만	大鵬飛在梧桐上,
원래부터 엉뚱한 이들이 입방정 떨더라.	自有傍人說短長.

동진의 화가 고개지(顧愷之)의
『낙신부도(洛神賦圖)』

---

48 「고당부」[賦高唐] : 전국시대 초(楚)나라의 가객인 송옥(宋玉)이 초나라 양와과 고당 여
인의 만남을 소재로 삼아 지은 가곡.

제3절
등불에 대해 캐묻다
訊燈

(강양운[49]에 맞추어 지음)

(외[50]가 송공명으로 분장해 종복들을 데리고 등장한다)

송강

〔중려인자〕【분접아〕   〔中呂引子〕【粉蝶兒】

세상에는 사람이 없구나   四海無人,

내 이 한 몸 충성심을 누가 알리오?   誰知俺滿懷忠壯.

지금은 일단 스스로 몸을 숨기고   這些時且自埋藏,

산동 땅 물안개 피는 양산박[51] 산채에 의지해   借山東煙水寨,

---

49 강양운(江陽韻) : 원대 주덕청의 『중원음운』에 소개된 모음의 일종. 현대 중국어에서는
    "ㄤ[aŋ]"과 "ㄧㄤ[iaŋ]"에 해당한다. 송·원대에 형성된 것으로 근대 중국어의 대표적인
    특징의 하나이다.

50 외(外) : 중국 전통극 배역의 하나. 주로 연배가 높은 중년 이상의 남성 인물의 역할을
    맡는다. 이미 원대 잡극 때부터 외말(外末)·외단(外旦)·외정(外淨) 등의 배역이 존재했
    는데, 대체로 말(末)·단(旦)·정(淨) 등의 배역에 대해 조연을 맡는다.

51 양산박(梁山泊) : 중국 산동성 양산현(梁山縣)에 있는 호수의 이름. 양산은 산동성 제녕
    (濟寧)의 황하 하류에 자리잡고 있는데 이 일대를 흐르는 양대 하천인 문수(汶水)와 제수
    (濟水)이 합쳐져 양산박을 이루었다. 그 후로 황하의 물길이 바뀌어 범람한 강물이 양산
    박으로 흘러들어 송대에 8백 리에 달하는 큰 호수가 형성되었다고 한다. 이 일대는 산세
    가 험하고 물이 깊어서 북송 말기에는 부패한 조정에 저항하는 영웅호걸들이 이곳으로
    모여들었는데, 명대의 소설가 시내암(施耐庵, 1296?~1370?)이 『수호전(水滸傳)』에서
    영웅호걸들의 이상향으로 묘사한 바 있다

세 군데의 관문을 일으키리라.　　　　　三關興旺.

누구에게 물어야 옳으리오?　　　　　問誰當,

한 시대 주름 잡는 이는 둘도 없단다.　　這橫行一時無兩.

한 늪지에서 호령을 내니　　　　　　一水窪中能出令,

첩첩산중 깊은 곳서 절로 징 울려 호응하네.　萬山深處自鳴金.

온몸이 의협심으로 무장한 대단한 사나이　包身義膽奇男子,

그조차 '그 명성 산속에 있다' 스스로 일컫는다.也自稱名在綠林.

송강　나는 바로 산동山東의 송강[52]으로, 자는 공명公明입니다. 지금은 양
　　　산[53] 산채의 수령으로 하늘을 대신하여 정의를 구현하고 있지요.
　　　남들은 다들 나를 '때 맞추어 내리는 비[及時雨]'라고 부른답니다.
　　　지금 날이 무척 추운데 산 아래에서 무슨 일이 벌어지고 있는지
　　　모르겠군요. 일단 형제들을 불러서 물어 보아야 겠습니다!

(사람들이 양산박 호걸들로, 정은 이규로 분장하고 평소처럼 등장시[54]를 읊고 이름

52　송강(宋江) : 명대 소설가 시내암이 지은 소설 『수호전』의 주인공. 양산박(梁山泊) 호걸
　　들의 수령으로, 별명은 급시우(及時雨)이다. '급시우'는 글자 그대로 직역하면 '때 맞추
　　어 내리는 비'라는 뜻으로, 전통적으로 어려움에 처한 사람들을 구원해 주는 사람이라는
　　뜻으로 사용되기도 하였다.

53　양산(梁山) : 중국 산동성 제녕(濟寧)의 황하 하류에 자리잡고 있는 현의 이름. '양산박
　　(梁山泊)'은 양산현에 있는 호수로, 이 일대를 흐르는 양대 하천인 문수(汶水)와 제수(濟
　　水)이 합쳐져 호수를 이루었다.

54　등장시[上場詩] : '상장시(上場詩)'는 중국 원·명·청대의 연극 용어로, 등장인물이 무
　　대에 등장하자마자 읊는 시를 말한다. 일반적으로 각 구절이 5자나 7자로 구성되는 네
　　구절의 시인 오언절구(五言絶句)나 칠언절구(七言絶句)로 구성되었다. 등장인물이 퇴장

을 밝힌 다음 서로 인사를 나눈다)

『수호전』의 송강 초상

(외가 말한다)

송강 형제들, 산 아래에 무슨 일들이 있었던가?

(사람들이 말한다)

───────────────

할 때에 읊는 하장시(下場詩) 역시 마찬가지이다.

졸개들 형님께 고합니다. 주귀(朱貴)네 술집에서 내주부[55] 출신의 등 장인
한 무리를 붙잡았는데[56] '동경'[57]에 가서 등을 진상하려 한다'
하더군요. 함부로 처리할 수가 없길래 관문 앞까지 끌고 와서
명령을 받들려던 참입니다!

(외가 말한다)

송강 놀라게 만들지 말고 내가 물어 볼 테니 대청으로 끌고 오도록 하게!

(사람들이 말한다)

졸개들 명령대로 받잡겠습니다!

(잡[58]이 등 장인으로 분장하고 등을 든 채 등장한다)

등 장인

---

55 내주부(萊州府) : 송대의 내주(萊州)를 말한다. 명대에는 홍무(洪武) 7년(1376)에 내주
부(萊州府)로 개칭하고 그 치소를 액현(掖縣, 지금의 내주시)에 두었다. 지금의 산동성
청도(青島)·유방(濰坊)·즉묵(卽墨)·교남(膠南)·교주(膠州) 등지를 관할하였다.
56 등 장인 한 무리를 붙잡았는데[拿得一班萊州府燈匠] : 시내암 『수호전』(제72회)에는 "공
인(사령) 2명과 등 장인 9명"으로 기술되어 있다. 무대에서 공연하는 연극을 염두에 두고
집필한 희곡이다 보니 출연자를 11명→1명으로 대폭 축소한 것으로 보인다.
57 동경(東京) : 북송대의 도읍이던 변경(汴京, 지금의 하남성 개봉시 일대)의 다른 이름.
58 잡(雜) : 중국 전통극 배역의 하나. '잡당(雜當)'이라고 부르기도 한다. 이미 원 잡극(元雜
劇)에서부터 그 이름을 찾아볼 수 있는 이 배역은 일반적으로 극중에서 하인과 같이 작은
역할을 맡거나, 임시로 등·퇴장하면서 엑스트라나 무대 정리 등의 자잘한 일들을 담당한
다. 이와 비슷한 역할을 수행한 경우로는 근대의 경극(京劇)에서 볼 수 있는 '검장적(檢場
的)'이나, 일본 가부키[歌舞伎]에서 비슷한 역할을 수행하는 '구로코[黑子]'가 있다.

아침에는 밭 메는 농부이더니　　　　　　朝爲田舍郞,

충의당[59]에 등을 바치누나.　　　　　　　獻燈忠義堂.

산채의 두령에는 본래 씨가 없나니　　　　寨主本無種,

사내라면 <u>스스로 강해져야 옳단다</u>!　　　男兒當自强.

(사람들이 말한다)

졸개들 등 장인은 앞으로 오라!

(외가 노래를 부른다)

북송 화가 장택단(張擇端)의 『청명상하도』에 그려진 번화한 동경의 모습

59　충의당(忠義堂) : 양산박 호걸들이 전달 사항이 있거나 긴급 사태가 발생했을 때에 모여 대책을 의논하던 장소.

송강

〔중려과곡〕【미범서】	〔中呂過曲〕【尾犯序】

온 나라가 군왕을 모시나니　　　　　　　　率土戴君王.

어찌 우리들인들　　　　　　　　　　　　豈是吾儕,

삼강오륜 모를 리가 있으리오?　　　　　不曉倫常.

간신배들이 조정에 가득하여　　　　　　謟佞盈朝,

여염집들 모두 황폐해지게 만드는 것을!　致閭閻盡荒.

등 장인은　　　　　　　　　　　　　　燈匠,

번화한 거리의 명물을 통해서만　　　　無非是繁華景物,

정교한 솜씨 펼칠 수 있는 법인데　　　纔顯出精工伎倆.

어찌 알았겠는가　　　　　　　　　　爭知道,

심혈을 다 기울이고 나니　　　　　　脂膏盡處,

꾀꼬리가 사마귀 노리고 있다는 것을!　黃雀覷螳螂.

(잡이 머리를 조아린다)

등 장인

【전강환두】[60]	【前腔換頭】

60　환두(換頭) : 중국 근세의 음악 용어. 남송 남희나 명대 전기에 사용된 음악의 동일한 악
곡에서 첫 머리 몇 구절의 자수나 가락에 변화를 주어 색다른 분위기를 연출하게 하는
기법을 가리킨다. '환두'는 글자 그대로 직역하면 '[첫]머리를 바꾼다'는 뜻으로 번역된
다. 개념상으로는 원칙적으로 잡극의 【요편】 또는 남희·전기의 【전강】과 동일하지만 거
기에 약간 변화를 가미한 일종의 변주곡으로 이해하면 좋겠다. 여기서의 【전강환두】는
곧 바로 앞의 【미범서】의 변주곡이라는 뜻인 셈이다.

그래야 하는 것이   應當,

등 가게가 바로 관용 상점이니까요.   燈鋪乃官行.

이갑[61]이 문 앞에 늘어서 있으니   里甲排門,

그 고통이란 농지세에 비길만합니다.   痛比錢糧.

북송 화가 이숭(李嵩)의 『관등도(觀燈圖)』에 그려진 화려한 송대의
등(대만고궁박물원 소장)

---

61 이갑(里甲) : 명대의 지방행정 단위. 각 주(州)·현(縣)의 한 지역에서 110세대[戶]를 1
리(里)로 정하고 그 중에서 장정과 전답을 가장 많이 보유한 10세대에게 윤번제로 이장
(里長)을 맡겼다. 그리고 나머지 100세대를 10갑(甲)으로 나누고 1갑당 10세대를 배정
하여 윤번제로 갑수(甲首)를 맡게 하였다. 해마다 이장은 10갑의 이수를 데리고 각종 부
역에 동원되었고 10년마다 한번씩 교체하였다. 나중에는 잡범(雜範)·균요(均徭)와 함
께 명대의 3대 요역의 하나로 일컬어졌다. 여기서는 (해당 리의) 갑수에 대한 별칭으로
사용한 것으로 보인다.

송강 금년에 마마께서 등을 성대하게 장식하고 원소절을 축하하며 감
　　상하시겠다면서 이 고을로 하여금 근사한 등을 다섯 개 만들어
　　내게 하셨지. 그 등은,

달인이 꾸미고 아로새겼다 하여　　　　　　　妙手雕鏤,

'영롱한 옥 빛'[62]이라고 부른다네.　　　　　　號玲瓏玉光.

(외가 말한다)

송강 나도 네 것을 좀 많이 챙겨야겠는데 … 어떠냐?

(잡이 노래를 부른다)

등 장인

놀랍고도 당황스럽습니다!　　　　　　　　　驚惶!

기어코 산채에서 다 앗아 가 버리시면　　　　若還是山中盡取,

서울서 주문한 개수를 감당할 수 없습니다!　難銷破京師業帳.

(슬퍼하면서 노래를 부른다)

어디 가서　　　　　　　　　　　　　　　　從何處,

62　영롱한 옥 빛[玲瓏玉光] : 시내암『수호전』(제72회)에는 '옥붕영롱구화등(玉棚玲瓏九華
　　燈)'으로 소개되어 있다.

다시금 자녀들 구해다가   重尋兒女,

또한번 아버지 어머니 하고 통곡한단 말입니까!   更一度哭爹孃.

(외가 말한다)

송강 듣자니 딱하기도 하구나! 내 농담을 좀 했느니라. (…) 네 것을 챙겼다가는 네가 고생을 할 것이 뻔하니 마음이 편치 않다! (…) 네 그 작은 것 하나만 챙기도록 하마. 값이 얼마나 되느냐?

(잡이 말한다)

등 장인 공임이 스무 냥입니다마는 대왕[63]님 안전이라서 흥정을 할 엄두가 나지 않는군요!

(외가 말한다)

송강 그럼 스무 냥을 주마. 나머지 것들은 너희들이 자진해서 관가로 가져 가도록 해라!

(잡이 말한다)

등 장인 대왕님 감사합니다요!

두손으로 생사 달린 길 열어젖히고   雙手劈開生死路,

---

63 대왕(大王): 중국 명·청대에 산적·해적 등 도적의 우두머리를 높여 부르던 호칭.

이 몸은 시비의 문을 뛰쳐나가네.　　　　　　一身跳出是非門.

(퇴장한다)

(외가 말한다)

송강 형제들, 등 장인이 하는 말을 듣자니, 서울에서 등을 몹시 좋아한
　　　다고 하는구만. 해서 내가 구경을 좀 하러 가야겠네!

【전강환두】　　　　　　　　　　　　　　　【前腔換頭】

서울은 번화하고 아름다운 고장　　　　　京華靡麗鄕.

젊어서부터 산동에서 자라　　　　　　　少長山東,

여태 거닐 기회가 없었는데　　　　　　　未得徜徉.

이제 차림새를 바꾸고　　　　　　　　　改換規模,

하늘 가 햇님[64] 곁까지 가 보자꾸나.　　到天邊日旁.

(사람들이 노래를 부른다)

사람들

따져 보건대　　　　　　　　　　　　　斟量,

풍파 만나 위험 무릅쓰게 되신다면　　　若還遇風波競險,

64　햇님[日] : 여기서는 황제 즉 북송의 휘종을 가리킨다.

방패 · 창으로 맞서 싸우는 일 피할 수 없으리.	須難免干戈鬧嚷.
분명한 것은	分明是,
용이 물 얕은 곳에 몸을 둘 때에는	龍居淺地,
^{반드시} 조심해야 한다는 것입니다.	^{索是}要隄防.

(외가 말한다)

송강 낮에는 객줏집 안에 숨어 있다가 밤마다 성내로 들어가서 등불
놀이를 구경하면 걱정할 필요가 없을 게야. 일단 내 지시를 따르
도록 하게. 나와 시진柴進 · 대종戴宗 · 연청燕靑이 같은 길로, 사진史進
과 목홍穆弘이 같은 길로, 노지심魯智深과 무송武松이 같은 길로, 주
동朱仝과 유당劉唐이 같은 길로 가도록 하세. 이 네 방면으로 가는
분들은 은밀히 서로 뒤를 따르면서 상황에 따라서 대처하도록 하
시게. 다른 형제들은 모두 여기서 산채를 지키도록 하시오!

(정⁶⁵이 이규로 분장해 말한다)

---

65 정(淨) : 중국 전통극 배역의 하나. 얼굴을 화려하게 화장한다고 하여 화렴(花臉) · 화면
(花面)으로도 불리며, 역할의 경중에 따라 다시 정정(正淨) · 부정(副淨) · 이정(二淨) ·
외정(外淨) 등으로 세분된다. 정이라는 배역은 당대(唐代)의 참군희(參軍戲)에서 주역
을 맡던 참군을 거쳐, 송대 잡극[宋雜劇]의 부정(副淨)에서 발전된 것으로, 많은 경우 성
격, 외모상 특이한 면모를 가진 남자를 주로 연기한다. 초기에는 희극적인 연기를 하기도
하고 사악한 악인 역할을 하기도 했지만, 명대 이후로는 희극적인 연기가 새로 출현한
배역인 축(丑)에게 완전히 인계되고 정은 악인이나 호탕하고 용맹한 장수 · 호걸을 연기
하는 배역으로 전문화된다. 참고로 '얼굴 렴(臉)'의 경우, 중국의 전통 희곡이나 연극을
소개하는 기존의 국내서들을 보면 거의 모두 한자 발음을 '검'으로 소개해 놓았다. 그러
나 그것은 글자 모양이 비슷한 '눈꺼풀 검(瞼, jian)'과 혼동한 결과이다. 모든 대목에서
'얼굴'이라는 의미로 사용되었으므로 '렴(lian)'으로 적어야 옳다는 뜻이다.

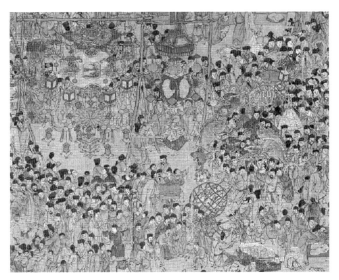
명대 남경 상원절 저잣거리에 등장한 등 행렬. 다양한 등들이 보인다

이규 동경東京서 등불놀이를 즐기신다니 나도 좀 다녀 올랍니다!

(외가 말한다)

송강 네가 어떻게 갈 수 있겠느냐?

(정이 말한다)

이규 왜 못 갑니까?

(외가 말한다)

송강 너는 심성이 착하지 않은 데다가 얼굴도 못나고 우악스러우니까!

(정이 말한다)

『수호전』에 그려진 이규 초상

이규 내가 언제 남의 집 어른이건 아이건 놀라 죽게 만든 적이라도 있
습디까? 만약에 안 데리고 가면 나 혼자 먼저 동경으로 달려가 난
장판을 만들어서 다들 마음 편히 구경도 못 하게 만들 거유!

(외가 말한다)

송강 정 그렇게 가고 싶거든 종복으로 꾸미고 나를 따라오도록 해라.
(…) 사고를 쳐서는 안 될 것이니라!

【전강】   【前腔】

왕도는 본래 나라에서 으뜸 가는 도시.   王都本上邦.

군대가 주둔하는   須勝似軍州,

말 살찌고 사람 씩씩한 그런 고을 압도할 테지.   馬壯人強.

이번에 가서 몰래 둘러 볼 때는   此去私游,

반드시 행적 감추고 다녀야 하리라.   要行踪歛藏.

(사람들이 노래를 부른다)

졸개들

반드시   須仗,

한 패 한 패 나누어 다니도록 계획 세우고   一隊隊分行佈擺,

걸음마다 고개 돌려 주위를 살펴야 합니다.   一步步回頭顧望.

오늘부터   從今日,

장안의 꿈속에서는   長安夢裡,

벌어지겠구나 한 바탕 시비의 마당이!   攪起是非場.

(외가 말한다)

송강 내일이 황도[66]의 길일이니 당장 출발하도록 하세!

---

66 황도(黃道): 고대 천문학 용어. 지구가 한 해 동안 태양을 공전하는 궤도. 지구가 태양을 공전하면 1년만에 한 바퀴를 돌아 원래의 자리로 돌아오는데 이때 태양이 지나온 노선을 말한다. 이에 비하여 달이 지구를 공전하는 궤도는 '백도(白道)'라고 불렀다. 중국의 고대 점성술에서는 천문(天文)을 관찰하여 길흉을 점쳤는데, 그 중에서 청룡(靑龍)·명당

(사람들이 말한다)

졸개들 명령대로 하겠습니다!

잠시 전투복 풀고 꼭두서니 두건 벗자스라.　且解征袍脫茜巾,

낙양⁶⁷이 비단 같은 도시임을 옛부터 들었지.　洛陽如錦舊知聞.

서로 만난들 굳이 이름 밝힐 필요 있겠나　相逢何用通名姓,

세상이 지금은 사람들 절반인 임금인 것을!　世上于今半是君.

(사람들이 패를 나누어서 퇴장한다)

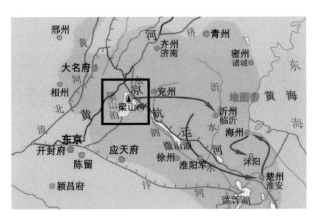

중국 지도에 표시된 양산박(梁山泊)의 지리적 위치(네모). 동경의 동북방
에 있다

(明堂)·금궤(禽匱)·천덕(天德)·옥당(玉堂)·사명(司命)의 육신(六辰)을 행운의 신 즉
길신(吉神)으로 여겼다. 이 여섯 신이 활동하는 날에는 흉살(凶煞)을 없애서 만사가 고르
게 이루어진다고 하여 "황도의 길일[黃道吉日]"이라고 불렀다.

67　낙양(洛陽) : 중국 고대의 지명. 지금의 하남성 낙양시(洛陽市) 일대에 해당한다. 당대에
는 공식적인 도읍은 장안(長安), 즉 지금의 서안(西安)이었으며, 낙양은 그 동쪽에 자리
잡고 있었기 때문에 서쪽의 장안을 기준으로 하여 '동쪽에 있는 도읍'이라는 뜻에서 '동
도(東都)'로 부르기도 하였다.

제4절
가사가 황제를 진노하게 만들다
詞忤

(경청운[68]에 맞추어 지음)

(단이 이사사로 분장하고 등장한다)[69]

이사사

〔남려과곡〕【일강풍】   〔南呂過曲〕【一江風】

나면서부터 외모 반반하다지만   是生來落得排場勝,

누가 붉은 예단 보낸 적 있었던가?   那箇曾紅定.

만나면 그것이 인연인 것을.   但相逢便有姻緣,

저녁 비에 아침 구름   暮雨朝雲,

잠시 무산[70] 관장하는 수령 되었구나.   暫主巫山令.

---

68 경청운(庚青韻) : 원대 주덕청의 『중원음운』에 소개된 모음의 일종. 현대 중국어에서는 "ㄥ[əŋ]"과 "ㄧ[iŋ]"에 해당한다. 송·원대에 형성된 것으로 근대 중국어의 대표적인 특징의 하나이다.

69 단이 이사사로 분장하고 등장한다[旦扮李師師上] : 여기서부터 이 절 끝까지 주방언이 등장하는 내용은 『수호전』(제72회)에는 보이지 않으며, 송대의 문어체 소설집인 『귀이집(貴耳集)』권중(卷中)에 소개된 휘종·이사사·주방언 세 사람의 일화를 차용한 것이다.

70 무산(巫山) : 중국의 사천성과 호북성의 경계지대에 자리잡고 있는 산. 장강이 그 사이를 관통해 흐르면서 삼협(三峽)을 형성하고 있다. 산의 모습이 '무당 무(巫)' 자와 비슷해서 '무산'으로 일컬어졌다고 한다. 전국시대 초(楚)나라의 가객 송옥(宋玉)이 지은 「고당부(高唐賦)」에 따르면, 초나라의 양왕[楚襄王]이 고당으로 유람을 갔다가 꿈에 어떤 여자를 만났는데, 작별할 때 "소녀는 무산의 남쪽 고구의 험지에 산답니다. 아침에는 떠다니

항아[71]도 이리 기염 토하지 못 하나니 　　　　　嫦娥不恁撑,

군왕께서 내키는 대로 다니시네. 　　　　　　　君王取次行.

그리 풍류마다 뽐내니 남아나는 게 없네. 　　是風流占盡無餘剩.

이사사 소녀는 이사사입니다. 지난번에 마침 주미성과 술을 마시며 담소를 나누고 있었습니다. 그런데 공교롭게도 주상 마마께옵서 행차하시는 바람에 창망하게 침상 아래로 피했었지요. 결국 나중에 주상 마마께옵서 하신 말씀과 행동을 모조리 미성에게 들키고 말았지 뭡니까! (…) 미성은 미성대로 가사를 한 편 지어서 (주상 마마께옵서) 내 앞에서 하신 말씀을 모조리 가사의 요긴한 소재로 써 먹었답니다. 재능이 출중한 그런 인물은 참으로 아끼고 존경할 만합니다. 오늘은 여기에 아무 일도 없으니 일단 그 가사나 펼쳐 놓고 감상을 좀 해 보아야겠군요!

(소생이 도복을 입은 도군으로 분장하고 등장한다. 노래를 부른다)

는 구름이고 저녁에는 움직이는 비가 되어 아침저녁으로 양대 밑에 있답니다(妾在巫山之陽, 高丘之阻. 朝爲行雲, 暮爲行雨, 朝朝暮暮, 陽臺之下)"라고 말했다. 다음날 아침 양왕이 현장으로 가 보니 그 여인의 말과 같길래 그 곳에 사당을 짓고 '조운(朝雲)'이라고 이름 붙였다고 한다. 중국문학에서는 이로부터 남녀간의 정사를 형용할 때 운우·무산·고당·양대(陽臺) 등의 말로 완곡하게 표현하곤 하였다.

71　항아(嫦娥): 중국 고대 전설에 등장하는 여신. '항아(姮娥)'로 쓰기도 한다. 제곡(帝嚳)의 딸로 요 임금의 사수였던 후예(后羿)의 아내가 되었는데 미모가 출중했다고 한다. 『회남자(淮南子)』「현명훈(賢冥訓)」에 따르면, 남편 후예가 서왕모(西王母)에게서 불로장생의 영약을 구해 오자 그것을 몰래 훔쳐 먹고 신선이 되어 월궁(月宮)으로 승천하여 영생을 살았다고 한다.

휘종

【전강】	【前腔】
궁궐 나와 한적한 꽃길 기쁘게 걸으며	離宮^喜喜踏閒花徑,
넘치는 풍류 심으러 다닌다.	種下風流性.
사랑스런 애물단지를 얻어	但相從可意寃家,
남다른 포근함과 부드러움 누린다면	別樣溫柔,
되려 이만저만 한 행운이 아닐 테지.	反似多傒倖.
그녀는 어떨지 모르겠구나	知他是怎生,
성 하나를 다 던져서라도	扢傾若個城.
^저 조정서 궁한 삼성도 못 거론케 하네!	^任朝端絮不了窮三聖.

휘종이 그린 『청금도(聽琴圖)』. 편복 차림으로 거문고를 연주하는 사람이 휘종이다

휘종 사사의 집에 다 왔구나! (…) 사사는 어디에 있는가?

(단이 어가를 맞이하고 말한다)

이사사 신첩 어가를 영접하나이다. 주상 마마 만세를 누리소서!

(소생이 말한다)

휘종 경은 고개를 드시오. (…) 이경, … 원소절이 머지 않았기에 정사를 잠시 접어 두고 한가한 틈을 타서 느긋하게 담소를 나누려고 경을 찾아 왔소!

(단이 말한다)

이사사 신첩도 자리를 깨끗이 치우고 마마께서 행차하기만 기다리고 있었나이다!

(소생이 탁자 위를 보면서 말한다)

휘종 이 경, … 여기서 무엇을 보고 있었소? (가사를 보더니) 이제 보니 가사였구려. (아까의 가사를 읊고 나서 말한다) 이건 … 바로 지난번에 경과 늦은 저녁에 함께 있을 때의 상황 같은데 … 누가 다듬어서 가사에 담은 게요?

(단이 말한다)

이사사 어찌 감히 감추겠나이까! 사실은 … 주방언의 작품이옵니다!

(소생이 말한다)

휘종 주방언이 어떻게 이토록 낱낱이 잘 안단 말인가? (…) 눈으로 직접 보고 귀로 직접 듣기라도 한 것처럼 말이요!

(단이 말한다)

이사사 신첩 죽을죄를 지었나이다! (…) 지난번에 무심코 주방언과 이곳에서 한가하게 담소를 나누고 있었습니다. 그런데 마침 역시 뜻하지 않게도 주상 마마께옵서 행차하셨지 뭡니까. 방언은 몸을 피할 곳이 없자 침상 아래로 들어가 엎드려 있었지요. 그래서 그때 주상 마마와 신첩의 거동과 대화를 모두 엿보고 이 가사를 지어 그 일을 담은 것이옵니다!

(소생이 성을 내면서 말한다)

휘종 그렇게 경박할 수가! 괘씸하구나, 괘씸해!

【쇄한창】	【鎖寒窓】
어느 곳의 빈티 나는 샌님 나부랭이가	是何方劣相酸丁,
꽃밭에 숨어들어 경거망동 했단 말인가?	混入花叢擧止輕.
보아하니 이러쿵저러쿵 떠들고	看論黃數黑,
이 모습 저 광경 묘사하는가 하면	画影描形.
복선을 깔아 놓고	機關逗處,
입방정을 이다지도 떨어 놓았으니	唇金齒金.
그놈의 미친 처신을 어찌 한단 말인가!	怎當他風狂行徑.

(함께 노래를 부른다)

두 사람

생각해 보니	思量,
이처럼 눈치가 없는 자는	直恁不相應,
하루빨리 서울에서 추방함이 옳겠다!	便早遣離神京.

(단이 무릎을 꿇고 말한다)

이사사 방언의 죄는 모두 신첩의 죄이옵니다! 천은을 베푸시어 너그럽
  게 용서해 주소서!

(일어나서 노래를 부른다)

【전강】	【前腔】
따지고 보면 그 뿐안 낮의 샌님은	念他們白面書生,
천자 용안 뵙게 되었다 몹시 기뻐하다가	得見天顏喜倍增.
한 순간 어리석음에 휩쓸려	任一時風欠,
새 가사를 지어 낸 것이랍니다.	寫就新聲.
그 자가 국법 어겼는지 모르겠나이다.	知他那是違條幹令,
태평성대 노래하려 한 것뿐인 것을요!	總歌謳太平時境.

(다함께 노래를 부른다)

두 사람

생각해 보니   思量,

그런 눈치 없는 자라 해서   有恁不相應,

서둘러 서울서 추방하셔야 겠습니까?   便早遣離神京.

(소생이 말한다)

휘종 이 일만큼은 절대로 그 놈을 용서할 수가 없어! 내일 개봉부[72]에

    분부하여 그 놈을 도성 밖으로 내쳐야 되겠소!

(시를 읊는다)

이사사

새 가사 한 곡 표현 탓에   一曲新詞話不投,

휘종

내일 변방 땅으로 귀양 보내리라.   明朝謫遣向邊州.

두 사람

시비는 입을 너무 놀린 탓이니   是非只爲多開口,

번뇌는 억지로 뽑내려는 그놈의 욕심 탓!   煩惱皆因強出頭.

---

72 개봉부(開封府) : 북송의 도읍. 지금의 하남성(河南省) 개봉시(開封市) 일대에 해당한다.
    변수(汴水)를 끼고 있어서 '변경(汴京)·변량(汴梁)'으로 불리기도 하였다.

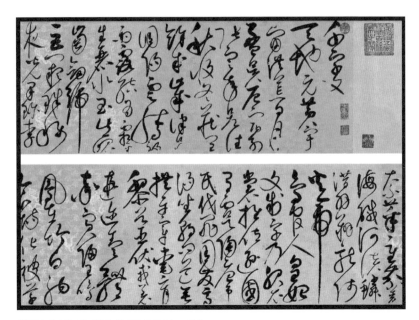

휘종이 초서로 쓴 친필 천자문(千字文. 부분)

제5절
통금에 도성으로 난입하다
闖禁

(제미운[73]에 맞추어 지음)

(말이 유학자가 쓰는 두건을 쓰고 시진으로 분장하고, 첩[74]이 작은 모자를 쓰고 연청으로 분장하고, 함께 등장한다) (말이 시를 읊는다)

시진

금오위[75]에는 통금이 없나니	金吾不禁夜,
물시계에 재촉하지 말거라.	玉漏莫相催.

나는 양산박梁山泊의 열 번째 두령인 소선풍小旋風 시진柴進입니다. 이쪽 형제는 서른여섯 번째 두령인 낭자浪子 연청燕青이지요. (…) 우리 형님이신 송공명을 따라 산채를 내려와 동경으로 등불놀이를 구경하러 왔답니다. 형님은 도성 밖에서 묵으시고 나 하고 이 형제는 먼저 도성 안으로 들어가 동정을 염탐하고 밀정 노릇을 좀 하려고 합니다. (…)[76] 어느새

---

73 제미운(齊微韻): 원대 주덕청의 『중원음운』에 소개된 모음의 일종. 현대 중국어에서는 "ㅣ[i]"과 "ㅔ이[ei]"에 해당한다. 송·원대에 형성된 것으로 근대 중국어의 대표적인 특징의 하나이다.
74 첩(貼): 중국 전통극 배역 중 하나. 주로 조연급 여성의 역할을 맡는다.
75 금오위(金吾衛): 중국 고대의 관직명. 궁정 내에서 황제를 호위하거나 황제가 외부에 순행을 나갔을 때 호종하는 등의 업무를 관장하던 친위대를 말한다.

도성 안까지 들어왔구만요!

『수호전』에 그려진 시진 초상

［북⁷⁷정궁］【단정호】　　　　　　　　　　　　　　　［北正宮］【端正好】

물과 구름만 보이는 고장 벗어나　　　　　　　　　　却離了水雲鄕,

---

76 (…) : 무대에서 정식으로 공연할 때에는 이쯤에서 장면이 전환되었을 것이다.
77 북(北)- : 중국 근세의 음악 용어. 남송·명대의 남방계 연극인 남희(南戲)와 전기(傳奇)
　　에서는 일반적으로 남방계 음악을 반주곡으로 사용하였다. 그러나 연출상의 필요에 따
　　라서는 분위기가 상당히 다른 원대 잡극에 사용되는 북방계 음악을 차용하기도 하였다.
　　이런 경우에는 그 음악의 명칭 앞에 '북녘 북(北)-'을 써서 해당 음악이 잡극에 사용되는
　　것임을 명시하곤 하였다. 서양 음악 용어로 간단히 설명하면 남방계 음악이 한 박자를
　　길게 끊어서 느리고 구성진 느낌을 주는 레가토(legato)에 가깝다면, 북방계 음악은 한
　　박자를 짧게 끊어서 빠르고 경쾌하게 연주하는 스타카토(staccato)에 가깝다고 할 수
　　있다. 원대를 지나 명대에 이르러서는 북방의 음악을 사용하는 잡극에서도 마찬가지로
　　남방의 연극인 남희·전기의 음악을 차용하는 경우가 빈번해졌는데 이 경우에는 반대로
　　해당 음악 명칭 앞에 '남녘 남(南)-'을 써서 북방계 음악과 구분하였다.

어느새 번화한 도회에 당도했네.　　　早來到繁華地.

길 가는 이들은 의심하지 않고　　　路傍人不索猜疑,

온 조정이 저 산 속 자리에서　　　滿朝中不及俺那山間位,

이렇듯 충의 품은 이 몸만 못 하단다!　衚一味懷忠義.

(첩이 말한다)

연청 형님, 동화문⁷⁸ 밖까지 왔습니다. 보세요, 거리를 오가는 사람들
　　이 참말로 많구만요!

(말이 노래를 부른다)

시진

【곤수구】　　　　　　　　　　【滾綉毬】

풍경이 신기하고　　　　　　　景色奇,

남녀가 다 모였구나.　　　　　士女齊.

거리에 나들이 하는 이들 개미떼 같은데　滿街衢遊人如蟻,

대부분이 식견 없는 자들 뿐이로구나.　大多來肉眼愚眉.

(손으로 가리키면서 노래를 부른다)

---

78 동화문(東華門) : 북송대에 황제가 기거한 대궐의 동쪽 대문 이름.

형제여,

저기 비취 꽃 장식 꽂고

비단 옷 입은 사람들 좀 보시게!

패를 지어 이리저리 몰려 다니며

다가오는 걸 보니 차림새가 남다르네.

대갓집서 촉망 받는 삼천명 식객이런가?

설마 아닐 테지

산채에서 투구 쓰고 팔방 누비는 이들은

참으로 해괴하구나!

兄弟,

你看那戴翠花,

着錦衣,

一班兒紛紛濟濟,

走將來別是容儀.

多管是堂中珠履三千客,

須不似

山上兜鍪八面威,

煞有蹺蹊.

시진 아우들, 나는 술집 안에 가서 앉아 있을 테니 임자는 비단옷에 화려한 모자를 쓴 저 자들을 살피다가 하나만 꾀어서 불러 오도록 하게.

(첩이 말한다)

연청 알겠습니다.

(축이 왕반직으로 분장하고 등장하여 시를 읊는다)

노왕

꽃이야 다시 필 날 있다지만

사람은 도로 젊어질 날 없단다.

花有重開日,

人無再少年.

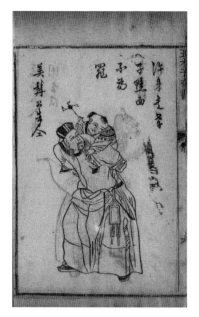

『수호전』 속의 주동 초상

나는 대궐을 드나드는 반직[79]인 노왕_{老王}이라는 사람입니다. 이제 막 대궐에서 당직을 마치고 나왔습니다. 일단 거리부터 좀 둘러 볼까요?

(첩이 맞이한 다음 인사를 하고 말한다)

연청 관찰[80]님, 소인 인사 올립니다요!

---

79 반직(班直) : 북송대에 어전에서 번을 서던 금위군(禁衛軍)을 일컫던 다른 이름. 행문반 (行門班)·전전좌반(殿前左班)·전전우반(殿前右班)·내전직반(內殿直班)·금창반(金 槍班)·은창반(銀槍班)·궁전반(弓箭班) 등 24개 반으로 나뉘어져 있었으며 통틀어 '제 반직(諸班直)'으로 일컬어졌다.

80 관찰(觀察) : 중국 당·송대의 비상설 관직으로 각 도(道, 방면)의 민정을 살피기 위하여 파견하던 관찰사(觀察使)를 줄여서 일컫던 이름. 명·청대에 '관찰'로 일컬어졌다.

(축이 못 알아보고 말한다)

노왕 자네가 … 누구더라? (…) 나는 모르겠는데 …

(첩이 말한다)

연청 소인의 상전께서 관찰 나리하고는 오랜 벗이십니다. 해서 특별히
　　　소인더러 모셔 오라 하셨습니다요! 관찰 나리! 혹시 … 장씨가 아
　　　니신지요?

(축이 말한다)

노왕 나는 왕가일세.

(첩이 말한다)

연청 소인 허둥거리느라 깜빡 실수를 했습니다요! 소인더러 '왕 관찰
　　　나리를 모셔 오라'고 하셨는데 말이지요.

(축이 말한다)

노왕 네 상전이 누구이시냐?

(첩이 말한다)

연청 소인 하고 같이 가셔서 만나 보시면 아실 것입니다요!

(축이 말한다)

노왕 그래서 지금 어디에 계신가?

(첩이 말한다)

연청 이 누각 안에 계십니다요!

(걸어가서 말을 보고 말한다)

연청 왕 관찰 나리를 뫼셔 왔습니다요!

(말이 마중하고 나서 노래를 부른다)

시진

【당수재】	【倘秀才】
'내 좋은 벗 만났다'는 소리 듣고	見說着良朋遇值,

(인사를 하면서)

| 서둘러 손 들고 그 자리에서 절을 하네. | 忙擡手當場前拜禮. |

(축이 답례를 하고 말한다)

노왕 제가 눈썰미가 없다 보니 … 뉘신지 잊어 버렸습니다. 존함을 일러 주시지요.

(말이 웃더니 노래를 부른다)

시진

난 이 이십 년 전의 오랜 벗으로　　　　　　俺是恁二十年前一舊知.

그동안 헤어진 지 오래 되었고　　　　　　這些時離別久,

왕래가 뜸해졌었는데　　　　　　往來稀,

오늘 이렇게 서로 만났소이다 그려!　　　　今朝厮會.

(축이 생각하더니 말한다)

노왕 정말이지 당장 생각이 안 나는데 …

(말이 말한다)

시진 제가 일단 일러 드리지 않을 테니 형님께서 더 생각해 보시지요.
　　　생각해내지 못하시면 … 벌주가 기다리고 있습니다!

(잡이 술과 안주를 가지고 등장한다)

(말이 술을 건네고 노래를 부른다)

시진

【곤수구】　　　　　　　　　　　　　【滾繡毬】

난 이쪽에서 정성껏 술잔 들려 하니　　　　俺這里殷勤待擧杯,

존경하는 형님 일단 맞추지 마십시오.　　　尊兄且莫推.

누가 건망증 심한 귀인 되라 했나요?   誰敎你貴人忘記,

가득 부은 벌주는 거절하면 안 됩니다!   辭不得罰盞淋漓.

(축이 말한다)

노왕 저는 뜬금없는 술[81]은 먹을 수가 없소이다. 술에 취했다가는 점호
　　　에 못 갈 수도 있어서요.

'여민동락'의 왕도정치를 주창한 맹자

(말이 말한다)

시진 안 그래도 형님한테 여쭈려던 참인데 … 머리에는 어째서 이 푸른
　　　꽃 장식을 꽂으셨습니까?

81　뜬금없는 술[急酒] : '급주(急酒)'란 사전에 마시기로 약속하지 않은 술이나 술자리를 가
　　리키는 표현이다.

(축이 말한다)

노왕 주상 마마께옵서 원소절을 경축하시며 등불놀이를 감상하겠다고 하십니다. 우리는 좌우 안팎으로 모두 스물네 조가 있는데, 한 조마다 이백 마흔 명씩 모두 오천 칠백 예순 명[82]이 있지요. 사람마다 일률적으로 주상께옵서 옷 한 점, 푸른 잎이 달린 금꽃 한 대씩을 하사하셨소이다. 그 위에는 아주 작은 금패가 붙어 있는데 '여민동락興民同樂'[83] 네 글자가 아로새겨져 있지요. 그래서 날마다 여기서 점호를 하면서 대궐의 꽃과 비단 저고리만 착용하고 있으면 대궐 안으로 들어갈 수가 있답니다.

(말이 말한다)

시진 소생 당최 이해가 안 됐었는데

알고 보니 근사하게 차려 입고   元來是打扮喬,

---

82 오천 칠백 예순 명[五千七百六十人] : 수호전(제72회)에는 "오천 칠·팔백 명(五千七八百人)"으로 기술되어 있다.

83 여민동락(與民同樂) : 전국시대의 사상가 맹자(孟子)의 제자들이 맹자의 어록을 모아 놓은 『맹자』「양혜왕 하(梁惠王下)」에 나오는 말로, 왕도정치(王道政治)의 실천으로 통치자가 백성들과 즐거움을 함께 나누는 것을 가리킨다. 원문은 다음과 같다. " … 지금 왕께서 이곳에서 사냥을 하시면 백성들이 왕의 마차와 말이 내는 소리를 듣고 아름다운 깃발을 보고는 다들 기뻐하는 표정을 지으면서 서로 말하지요. '우리 왕께서는 질병이 없으신가 보다. 그렇지 않다면 어떻게 저렇게 사냥을 잘하실 수 있겠는가?' 그렇다면 이는 다름이 아니오라 왕께서 백성들과 즐거움을 함께하시기 때문입니다. 그러니 지금 왕께서 백성들과 즐거움을 함께하신다면 왕도정치를 실천하실 수 있을 것입니다[今王田獵於此, 見羽旄之美, 擧欣欣然有喜色而相告曰, '吾王庶幾無疾病與? 何以能田獵也.' 此無他, 與民同樂也. 今王與百姓同樂, 則王矣]."

대궐로 들어가 당직을 서시는 게로군요!　　　入內直.

　어쨌거나 … 술에 좀 취하면 어떻습니까?

그래 봤자 대열 뒤 따라가면 그만인 걸.　　總無過隨行逐隊,
그러면 군사기밀 어길 염려는 없는 걸.　　料非關違悮了軍機.

애들아,[84] 뜨뜻한 술 한 잔 데워 와서 형님께 올려라![85]

(첩이 술을 가져다가 약을 탄다)

(말이 술을 받들고 말한다)

시진 형님, 이 술 한 잔 드십시오. 그러면 소생이 이름을 일러 드리겠습
　　니다!

(축이 말한다)

노왕 이 몸은 정말로 생각이 안 나니 … 함자를 알려 주시지요.

84　애들아[小的每] : '-매(每)'는 중국 근세의 구어체 중국어에서 사용된 접미사로, 2명 이
　　상의 복수의 사람들을 나타내는데 그 의미나 용법은 대체로 현대 중국어의 '-문(們)'과
　　대동소이하다. 서로 다른 한자로 표기되었지만 같은 발음으로, 아마 '매'가 비음 요소의
　　작용으로 말미암아 '매→문' 식으로 발음이 '문'으로 변형된 것으로 보인다.
85　형님께 올려라[奉敬兄長者] : '-자(者)'는 중국 근세의 구어체 중국어에서 사용된 조사
　　로, 주로 특정한 행위를 하도록 명령하거나 요청하는 어감을 나타내는 데에 사용된다.

(말이 억지로 술을 먹이자 축이 마지못해 마신다) (말이 노래를 부른다)

시진

그대 천리 길 떠날 사람 벌써 잊었어도	你早忘眼底人千里,
일단 술동이 앞 술 한 잔부터 비우시오.	且盡尊前酒一杯,
그러면 싱글벙글 웃어 드리리다.	則交我含笑微微.

(축이 취해서 쓰러진다) (말이 말한다)

시진 어느새 의식을 잃고 쓰러져 버렸군! 일단 비단옷과 꽃모자부터 벗겨야겠다. 내가 걸치고 당직을 서러 들어가는 척하고 대궐 안으로 좀 가서 보아야겠어! (옷과 모자를 갈아 입더니) 형제들, 이 자를 부축해 침상 위로 데려가서 재우시게. 점원이 와서 물으면 '이 관찰 나리가 취하자 그 양반이 나가더니 아직 돌아오지 않았다'고만 대답해 주시게. (…) 잘 둘러 대어야 하네!

(첩이 말한다)

연청 분부하실 것도 없습니다. 다 방법이 있습니다요!

(축을 부축해서 퇴장한다)

(말이 말한다)

시진 이렇게 차려 입고 대궐로 들어가면 아무도 가로막지 않겠지?

(걸음을 옮긴다)

【당수재】	【倘秀才】
본래는 수호 속 마왕 강림하신 거지만	本是箇水滸中魔君下世,
잠시는 황성 잔치 자리 인형 행세 하네.	權做了皇城內當筵傀儡.
참으로 장사가 비단옷 입고 고향 가는 격.	抵多少壯士還家盡錦衣.
이번에 가서	從此去,
궁궐에 당도하면	到宮闈,
남을 피할 걱정 없겠지.	沒些兒迴避.

시진 호오! 금문[86]에서 전혀 방해 받지 않고 곧바로 자신전紫宸殿까지 들
　　어왔네 그려! 그런데 … 전문[87]마다 금빛 자물통으로 잠겨 있어서
　　들어갈 수가 없구나! 일단 응휘전凝暉殿을 돌아서 가자. 응휘전 옆
　　에 길이 있어서 돌아서 들어갔는데 … 이제 보니 편전[88]이 또하나
　　있었군 그래? (…) 현판에 금박으로 '예사전睿思殿' 세 글자가 적혀
　　있고 … 옆으로는 주홍색 격자문이 한 짝 달려 있구나. 운 좋게도
　　(문이) 열려 있네? 어디 슬쩍 들어가 볼 거나?

【곤수구】	【滾綉毬】

86　금문(禁門) : 궁궐의 대문을 일컫는 이름. 때로는 '궁궐'이라는 뜻으로 사용되기도 한다.
87　전문(殿門) : 중국 고대에 궁전에 달린 문.
88　편전(偏殿) : 중국 고대에 황제가 기거하는 정면의 궁전 즉 정전(正殿)에 대응되는 표현
　　으로, 정전을 제외한 궁전을 일컫는다.

강서성 도창현(都昌縣)에 소재한 명말청초의 풍희
부(馮熙府)의 화려하게 장식된 격자 문틀

운 좋게 전각 문이 열려 있어서	幸逢着殿宇開,
들이닥치네 비단 수 놓인 휘장 안에.	闖入簡錦繡堆.
비취 발은 사람 눈 어지럽히고	耀人睛簾垂翡翠,
탁자 위 진주며 구슬들은 끝이 없네.	看不迭案滿珠璣.
그저 서가 위 책갈피 제비만 보아도	則見架上籤,
온통 귀중한 도서들이요	盡典籍.
용 문양과 상아 붓 하며	奚超墨龍文象筆,
설도[89]의 편지지에 단계[90]의 벼루들	薛濤箋子石端溪.

---

89 설도(薛濤, 768?~832) : 당대의 여성 시인. 자는 홍도(洪度)로, 장안 사람이다. 본래는
양가집 딸이었으나 부친 사후에 집안 형편이 가난하여 기생이 되었다. 음악을 다루다 보
니 음률에 밝은 데다가 시가에도 능하여 촉(蜀) 땅에 주둔하던 위고(韋皐)가 불러 들여
술시중과 함께 시를 짓게 해서 '교서(校書)'로 불렸다.
90 단계(端溪) : 중국의 지명. 지금의 중국 광동성 고요현(高要縣) 동남쪽에 자리잡은 난가

어용 병풍엔 '산하일통[91]' 그려져 있는데

우리 양산박 세 관문도 저기 있을 테지.

이거야말로 제왕의 위대한 계획이로구나!

御屛上山河一統皆圖畫,

比及俺水泊三關也在範圍.

這的是帝王宏規.

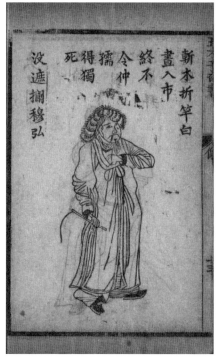

『수호전』에 그려진 목홍 초상

시진 어용 병풍[92] 뒤로 돌아갔는데 … 알고 보니 뒷면은 무늬가 없는 맨

산(爛柯山) 서쪽 자락에 있는데 벼루를 만드는 데에 사용되는 양질의 석재가 나서 벼루의
명산지로 유명하다.

91 산하일통(山河一統) : 글자 그대로 직역하면 '천하를 하나로 통합하다' 또는 '천하가 하
나로 통합되다' 정도의 의미로 해석할 수 있다.

92 어용 병풍[御屛] : 중국 고대에 황제가 사용한 병풍. 시내암『수호전』(제72회)에는 병풍
앞면이 "정면의 병풍에는 푸른색과 연두색으로「사직혼일지도」가 그려져 있었다(正面屛

바탕인데 … 큰 글자가 몇 개 씌어져 있구나. 어디 한번 볼까?

(시를 읊는다)

'산동의 송강, 회서의 왕경[93], 하북의 전호[94], 강남의 방랍[95][山東宋江, 淮西王慶, 河北田虎, 江南方臘]'이라 … 어이쿠, 정말 대단하구나!

【도도령】	【叨叨令】
어용 병풍에	御屛上
아주 소상하게도 적혀 있는 것은	寫得淋淋侵侵地,
죄다 산채의 쟁쟁한 호걸들 함자로구나!	多是些綠林中一派參參差差諱.
두 줄로	列兩行
먹 인장이 또렷하게 찍혀 있고	墨印分分明明配,
우리 형님 함자는	俺哥哥

風上, 堆靑疊綠, 畫着山河社稷混一之圖)"고 기술되어 있다.

93 왕경(王慶) : 시내암의 소설 『수호전』에 등장하는 '4대 도적[四大寇]'의 한 사람. 회서(淮西) 지방을 거점으로 왕을 자처하면서 8개 군주(軍州), 86개 현을 장악하고 있었다. 나중에 조정에 귀순한 송강의 양산박 호걸들에게 패하고 사로잡혀 도성으로 압송되었다가 처형되었다.

94 전호(田虎) : 『수호전』에 등장하는 '4대 도적[四大寇]'의 한 사람. 원래는 위승주(威勝州) 심원현(沁源縣)의 포수로 기운이 센 데다가 무예에 밝아서 젊은이들을 규합하여 하북지방을 거점으로 도적질을 일삼았다. 나중에 송강이 이끄는 양산박 호걸들에게 섬멸되었다.

95 방랍(方臘, 1078-1121) : 북송대의 민중 지도자. 흡주(歙州, 지금의 안휘성 흡현) 출신으로, 집안에서 열세째여서 '방십삼(方十三)'으로 불리기도 하였다. 나중에 목주(睦州) 청계현(靑溪縣) 만년진(萬年鎭)의 보정(保正)이던 방유상(方有常)의 집에서 머슴을 살다가 휘종 선화(宣和) 2년(1120) 10월에 봉기하여 무리 백만을 규합하여 6개 주 52개 현을 점령하였다. 이에 '성공(聖公)'으로 추대되자 연호를 '영락(永樂)'으로 정하고 관리와 장수들을 임명하고 정권을 세웠다. 그러나 다음해 4월에 송나라 관군에게 패하고 39명의 수령과 함께 사로잡혀 8월 24일에 변경에서 처형되었다.

진작에 높고 대단한 자리에 박혀 있네.　　　早{它}高高强强位.

(칼을 뽑더니[96] 노래를 부른다)

내가 챙겨 가야겠다,[97]　　　俺待取下來也麼哥,

내가 챙겨 가야겠다!　　　俺待取下來也麼哥!

(파내서 간다)

서둘러 몸을 빼서　　　急抽身,

일단 허둥지둥 물러 가자꾸나!　　　且自慌慌忙忙退.

시진 네 글자를 파냈으니 어서 전문을 나가서 돌아가야겠다!

【곤수구】　　　【滾綉毬】

이 일이 참 놀랍다,　　　這事兒好駭驚,

이 일이 참 희한하다!　　　這事兒忒罕希.

저기 제왕 집 가서 아이들처럼 놀다가　　　到那帝王家一同兒戲,

96　칼[拔刀介] : 『수호전』(제72회)에는 글자를 암기(暗器, 비밀무기)로 파내었다고 기술되
　　어 있다.

97　겠구나[也麼哥] : '야마가(也麼哥)'는 중국 원·명대 연극·희곡에서 등장인물이 부르는
　　노래의 후렴구에서 주로 사용된 조사의 일종이다. 격앙된 분위기를 강조하기 위하여 같
　　은 구절을 두 번 반복하는 것이 보통이다.

밤에 닭울음 내고 함관[98] 나가는 격.　　　　　俏一似出函關夜度鳴雞.

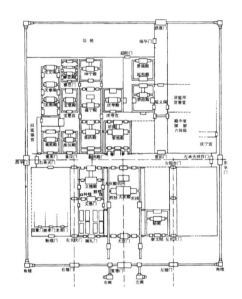

북송대 황궁의 내성도(內城圖)

(첩이 등장하여 맞이하고 말한다)

연청 형님 오셨군요! (…) 구경은 잘 하셨소?

(말이 노래를 부른다)

---

98 함관(函關) : 중국 고대의 유명한 관문인 함곡관(函谷關)을 줄여서 부른 이름. 지금의 하남성 영보현(靈寶縣) 남서쪽에 자리잡고 있는 곳으로, 때로는 '함관(函關)'으로 불리기도 하였다. 춘추시대의 사상가 노자(老子)에 어지러운 세상을 개탄하면서 벼슬을 그만두고 이곳을 지나 서방으로 은둔했으며, 전국시대에는 진(秦)나라에 억류되었던 제(齊)나라의 귀족 맹상군(孟嘗君)이 개 구멍으로 도둑질을 잘하는 식객과 닭 울음소리를 잘내는 식객 덕분에 가까스로 탈출에 성공했다고 전해진다. 중국에서는 전통적으로 이 관문의 동쪽을 관내(關內), 그 서쪽을 관외(關外)로 부르곤 하였다.

시진

잠시 소리 내지 말고	且禁聲,
웃지도 말게.	莫笑嘻,
한 가지 기밀을 알아냈나니	幹着的一椿機密,
그 이름 보란듯 내걸리게 하진 마시라.	免教他姓字高題.

(글자를 첩에게 보여 주고 노래한다)

만 길 넘는 깊은 연못 같은 꾀 내어	略施萬丈深潭計,
벌써 검은 용 아래턱에서 돌아오니	已在驪龍頷下歸.
낭패를 보게 되었단 말일세.	落得便宜.

(첩이 말한다)

연청 형님요, 그게 … 무슨 말이래요?

(말이 말한다)

시진 이곳은 남의 이목이 지척에 있으니 자세하게 이야기하기 곤란하네. 처소로 가서 큰 형님을 뵙고 나면 분명히 알게 되겠지. 일단 옷과 모자부터 벗으세!

(옷과 모자를 갈아입는다) (첩이 말한다)

연청 이 자는 아직 안 깼으니 옷은 주인한테 줍시다! (부른다) 이보게!

(점원이 등장하여 말한다)

점원 나리, 분부하실 일이라도 있습니까요?

(말이 말한다)[99]

시진 나 하고 여기 왕 관찰 나리는 형제 사이일세. 헌데 말이야 ··· 방금 나리가 취해 계시는 동안 내가 대신 대궐서 점호를 받고 돌아왔는데 여태 안 깨셨지 뭔가! (···) 내가 하필 성 밖에 살고 있는지라 ··· 성문을 닫을까 걱정일세. (···) 남는 돈은 몽땅 자네한테 상으로 줌세! 이 양반 옷이며 제복은 모두 여기 있으니 깨시면 돌려드리게. 그럼 ···, 우리는 가겠네?

(점원이 말한다)

점원 나리, 걱정 붙들어 매십시요! 쇤네[100]가 알아 모시겠습니다요!

(웃으면서 말한다)

이렇게 고마운 손님이 다 계시다니 ··· 거스름 돈까지 이렇게 상으로 다 주시고! (···) 내일도 좀 들러 주십시오! (···) 제복이 필요하면 쇤네가 분장실에서 한 벌 빌려다 드릴게요.[101]

---

99 말이 말한다[末云] : 『수호전』(제72회)에는 이 대사에 앞서 "연청을 불러 술값을 치르게 했다. 술집 주인이 달라는 것보다 여남은 관이나 더 주니 술집 주인의 입이 절로 벌어졌다"고 기술되어 있다.

100 쇤네[男女] : 명대 구어에서 '남녀(男女)'는 종복이나 평민이 상전 앞에서 자신들을 일컫거나 상대방을 욕할 때 사용되었다. 여기서는 전자에 해당하므로 편의상 '쇤네'로 번역하였다.

101 분장실에서 한 벌 빌려다 드릴게요[在戱房中借一副與你] : 중국 전통극의 관용적으로 사용되는 연출 기법. 원·명·청대의 전통극, 나아가 지금의 경극(京劇) 등의 연극에서는

(퇴장한다) (말이 노래를 부른다)

시진

【미성】	【尾聲】
난 살그머니 대궐로 들어가서	俺入宮的俏寃家
벌써 황제 향한 일편단심 전달했다네.	已將望帝春心遞,
저 술 취한 시커먼 것은	那醉酒的黑魁魁
바로 꿈을 깬 장자가 아닌가!	兀自莊周曉夢迷.
대체 그는 누구고 난 누구인지도 모르고	御不道他是何人我是誰,
궁화 빌려 모자 푹 눌러 쓰고	借得宮花壓帽低,
천자 계신 궁정 갔다 다시 돌아 오면서	天子門庭去復回,
선명한 어용 먹 잔뜩 소매에 챙겨 왔지.	御墨鮮姸滿袖携.
별 수 없이 놀란 마마 이상해 하겠지만	少不得驚動官家心下疑,
궁중 다 뒤진들 어디서 찾을 수 있겠나.	索盡宮中甚處追.

작품 속에 등장하는 인물이 작품의 경계 밖에 있는 무대 뒤의 극단 직원(staff)이나 무대 아래의 관중(audiences) 사이에 끼어 들어 대화를 나누거나 소통하는 파격적인 연출기법이 일상적으로 사용된다. 이는 무대 위에서는 철저하게 작품 속에 등장하는 인물은 반드시 줄거리 안의 인물과 사건들에 한정되어 말하고 행동하도록 규정되어 있는 서양의 연극 전통과는 대비되는 독특한 기법이다. 나중에 현대 독일(동독)의 저명한 극작가이자 연출가로서 원대 잡극과 그 연출 기법에 주목했던 베르톨트 브레히트(Bertolt Brecht, 1898~1956)는 이를 자신의 서사극(敍事劇)에 그대로 응용하고 '소외화 효과(Verfremdungseffekt)'라는 이름을 붙였으며 그 이후로 서양 연극 무대에서도 더러 차용하기에 이르렀다. 여기서도 송강 등 양산박 호걸들이 대궐로 잠입하는 데에 필요한 제복을 구하지 못하자 객주집 점원이 '차라리 분장실에서 하나 빌려 올까요' 하고 말한 것 역시 극중 등장인물이 현실 세계에 끼어드는 중국 전통극의 전형적인 연출 기법의 한 단면을 보여 주고 있다. 술집 점원의 이 대사와 바로 뒤에 나오는 노왕과 술집 주인의 대화는 모두 『수호전』(제72회)에는 없는 내용이다.

병풍 마주본 채 한숨이나 쉴 뿐이겠지.   空對屛兒三嘆息,

어찌 알겠나 소선풍 나리께서   怎知俺小旋[102]風爺爺,

직접 와서 당신을 뵙고 간 줄을!   親身來看過了你.

(함께 퇴장한다)

(축이 조장[103]을 하고 등장한다)

노왕 잠 한번 달게 잘 잤다! (…) 이보게, 아까 나한테 술 대접을 한 그 양반 … 어디로 갔는가?

(안[104]에서 대답한다)

술집주인 나리께서 취하신 것을 보고 대신 점호를 받으러 갔다가 돌아 왔더군요. 그때까지도 주무시고 계셔서 성문이 닫힐까 봐 성 밖 으로 나갔답니다. (…) 남겨 놓은 제복은 여기 있습니다요!

---

102 【즉공관 미비】旋去聲. '선'은 거성(去聲)이다.
103 조장(弔場) : 중국 전통극에 사용되는 연출 기법. 특정 연극의 한 대목 끝 장면에서 다른 배우들이 모두 퇴장하고 마지막으로 남은 배역 두 사람이 읊는 퇴장시의 일종. 보통은 해 당 대목을 마무리하거나 해당 줄거리를 요약하거나 장면을 전환할 때에 주로 사용되었다.
104 안[內] : 무대 안을 말한다. 중국 전통극에서는, 배우와 스탭(staff)의 역할이 분명하게 구분되어 있는 서양 연극과는 달리, 무대 뒤('안')의 스탭이 무대를 설치하고 소도구를 관리하는 등의 통상적인 업무를 처리하는 것은 물론이고, 때로는 공연상의 필요에 따라 무대 위의 배우들과 교감하거나 특수효과 등의 연출에 참여하기도 한다. 예를 들어 '안에 서 바람을 만들어 보낸다(內做風科)', '부르니까 안에서 대답한다(內做應科)' 등이 그 전 형적인 사례들이라고 할 수 있다. 여기서도 무대 안의 스탭이 극중 인물인 '술집 주인' 역할을 임시로 대신하고 있다.

(축이 말한다)

노왕 정말 황당한 노릇이군! 성이 장씨인지 이씨인지도 모르는데 내 지인이라고 하면서 나를 초대해 술에 떡이 되도록 취하게 만들다니! 설마 … 날 끌고 와서 공술을 마신 건 아닐까? 이보게, 그 자가 술값은 냈는가 어쨌는가?

(안에서 받는다)

술집주인 술값이야 냈읍지요!

(축이 말한다)

노왕 해괴하기도 하다! (…) 술값을 안 낸 것도 아니고 … 옷도 여기 이렇게 있는데 … 그 자가 대관절 나를 왜 여기로 끌고 왔던 걸까? (…) 내가 속임수에 당한 건 아닌 것 같긴 한데 … 보아하니 나도 바보이고 그 자도 미친 자인 게야. 이런 시가 있지.

누가 술 먹자고 불러 놓고	有人請喫酒,
물어도 입도 벙긋 하지 않은 채	問着不開口.
날 곤드레만드레 취하게 퍼 먹이고	灌我醺醺醉,
자신은 스스로 밖으로 내빼 버렸네.	他自往外走.

그렇게 고마운 물주가 다 있나! 한 번 내기해서 아홉 번을 딴 격이니 정말 재수 좋네, 재수 좋아! (웃으면서 퇴장한다)

제6절
버들가지를 꺾다
折柳

(선천운[105]에 맞추어 지음)

(생이 주미성으로 분장하고 등장한다)[106]

주방언

〔쌍조인자〕【도련자】   〔雙調引子〕【搗練子】

시름은 끊이지 않고   愁脉脉,

마음은 떨치지 못한 채   意懸懸,

값도 없는 미관말직마저 날아가네.   奪去微官不值的錢.

야속할손 원소절 곧 닥쳤건마는   只恨元宵將近矣,

항아와 이로써 헤어지게 되었네!   嫦娥從此隔天邊.

도원경[107]서 느긋이 지내지 못하고   桃溪不作從容住,

---

105 선천운(先天韻) : 원대 주덕청의 『중원음운』에 소개된 모음의 일종. 현대 중국어에서는 "옌(ien)"에 해당한다. 송·원대에 형성된 것으로 근대 중국어의 대표적인 특징의 하나이다.

106 생이 주미성으로 분장하고 등장한다[生扮周美成上] : 여기서부터 이 절 끝까지 주방언이 등장하는 내용은 『수호전』(제72회)에는 보이지 않으며, 송대의 문어체 소설집인 『귀이집(貴耳集)』권중(卷中)에 소개된 휘종·이사사·주방언 세 사람의 일화를 부분적으로 차용한 것이다.

107 도원경~ : 이하의 네 구절은 주방언이 지은 가사 【옥루춘(玉漏春)】의 내용이다.

가을 연뿌리 끊어지자 이어지지 않았네.　　秋藕絶來無續處.

사람은 바람 지난 뒤의 강가 구름 같고　　人如風後入江雲,

인정은 비 그치고 땅에 붙은 버들솜 같네.　　情似雨餘粘地絮.'

『수호전』에 등장하는 사진 초상

주방언 본관은 주미성입니다. 주상께옵서 기방에 미행微行을 나오셨지

뭡니까. 그래서 무심코 몰래 엿보고 새 가사를 한 편 지었다가

주상의 진노를 사고 말았답니다. 금상께서는 채경[108] 승상丞相에

---

108 채경(蔡京, 1047~1126) : 북송의 권신. 자는 원장(元長)이며, 흥화(興化, 복건성) 선유
(仙游) 사람이다. 조정에서 재상을 4번, 총 17년 동안 지냈다. 그러나 재임기간 동안 응봉
국(應奉局) · 조작국(造作局) 등을 설치하고 화석강(花石綱)의 토목공사를 크게 일으켜
연복궁(延福宮) · 간악(艮岳) 등을 건설하면서 만금이 넘는 국고를 탕진하였다. 또, 서성
괄전소(西城括田所)를 설치하고 백성들의 전답을 대대적으로 침탈하여 재정 손실을 채
웠으며 염법 · 차법을 졸속으로 뜯어 고치고 화폐 개혁을 어지럽게 진행하는 바람에 '여
섯 도적들 중의 괴수[六賊之首]'라는 원성이 자자하였다. 정강(靖康) 원년(1126)에 휘
종이 즉위하자 영남(嶺南, 지금의 광동지방)으로 좌천되었다가 가는 길에 담주(潭州, 지

게 하명하시어 개봉부로 하여금 나를 세금조차 걷히지 않는 오지로 좌천시키게 하셨습니다. 그래서 부윤이 "그 관리가 있어야 세수가 늘어납니다"라고 했더니 채경은 "성상의 뜻이 그러시니 좌천시켜 불이익을 당하게 조처함이 옳소!" 하고 말했답니다. 그러더니 본관을 탄핵하는 상소를 올리는가 싶더니 급기야 "주방언은 직무를 게을리했으니 지금 당장 도성 밖으로 끌어내도록 하라!"라는 성상의 어명이 내려졌지 뭡니까. 정말 억울합니다! (…) 생각해 보면 이 벼슬은 너무도 가벼우니 안 하고 말지요! 그건 그렇고 … 원소절이 머지 않아 그 좋은 날 아름다운 광경에 만 백성이 즐거움을 함께하고 있다. 그런데 유독 나 혼자만 그 장관을 구경하지 못하게 생겼구나! (…) 그건 상관없다 치더라도 … 어떻게 속으로 사모하는 이사사를 저버릴 수 있겠나! (…) 그녀가 사람을 보내 이르기를 십리 장정[109]까지 와서 길을 떠나는 나를 전송해 주겠다고 하던데 … 정말로 올까?

(단이 등장하여 노래를 부른다)

이사사

금의 호남성 장사시)에서 죽었다.

[109] 십리 장정(十里長亭) : 중국 진·한대에 나그네가 거리를 파악하거나 먼 길을 떠나는 사람이 지인들과 작별인사를 나누는 장소로 사용하도록 10리마다 하나씩 세운 정자. 나중에는 추가로 5리마다 하나씩 세우기도 했는데 이를 '단정(短亭)'이라고 불렀다.

【해당춘】　　　　　　　　　　　　　　　　　　　【海棠春】

어디가 이별의 술자리인고?　　　　　　　　　何處是離筵,

걸음 옮기노라니 마음이 화살 같구나!　　　　~~擧步~~如箭.

이사사 아, 미성 나리가 벌써 여기에 와 계시네!

(서로 인사를 나눈다) (단이 말한다)

　　　나리, 별안간 풍파가 일어나는 바람에 갑자기 이별하게 되었군
　　　요! 나리를 그리는 마음 한량 없어서 특별히 만나 뵙고 이야기
　　　를 나누려고 왔습니다!

(생이 말한다)

주방언 그대가 먼 길을 다 오더니 … 그 깊은 정을 잘 알겠구려! 다만,
　　　… 내가 괜히 사달을 내기는 했지만 작정하고 벌인 일은 아니었
　　　소. 그래서 … 이 이별은 정말 감당하기가 어렵구려!

(단이 말한다)

이사사 소녀 약소하나마 술을 한 잔 하면서 작별인사를 나누고자 합니
　　　다!

(생이 말한다)

주방언 고생을 끼쳤소이다! 생각해 보건대 소생은,

〔선려입쌍조과곡〕【원림호】　　　　　〔仙呂入雙調過曲〕【園林好】

선비의 목숨은　　　　　　　　　　　書生命,

정세에 따라 수난을 당하고　　　　　隨方受遭,

선비의 형편은　　　　　　　　　　　書生態,

아무도 불쌍해 하지 않네.　　　　　無人見憐.

여인과 헤어지기 섭섭하니　　　　　投至得娘行繾綣,

기대던 향기로운 어깨 그리워하다가　　偎熱垃香肩,

난데없이 불행을 당하고 말았구나!　　平白地降災愆.

(단이 노래를 부른다)

이사사

【전강】　　　　　　　　　　　　　　【前腔】

군왕을 뵈어　　　　　　　　　　　遇君王,

받은 황은 무척 남다르고　　　　　承恩最偏,

다재다능한 재사를 만나매　　　　　遇多才,

사모함이 더욱 각별했건만　　　　　鍾情更專.

뜻밖에 황제께서 행차하시어　　　　强消受皇躬垂眷,

한사코 남다른 인재 사모했더니　　　一謎裡慕英賢,

일이 이리 될 줄 누가 알았으리오?　　怎知道事相牽.

(생이 노래를 부른다)

주방언

그 날을 생각하면	想那日呵!

【강아수】 | **【江兒水】**

추운 밤 초 심지 돋우고 이야기 나누며	寒夜挑燈話,
화로 속 불이 마침 타오르는 참에	爐中火正燃.
군왕께서 난데없이 잔치 자리 행차하여	君王驀地來游宴,
황급히 피하느라 몸조차 다 떨리고	躲避慌忙身還顫,
눈 부릅 뜬 채 군침만 괜히 흘리면서	眼睜睜饞口涎空嚥,
괜스레 꽃다운 마음 생각에만 급급했지.	劃地芳心思展.

(함께 노래를 부른다)

두 사람

새로운 가사 한 곡이	一曲新詞,
세 절짜리 양관의 노래[110] 되었구나.	到做了陽關三轉.

(단이 노래를 부른다)

---

110 세 절짜리 양관의 노래[陽關三疊] : 중국 고대의 이별가의 일종. 당나라의 시인 왕유(王維, 701~761)가 안서 땅으로 사신 가는 벗 원이를 송별하며 지은 당시(唐詩) 「송원이사안서(送元二使安西)」는 당시 송별가의 본보기로 널리 애창되었다. 나중에 『악부시집(樂府詩集)』에 '위성곡(渭城曲)' 또는 '양관곡(陽關曲)'이라는 제목으로 수록되었는데, 연거푸 세 번 되풀이해서 부르기 때문에 보통은 '양관 삼첩(陽關三疊)'으로 일컬어진다. 양관(陽關)은 지금의 감숙성(甘肅省) 돈황(敦煌)에 있으며, 위성은 당대의 도읍이던 장안(長安) 서쪽, 즉 지금의 섬서성(陝西省) 함양(咸陽) 동쪽에 있다.

이사사

【전강】

그날 속내 일을

군왕 앞에서 아뢸 엄두 나지 않았지.

그런데 갑자기 용안이 바뀌어

판결 내릴 제 무정한 모습 보일 줄이야!

웃지도 울지도 못하고 은혜가 원한 되니

날더러 어떻게 지내란 말인가!

【前腔】

當日心中事,

君前不敢言.

誰知驀地龍顏變,

判案些時無情面.

笑啼兩下恩成怨,

敎我如何過遣.

(이상의 노래를 함께 부른다)

두 사람

【전강】

그날 속내 일을

군왕 앞에서 아뢸 엄두 나지 않았지.

그런데 갑자기 용안이 바뀌어

판결 내릴 제 무정한 모습 보일 줄이야!

웃지도 울지도 못하고 은혜가 원한 되니

날더러 어떻게 지내란 말인가!

【前腔】

當日心中事,

君前不敢言.

誰知驀地龍顏變,

判案些時無情面.

笑啼兩下恩成怨,

敎我如何過遣.

(생이 노래를 부른다)

주방언

【오공양】	【五供養】
가난의 신 불쑥 나타나	窮神活現,
햇 귤 하나가	一箇新橙,
억울한 일 만들어 냈구나.	剖出冤纏.
개봉부에선 성상의 뜻 받들어	開封遵聖意,
상납금[111]조차 거론하지 않네.	不論羨餘錢.
관가에서는 좌천시키기로 평결 내리니	官評坐貶,
그야말로 베개 맡 인사 탓이로다.	端只爲床頭銓選.
삽시간에 헤어져 가게 되었으니	一霎分離去,
어찌 잠시인들 지체하겠는가?	怎俄延.

---

111 상납금[羨餘錢] : 당대 이후로 지방관들이 출세를 바라면서 징수한 세금이 남았다는 핑계로 조정에 바치던 재물을 말한다.

『수호전』에 그려진 오용 초상

(함께 노래를 부른다)

두 사람

언제가 되어야 되돌아 올까   何日歸來,

옛적의 그 뜨락으로?   舊家庭院.

(단이 노래를 부른다)

이사사

【전강】	【前腔】
군왕께서 분별력 없어	君王不辨,
즐겁던 자리 분위기 망치시더니	掃煞風光,
무엇으로 어명 전하시려나?	當甚傳宣.
마음 아는 이는 그 자리 피했으나	知心從避地,
천자 마음 돌릴 방법이 없구나.	無計可迴天.
이 몸 팔자 기구하여	奴身命蹇,
실처럼 쏟아지는 눈물 주체할 수 없네.	禁不住淚痕如線.
수심 어린 눈으로 원소절 달을 보니	愁看元宵月,
서로 다른 땅에서 '달 둥글다' 하는구나.	兩地自爲圓.

(이상의 노래를 함께 부른다)

(단이 말한다)

이사사 가사로 명성을 얻으시더니 가사로 죄를 입게 되셨군요. (…) 오
늘 이렇게 작별하게 되었는데 어찌 가사가 빠질 수 있겠습니
까?

(생이 말한다)

주방언 소생이 시험 삼아 한 수를 읊어 헤어지는 이 마음을 표현할까
합니다.

(가사를 【난릉왕】 가락에 맞추어 읊는다)

버들 그늘 곧게 드리우고　　　　　　　　柳陰直,
물안개 속으로 가지마다 물을 희롱하네.　　煙裡絲絲弄碧.
수나라 때 지은 제방에서　　　　　　　　隋堤上,
몇 번이나 겪었던가　　　　　　　　　　曾見幾番,
물가에 버들 솜 날릴 때 벗 배웅하던 일.　拂水飄綿送行色.
높은 곳에 올라 고향 땅 바라보건만　　　登臨望故國,
누가 딱하게 여기겠나　　　　　　　　　誰惜,
서울서 지친 나그네를?　　　　　　　　京華倦客.
장정 길을　　　　　　　　　　　　　　長亭路,
해 가고 해 올 적마다　　　　　　　　　年去歲來,
버들가지 천 개 넘게 꺾었을 터.　　　　應折柔條過千尺.

느긋하게 왕년의 발자취 더듬다가　　　　閒尋舊蹤跡.
이번엔 술자리서 거문고 슬피 연주하니　　又酒趁哀弦,
등불만 이별 자리 비추누나.　　　　　　燈照離席.
배꽃 피매 느릅 불씨는 한식 재촉하건만　梨花榆火催寒食.
슬프구나 화살이 바람만큼 빠르고　　　　愁一箭風快,
노가 반쯤 잠긴 물결은 따뜻한데　　　　半篙波煖,
고개 돌리니 아득히 몇 역을 지났는지　　回頭迢遞便數驛.
그 이 보려 해도 저 하늘 북쪽에 있네!　望人在天北.

슬프다

야속한 마음만 쌓이고 쌓이건만

이별하는 포구 맴도느라니

나루의 돈대는 적막하기만 하고

지는 해는 끝없는 봄날에 뉘엿뉘엿.

생각해 보면 달 뜬 정자서 손 마주잡고

이슬 맺힌 다리에서 피리 불었었지.

왕년의 일들 곰곰이 생각해 보니

꿈만 같길래

눈물 남몰래 흘리노라!

凄惻,

恨堆積.

漸別浦縈迴,

津堠岑寂,

斜陽冉冉春無極.

念月榭携手,

露橋吹笛.

沈思前事,

似夢裡,

淚暗滴.

【옥교지】

가사 한 편 지어

어진 재사 천거한 마마께 감사드리더니

이번에는 다시 가사로 자기 자랑을 하니

정말로 고질병은 고치기 어려운 것인가?

원앙을 생이별 시킨 것이 단편이었는데

장편 지었다 자칫 중벌 받을까 걱정이네!

【玉交枝】

題詞一遍,

謝承他擧賢薦賢.

而今再把詞來顯,

眞箇是舊病難痊.

鴛鴦拆開爲短篇,

長吟只怕還重譴.

(함께 노래를 부른다)

두 사람

어차피 오늘밤은 외롭게 혼자 누웠으니   抏今宵孤身自眠,

단단히 원한 토로한들 또 어떠하리?   又何妨重重寫怨.

(단이 노래를 부른다)

이사사

【전강】   【前腔】

속에 흠모하는 감정 생기니   心中生羨,

가사 보아하니 풍류가 전과 같네.   看詞章風流似前.

아무리 좌절 겪어도 여운이 남는 법.   雖經折挫留餘喘,

그래도 문장이며 가사는 능란하구나.   尚兀自揮灑聯翩.

본래 철석 같던 연리지[112]·병두련[113]이   本是連枝竝頭鐵石堅,

때까치[114]는 동, 제비는 서로 헤어지네!   到做了伯勞東去西飛燕.

(이상의 노래를 함께 부른다)

---

112 연리지(連理枝) : 중국의 고대 전설에 등장하는 나무. 서로 다른 나무의 가지들이 맞닿아
　　　결이 통하면서 한 그루가 되었다는 뜻으로, 다정한 연인이나 금슬이 좋은 부부 사이를
　　　가리키는 말로 주로 사용된다.

113 병두련(竝頭蓮) : 중국의 고대 전설에 등장하는 연꽃. 하나의 꽃대에 서로 마주보듯이 봉
　　　오리가 두 개 자란 연꽃을 말한다. 고대에는 여자들이 부부가 금슬 좋게 해로하라는 뜻에
　　　서 병두련을 수 놓는 경우가 많았다고 한다.

114 때까치[伯勞] : 새의 일종으로, 이마와 머리의 양쪽이 검은 빛을 띠고 목 부분은 남회색,
　　　등 부분은 갈색을 띤다. 고대 중국에서는 백로(伯勞 / 博勞) 말고도 '격(鵙)' 또는 '결
　　　(鴂)'로 부르기도 하였다.

때까치(백로)

두 사람

【전강】	【前腔】
속에 흠모하는 감정 생기니	心中生羨,
가사 보아하니 풍류가 전과 같네.	看詞章風流似前.
아무리 좌절 겪어도 여운이 남는 법.	雖經折挫留餘喘,
그래도 문장이며 가사는 능란하구나.	尚兀自揮灑聯翩.
본래 철석 같던 연리지[115]·병두련[116]이	本是連枝竝頭鐵石堅,
때까치[117]는 동, 제비는 서로 헤어지네!	到做了伯勞東去西飛燕.

---

115 연리지(連理枝) : 중국의 고대 전설에 등장하는 나무. 서로 다른 나무의 가지들이 맞닿아 결이 통하면서 한 그루가 되었다는 뜻으로, 다정한 연인이나 금슬이 좋은 부부 사이를 가리키는 말로 주로 사용된다.

116 병두련(竝頭蓮) : 중국의 고대 전설에 등장하는 연꽃. 하나의 꽃대에 서로 마주보듯이 봉오리가 두 개 자란 연꽃을 말한다. 고대에는 여자들이 부부가 금슬 좋게 해로하라는 뜻에서 병두련을 수 놓는 경우가 많았다고 한다.

117 때까치[伯勞] : 새의 일종으로, 이마와 머리의 양쪽이 검은 빛을 띠고 목 부분은 남회색, 등 부분은 갈색을 띤다. 고대 중국에서는 백로(伯勞 / 博勞) 말고도 '격(鵙)' 또는 '결

(생이 말한다)

주방언 내 이제 그대와 이렇게 작별인사를 고해야 겠소!

(절을 한다) (생이 노래를 부른다)

【천발도】	【川撥棹】
그대 얼굴 여의고	辭卿面,
평소 다정히 담소 나누던 때 떠올리니	記平時相燕婉[118].
더 이상 편히 잠 이룰 수 없군요.	再不能整宿停眠,
더 이상 편히 잠 이룰 수 없군요.	再不能整宿停眠.
이곳 서려면 삼생에 인연 있어야 하지.	立斯須三生有緣.

(함께 노래를 부른다)

두 사람

| 어찌 날더러 가라고 채찍질 하리오? | 怎教人着去鞭, |
| 그에게 내맡겨도 발을 뗄 줄 모르누나. | 任從他足不前. |

(단이 노래를 부른다)

(鴅)'로 부르기도 하였다.
118 **【즉공관 미비】** 婉音苑. '완'의 발음은 '원'이다.

이사사

【전강환두】

이별의 시름 고백 못해 속만 태우고

눈물 진 화장 못 지워 번지고 마네.

이제 가면 하루를 한해처럼 보내겠지.

이제 가면 하루를 한해처럼 보내겠지.

님이여 먼 길에 몸조심 하시옵소서!

【前腔換頭】

訴不了離愁只自煎,

搵不了啼粧只自澶.

從此去度日如年,

從此去度日如年,

願君家長途保全.

(이상의 노래를 함께 부른다)

두 사람

【전강】

속에 흠모하는 감정 생기니

가사 보아하니 풍류가 전과 같네.

아무리 좌절 겪어도 여운이 남는 법.

그래도 문장이며 가사는 능란하구나.

본래 철석 같던 연리지·병두련이

때까치는 동, 제비는 서로 헤어지네!

【前腔】

心中生羨,

看詞章風流似前.

雖經折挫留餘喘,

尚兀自揮灑聯翩.

本是連枝竝頭鐵石堅,

到做了伯勞東去西飛燕.

(생이 노래를 부른다)

주방언

【미성】

떠나는 자리서 손 맞잡고 아쉬워하더니

돌아가 군왕께 한 말씀 올리리라.

'침상 아래 그 이 지금 멀리로 떠났다'고.

한 차례 점잖은 대화는 또 허사가 되고

종이 가득 이별 노래 끝나지 않았네.

감정이 차마 고개 못 돌릴 때 되었을 때

다같이 기별을 동풍에게 부탁하리라.

【尾聲】

臨行執手還相戀,

歸向君王一句言,

道床下人兒今去^的遠.

一番淸話又成空,

滿紙離愁曲未終.

情到不堪回首處,

一齊分付與東風.

제7절
가락지를 하사하다
賜環

(제미입성운[119]에 맞추어 지음)

(첩이 연청으로 분장하고 등장한다)[120]

연청

〔상조인자〕【요지유】   〔商調引子〕【遶地游】

황제 계신 도읍에 와서 거닐지만   來游上國,

어디든 알아 보는 이 하나 없어   到處無人識,

장대에 가서 기별을 물어 보네.   向章臺尋消問息.

흰 구름은 본디 무심한 물체이건만   白雲本是無心物,

다시금 맑은 바람에 이끌려 나오누나!   又被淸風引出來.

---

119 제미입성운(齊微入聲韻) : 원대 주덕청의 『중원음운』에 사용된 모음. 현대 중국어에서는 " ㅣ[i]'나 'ㅔ이[uei]"에 해당한다. 송·원대에 형성된 것으로 근대 중국어의 대표적인 특징의 하나이다.

120 등장한다[上] :『수호전』(제72회)에는 이에 앞서 정월 대보름(원소절) 하루 전인 열나흘에 이규를 남겨 놓고 주막을 나선 송강·시진·대종·연청이 봉구문(封丘門)을 통하여 동경성에 입성하여 번화한 어가(御街)를 거닐다가 이사사의 기생집을 발견하고 그녀를 만나 보기 위하여 연청을 보내는 내용이 다루어져 있다.

연청 나는 낭자 연청입니다. 지난번에 시진 나리를 따라 동정을 염탐하러 도성으로 들어왔지요. 헌데 시진 나리가 꾀를 써서 대궐에 들어가서 어용 병풍의 글자 네 개를 파내었답니다. 우리 송공명 형님은 주상 마마가 한시도 잊지 않고 우리와 접촉하여[121] 귀순시키려 애쓰는 것을 잘 알고 계시지요. 거 뭐시냐 … 예기[122]인 이사사는 주상 하고 가장 친한 사이랍니다. 지금 그녀 집에 가서 술을 좀 마실 텐데 기회를 봐서 날더러 '먼저 상견례를 보내 주라'고 하셨답니다. (…) 예까지 왔으니 거짓말을 해서 그녀를 좀 구슬러 보아야 겠구나! (…) 게 누구 있소?

(축이 마마[123]로 분장하고 등장한다)

마마

말 섞는 자들 속에 대단한 유학자들 넘치고   談笑有鴻儒,

---

121 접촉하여[尋箇關節] : '관절(關節)'은 원래 뼈가 서로 맞닿는 부위를 가리키는 말이다. 그런데 원·명·청대의 구어식 표현에서는 '타관절(打關節)', '통관절(通關節)', '심관절(尋關節)' 식으로 사용되어 유력 인사에게 접근하여 은밀히 뇌물을 써서 일의 해결을 청탁하는 것을 가리키는 말로 사용되었다. 여기서는 편의상 "접촉하다"로 번역하였다.

122 예기[角妓] : '각기(角妓)'는 송·원대에 예기를 부르던 이름이다. 송대의 화본소설인 『대송선화유사(大宋宣和遺事)』에서는 "이 고운 이는 그 명성이 천하에서 으뜸으로, 바로 동경의 예기인데 성이 이씨였다[這個佳人, 名冠天下, 乃是東京角妓, 姓李]"라고 하였고, 원대의 학자인 하정지(夏庭芝, 1300?~1375)의 『청루집(靑樓集)』에서는 "왕령령은 호주의 예기로, 미모를 갖춘 데다가 잡극 연기를 잘 하였다[汪怜怜, 湖州角妓, 美姿容, 善雜劇]"라고 하였다.

123 마마(媽媽) : 송·원·명대 구어체 중국어에서 '어머니' 또는 '아무개 엄마' 식으로 사용되는 표현으로, '마마(嬤嬤)'로 적기도 한다. 때로는 여기서 더 나아가 '기생 어멈'을 높여 부르는 이름으로 사용되기도 하였다.

내왕하는 이들 사이에 평민[124]은 없단다.　　　往來無白丁.

누구세요?

(첩이 절을 하고 말한다)

연청 저올시다!

(축이 말한다)

마마 형씨 성함이…?

(첩이 말한다)

연청 잊으셨습니까? 소인은 장을張乙의 아들 장한張閑입니다요! 어려서
　　　부터 객지에 있다가 이제서야 돌아왔지요. 헌데, … 아주머니가
　　　어째서 절 몰라 볼 수가 있습니까요!

---

124 평민[白丁] : '백정(白丁)'은 원래 중국 고대에 벼슬이나 직함을 갖지 않은 평민(또는 농
　　민)을 일컫던 말로, '백신(白身)'이라고도 했다. 중국에서는 남북조(南北朝)를 거쳐 수
　　(隋)나라 때까지는 국가에서 군인, 향리 등의 직역(職役)을 부여한 집을 '정호(丁戶)',
　　그 같은 직역을 지지 않는 집을 '백정호(白丁戶)'라고 불렀다. 여기서의 '정(丁)'은 장정
　　·사내를 뜻하며 '백(白)'은 벼슬이나 직함이 없는 것을 뜻한다. 고대에는 원칙적으로 각
　　자의 생업에 종사하는 평민은 염색을 하지 않은 흰옷[白衣]를 입었고 조정이나 관청에서
　　복무하는 관리들은 각자의 서열에 따라 서로 다른 색으로 된 옷을 입었다. 우리 역사에서
　　도 고려시대까지는 중국과 비슷한 의미로 사용되었으며 이것이 도축을 생업으로 삼은
　　천민을 일컫는 말로 바뀐 것은 조선시대 세종(世宗) 이후부터인 것으로 알려져 있다. 여
　　기서는 혼란을 피하여 '백정'을 "평민"으로 번역했다.

(축이 생각해 보더니 말한다)

마마 태평교[125] 밑 … 그 꼬맹이 장한이?

(첩이 말한다)

연청 그렇지요!

(축이 말한다)

마마 그동안 어디 갔었니? 한참 동안 못 봤구나!

(첩이 말한다)

연청 소인 그동안 집에 없어서 아주머니를 뵈러 올 수가 없었지 뭡니까. 지금은 산동의 객상[126] 양※씨를 모시고 있지요. 그 분은 북경 남쪽과 황하 이북에서 명성이 자자한 갑부이십니다. 장사를 하러 여기에 오셨는데, 원소절 풍광도 감상하고 아가씨 얼굴도 좀 볼 겸 해서 오셨지요. 언감생심 어디 댁 안까지 드나들 수 있겠습니까. '그냥 같이 앉아서 술이나 한 잔 마실 수 있다면야 만족하겠다' 하십니다. 그러면서 먼저 금 일백 냥을 상견례로 드리니 아가씨더러 그럴 듯한 그릇들이나 좀 맞추시랍니다. 혹시라도 … 서로 내왕이라도 좀 할 수 있다면 그것 말고도 진귀한 물건들을

---

125 태평교(太平橋) : 변경의 다리 이름.
126 객상[客人] : 현대 중국어에서는 '객인(客人)'이 '손님(guest)'이라는 뜻을 나타낸다. 그러나 명대 구어에서는 연고지에만 머물지 않고 객지를 왕래하면서 상업에 종사하는 상인을 일컫는 말로 주로 사용되었으므로 각별한 주의가 필요하다.

휘종이 그린 『사생영모도(寫生翎毛圖)』

드릴 겁니다!

(예물을 꺼낸다)

(축이 보더니 혀를 내두르면서 말한다)

마마 순도가 높은 금이로군. 아주 불덩이 같이 벌겋네 그랴? 그렇기는
한데 … 우리 딸이 오늘은 '주감세를 배웅한다'고 도성을 나가서
집에 없는데 … 어쩌면 좋담?

(첩이 말한다)

연청 어쨌거나 돌아올 테지요. 느긋하게 좀 앉아서 답변을 기다리겠습니다.

(소생이 등장하여[127] 노래를 부른다)

휘종

【요지유후】 【遶地遊後】

따스한 바람 포근한 햇볕 和風麗日,

미인 생각나서 찾아 온 것이니 憶嬌姿來相探覓,

이 좋은 날을 어이 헛되게 보낼쏘냐? 是光陰怎生閒得.

이 몸은 도군 황제이다. 지난번에 예사전에서 '산동 송강' 네 글자가 사라져 버렸지 뭔가. 도성에 밀정이 있는 것이 분명하다. 조사를 하도록 분부하기는 했지만 속이 몹시 언짢구나. 일단 사사와 한가하게 담소나 나누어야겠다!

---

127 소생이 등장하여[小生上] : 『수호전』(제72회)에는 이사사의 기생집에 미행을 나온 휘종과 연청이 대화를 나누는 대목이 보이지 않는다. 능몽초가 극적인 재미를 위하여 새로운 내용을 여기에 추가한 것으로 보인다. 『수호전』에는 이에 앞서 장소을 행세를 하는 연청을 통하여 이사사가 송강을 집안으로 부르고 송강이 그 요청에 따라 이사사와 만나는 내용이 먼저 다루어지며, 그 뒤에 휘종의 갑작스러운 행차로 접견이 중단되매 송강 일행이 기생집을 나가 등불놀이를 구경하는 내용이 이어져 있다. 휘종의 행차 장면 삽입으로 중단된 송강과 이사사의 대화 장면은 다음 대목인 제8절에서 다시 이어진다.

(안에서 호령한다)

내시 주상 마마 납시요!

(축이 당황하여 말한다)

마마 주상 마마께서 행차하셨구나! 이를 어쩌면 좋담? 우리 딸은 집에
　　　없는데 누가 뫼신담? (…) 장소을아, … 대신 좀 응대해 드리럼!

(첩이 말한다)

연청 내 그렇지 않아도 주상 마마를 좀 뵈려던 참이었지. 이 기회에 가
　　　서 응대나 좀 해 드리자!

　　(머리를 조아리면서 말한다)

　　쉰네 죽을죄를 졌사옵니다! 폐하께 큰 절을 올립니다요. 만세를
　　누리소서, 폐하!

(소생이 말한다)

휘종 사사는 … 어째서 보이지 않느냐?

(첩이 말한다)

연청 사사는 도성 밖에 갔습니다요!

(소생이 말한다)

휘종 너는 … 웬 놈이냐?

(첩이 말한다)

연청 쇤네는 사사의 사촌동생[128]이올습니다요! 그동안 객지에 나가 있
다가 오늘 돌아왔습지요!

(소생이 말한다)

휘종 고개를 들고 나를 보라.

(첩이 고개를 든다)

(소생이 말한다)

어쩐지 똑같이 훤하게 생겼다 했지! (…) 사사의 동생이라면 악
기를 다룰 줄 알겠구나?

(첩이 말한다)

연청 쇤네 불고 튕기고 부르고 추는 거라면 전부 다 조금씩 할 줄 압니
다요!

---

128 사촌동생[中表兄弟] : 고대 중국에서는 부계 혈통의 친척에게는 호칭 앞에 '안 내(內)-'
를 붙이고 부계 혈통 밖의 친척에게는 호칭 앞에 '바깥 외(外)-'를 붙였다. 장인을 '외부
(外父)', 누이의 아들을 '외생(外甥)'이라고 한 것이 그것이다. 명대의 구어식 표현에서
는 때로는 '내'를 '가운데 중(中)-', '외'를 '겉 표(表)-'로 바꾸어 부르기도 하였다. '중표
(中表)'는 혈통적으로 부계와 그 이외의 혈통 사이에 있는 중간자적인 친척을 염두에 두
고 붙인 관형어로, 여기서는 편의상 "사촌동생"으로 번역하였다.

(소생이 말한다)

휘종 경은 일어나서 노래를 부르고 술을 올리도록 하라.

(첩이 술을 바치고, 되는 대로 유행곡을 한 가락 부른다)

(소생이 말한다)

휘종 지금 벌써 초경 나절이 되었건만 … 사사가 여태 돌아오지 않다
　　　니! 부아가 다 치미는구나!

(단이 슬픈 표정으로 화장을 한 채 등장하여 노래를 부른다)

이사사

【억진아】　　　　　　　　　　　　　【憶秦蛾】

시름은 베 짜는 실 같건만　　　　　　愁如織,

돌아와도 이별의 눈물 수시로 흐르네.　歸來別淚還頻滴.

그래도 수시로 흐르건만　　　　　　　還頻滴,

비취 휘장 속에서 봄날의 꿈 꾸던　　　翠幃春夢,

강남 가신 길손이시여!　　　　　　　江南行客.

(인사를 나눈다) (첩이 몰래 퇴장한다)[129]

---

129 몰래 퇴장한다[暗下] : '암하(暗下)'는 중국 전통극의 연출기법의 하나로, 극중 등장인물
　　이 관중이 눈치채지 못하는 사이에 퇴장하는 것을 가리킨다.

(소생이 노래를 부른다)

휘종

초경 나절[130] 이리 적막한 방 지키건만   更餘兀守方岑寂,

어째서 고운 얼굴엔 슬픔만 느는고?   何來俏臉添悲慽.

슬픔이 늘어도   添悲慽,

그동안은 눈시울만 적실 정도이더니   向時淹潤,

이번에는 주체할 수조차 없구나!   這番狼藉.

(성을 내면서 말한다)

이것 좀 보게. 온 얼굴이 눈물 자국 투성이에 파리한 모습이 역력하구나! 지금 어디서 왔길래 초췌한 행색이 이 지경이란 말이냐!

(단이 말한다)

이사사 신첩 죽을 죄를 졌사옵니다! 주방언이 죄를 쓰고 도성 밖으로
       쫓겨난 것을 알고 술을 나누고 작별하려고 한 것뿐입니다. 주상
       마마께옵서 이곳에 행차하신 줄도 모르고 미처 영접조차 못했으
       니 … 신첩 그 죄 만 번 죽어 마땅하옵니다!

(소생이 코웃음을 치더니 말한다)

---

130 초경 나절[更餘] : 중국 고대의 시간 계산 단위인 경(更)은 시진(時辰)과 같은 시간이다.
   '경여(更餘)'는 2시간보다 조금 더 긴 시간을 가리키는 셈이다.

휘종 어리석은 계집! 고작 그런 샌님 따위와 사이좋게 지내다니! 그놈은
　　　입이 싸고 그저 가사 나부랭이나 지을 줄 알 뿐이다. (…) 그래, 오
　　　늘 전송해 주러 갔더니 가사를 지어 주더냐? 사실대로 고하렷다!

(단이 말한다)

이사사 【난릉왕蘭陵王】 가락에 맞추어 가사를 지어 주었사옵니다!

(소생이 말한다)

휘종 일어나서 한번 불러 보거라!

(단이 말한다)

이사사 신첩 술을 한 잔 올리고 이 가사로 주상 마마의 축수가로 삼고
　　　자 하나이다!

(소생이 말한다)

휘종 그렇게 하라!

(단이 술을 바치고 노래를 부른다)

이사사

〔상조과곡〕【이랑신】　　　　　　　　〔商調過曲〕【二郎神】
정오의 버들 그늘 곧게 드리우고　　　柳陰直,

물안개 속으로 가지마다 물을 희롱하네.　　　在煙中絲絲弄碧.

수나라 제방서 몇 번이나 겪었던가　　　曾見隋隄凡幾歷,

날리던 버들 솜 수면을 어루만질 때면　　　飄綿拂水,

여태껏 길 나서는 이 배웅하곤 했지.　　　從來專送行色.

별수 없이 높은 데서 고향만 바라보건만　　　無奈登臨望[131]故國,

누가 딱하게 여기나 서울서 지친 나그네?　　　誰憐惜京華倦客.

따지고 보면 장정 길을　　　算長亭,[132]

해 가고 해 올 적마다　　　年去歲來,

버들가지 천 개 넘게 꺾었을 터.　　　柔條折過千尺.

【집현빈】　　　【集賢賓】

느긋이 왕년의 발자취며 흔적 더듬는데　　　閒尋舊日踪與跡,

거문고 연주 때 등불만 이별 자리 비추네.　　　趁哀絃燈照離席.

느릅 불씨로 배꽃이 머지 않았음을 알았건만　　　榆火梨花知在即,

어느새 한식[133]을 재촉하는구나.　　　一霎時催了寒食.

---

131 【즉공관 미비】 望平聲. '망'은 평성(平聲)이다.

132 【즉공관 미비】 亭借轉入韻. '정'은 입성으로 차용해 사용해야 한다.

133 한식(寒食) : 중국 고대의 명절의 하나. 동지로부터 105일째 되는 날로 청명절(淸明節) 바로 이틀 전을 말한다. 중국 춘추시대 제나라 사람들은 한식을 냉절(冷節)이라고 부르기도 하였다. 한식의 유래는 중국 옛 풍속에 "이날은 풍우가 심하여 불을 금하고 찬밥을 먹는 습관에서 왔다"는 개자추(介子推, ?~BC636) 전설에서 찾아볼 수 있다. 춘추시대에 진(晉)나라의 공자 중이(重耳, BC697?~BC628)가 망명, 유랑하다가 진나라 문공(文公)이 되어 전날의 충신들에게 논공행상을 하였다. 이때 과거 문공이 굶주렸을 때 자기 넓적다리 살을 베어서 바쳤던 충신 개자추는 자신이 포상자 명단에 들지 못한 것을 수치스럽게 여겨 산 속으로 들어가 숨어버렸다. 뒤늦게 그것을 깨달은 문공이 자신의 잘못을 뉘우치고 그를 불렀으나 아무리 불러도 나오지 않아서 불을 놓아 그가 산에서 나오기를 기다

바람 높아 화살처럼 급하건만	風高箭急,
고개 돌려 보려 해도	待回首,
아득하여 몇 역이나 되는데	迢遙多驛.
그 이는 북녘에 있으니	人在北,
야속한 마음 어찌 쌓이고 쌓이지 않으랴?	怎生不恨情堆積.

【호박묘아추】	【琥珀貓兒墜】
이별하는 포구 맴도느라니	縈迴別浦,
나루의 돈대는 벌써 적막해지고	津埭已岑寂,
뉘엿뉘엿 지는 해에 봄 경치도 다했나?	冉冉斜陽春景極.
생각하면 손 잡고 다리에서 피리 불었지	念相携素手露橋笛.

슬프구나	悽惻,
왕년의 일들 곰곰이 생각해 보노라니	前事沉思,
남몰래 눈물만 괜스레 흘리노라!	暗淚空滴.

(소생이 웃더니 말한다)

휘종 훌륭한 가사로구나 훌륭해! 심금을 울리는 대목에서는 저절로 눈
물을 흘리게 만드는구나. 참으로 절세의 명수로다! 어쩐지 그 자

렸다. 그러나 끝내 나오지 않고 홀어머니를 끌어안고 버드나무 밑에서 불에 타 죽었다.
이때부터 중국에서는 그를 애도하는 뜻에서 이날은 불을 쓰지 않고 찬 음식을 먹는 풍속
이 생겼다고 한다.

가 말장난에 능란하다 싶었지! (…) 내일이 원소절 좋은 날이다. 마침 멋진 가사가 필요하던 참이었지. 그 죄를 사면하고 그 자를 불러 들여 대성악정[134]으로 삼고 가사를 지어 바치게 해야겠다! 양부[135]에 짐의 뜻을 알리고 시행토록 하라!

(단이 머리를 조아리면서 말한다)

이사사 그리 해 주시겠다니 천은에 감사드리나이다!

(소생이 웃으면서 말한다)

휘종 너도 기쁘더냐?

【미성】	【尾聲】
'사면한다'는 말에 기쁨이 교차하네	道一聲赦也歡交集,
가사로 가더니 가사로 오니	詞去詞來
역시나 가사의 도움이 크구나!	還則是詞上力.

(단이 노래를 부른다)

---

134 대성악정(大晟樂正) : 대성부의 업무를 총괄하는 수장. 북송 숭녕(崇寧) 4년(1105)에 휘종이 궁정 아악(宮廷雅樂)을 '대성악(大晟樂)'으로 명명하였다. 그 뒤로 특별히 대성부(大晟府)를 설치하고 그 수장을 악정(樂正)으로 임명하여 아악 및 원래 고취서(鼓吹署)에 소속했던 고취악 등의 업무를 관장하게 하였다.

135 양부(兩府) : 중국 고대에 재상의 권한을 행사하던 두 명의 중신 또는 그 중신들이 공무를 처리하던 관서를 함께 일컫던 이름. 예를 들면 한대에는 승상(丞相)과 어사(御史), 송대에는 중서성(中書省)과 추밀원(樞密院)에 해당한다.

이사사

그야말로 이루고 망친 게 다 소하[136]라며 웃네.　　可正是成敗蕭何一笑值.

(단이 시를 읊는다)

이사사

새 가사도 감동적이기는 마찬가지이니　　新詞動聽不爭多,

이룬 것도 소하 망친 것도 소하구나!　　成也蕭何敗也何.

(소생이 시를 읊는다)

휘종

술 마실 때가 오면 마셔야 하는 법　　遇飲酒時須飲酒,

크게 노래해야 할 때는 크게 해야지.　　得高歌處且高歌.

(퇴장한다) (단이 조장을 한다)

---

136 소하(蕭何, ?~BC193) : 한나라의 개국공신. 진나라 2세 호해(胡亥) 원년(BC209)에 유
방을 보필하여 농민봉기를 일으켰다. 유방의 군대가 진나라의 수도 함양(咸陽)에 입성했
을 때 다른 장수들은 노략질에 혈안이 되었으나 그는 문서를 챙겨 민심을 수습했다고
전한다. 또 한나라가 항우(項羽)의 초나라와 대결할 때 한신(韓信)을 유방에게 추천하기
도 했지만 한나라가 개국한 후에는 유방을 도와 한신·영포(英布) 등의 개국공신들을 제
거하는 악역을 맡기도 하였다. 여기서도 소하가 한신을 천거했으면서도 제거도 주도한
일을 두고 한 말이다.

소하 초상

(축이 첩을 안내해 단에게 인사를 시킨다)

마마 소을아, 이리 와서 누나한테 인사 하렴!

(단이 말한다)

이사사 그렇지 않아도 여쭈려던 참이었습니다. 이쪽은 ⋯ 뉘신지요?

(축이 말한다)

마마 얘야, 이쪽은 태평교의 장소을이란다! 이 녀석이 대단하신 갑부를 뫼셔 왔단다. 산동의 양 원외[137]님이라고 하는구나! 금 일백 냥을 상견례로 보냈는데 너 하고 술을 한 잔 해야겠다고 그러는구나. 네가 안 돌아오길래 여기 잡아 놓고 있던 참인데 마침 마마께옵서 행차하셨지 뭐냐? 응대할 사람이 없었는데 이 녀석이 네 사촌동생이라면서 선뜻 마마를 모시고 시간을 끌면서 네가 돌아오기만 기다리고 있었단다. 참 기특한 녀석이지 뭐냐!

(첩이 말한다)

연청 소인 운 좋게도 마마의 용안을 뵙고 거기다가 아가씨까지 만나는군요! (…) 소인은 원외께 아뢰러 돌아가겠습니다. 언제 건너오라고 할까요?

(단이 말한다)

이사사 내일은 원소절이다. 어가는 상청궁[138]에 행차하셔야 하니 여기는 안 오실 것이 분명하다. 그러니 건너오시게 해서 잠시 담소를 나누면 되겠지.

(첩이 말한다)

---

137 원외(員外) : 원·명대의 존칭. 원래는 정원 이외의 관원을 뜻했지만 나중에는 매관매직으로 이 벼슬을 살 수 있게 되면서 재산이 많거나 권세가 있는 부자들을 부르는 호칭이 되었다. 여기서는 후자에 해당한다.
138 상청궁(上淸宮) : 중국 도교 전설상의 궁전. 도교의 비조인 태상노군(太上老君, 노자)이 단약(丹藥)을 만드는 장소로 전해진다.

연청 알아 모시겠습니다요! 그야말로

항아 하고 약속을 했으니　　　　　　　嫦娥曾有約,

연청, 사사

내일 밤에는 좀 일찍 오거라.　　　　　　明夜早些來.

(함께 퇴장한다)

제8절
기방에 들르다
狎遊

(소호운[139]에 맞추어 지음)

(외가 송강으로 분장하고 등장한다)[140]

송강

〔쌍조인자〕【매화인】　　　　　　　〔雙調引子〕【梅花引】

객사에 머물다 보니 어느새 원소절　　留連客舍已元宵,

누가 알 수 있겠나　　　　　　　　誰能識,

이런 사정을?　　　　　　　　　　恁根苗.

(말이 시진으로 분장하고 등장하여 노래를 부른다)

시진

궁정인 것만 믿고　　　　　　　　　憑是宮庭,

---

139 소호운(蕭豪韻) : 원대 주덕청의 『중원음운』에 소개된 모음의 일종. 현대 중국어에서는
　　 "ㅑ오[iao]'나 'ㅏ오[ao]"에 해당한다. 송·원대에 형성된 것으로 근대 중국어의 대표적
　　 인 특징의 하나이다.

140 등장한다[上] : 『수호전』(제72회)에서 이 대목은 원래 휘종이 행차하는 장면 없이 송강
　　 과 이사사가 만나는 장면에서 바로 이어져 있다. 그러나 이 잡극 희곡에서는 극적 재미를
　　 배가하기 위하여 이 사이에 휘종과 이사사가 대화를 나누는 장면을 삽입해 놓았다.

변복[^141] 하고 왔었지.   魚服曾行到.

(함께 노래를 부른다)

두 사람

숙위들 겹겹이 에워쌌으니 무슨 일인고?   宿衛重重成底事,

꾀꼬리 · 꽃 봄 풍광이나 실컷 보자스라!   待看盡鶯花春色饒.

(외가 시를 읊는다)

송강

범 굴에 들어가지 않고서야   不入虎穴,

어찌 범 새끼를 얻을 수 있으리오?   焉得虎子!

한 순간의 차이로   差之一時,

천 리나 어긋날 수도 있는 법이란다.   失之千里.

나 송강은 동경에 등불놀이를 가지도 않았습니다. 헌데 어용 병풍에 내 이름이 적혀 있는 것은 어떻게 알았느냐고요? 그걸 가지고 나온 우리 시진 아우님 덕이지요! (…) 요 며칠 동안 듣자니 도성 대문에서 단속을

---

[^141]: 변복[魚服] : '어복(魚服)'은 원래 물고기 모형을 가리키는 말이다. 그러나 나중에는 제왕이나 귀인이 누추한 옷으로 바꾸어 입는 것을 가리키는 말로 사용되기도 하였다. 편의상 여기서는 '변복'으로 번역하였다.

아주 삼엄하게 한다더군요. 허나, 인파들이 산을 이루고 바다를 이루었는데 누가 눈치를 챌 수 있겠습니까? 내가 등불 구경을 하러 도성에 들어가는 것은 물론이고 지금 명성이 자자한 이사사 하고도 친분을 좀 맺을 작정으로 기회만 노리고 있던 참입니다. 어제는 연청 아우가 벌써 그 집에 가서 오늘로 약속을 잡았고, 겸사겸사 주상 마마까지 뵙고 돌아왔지요. 내 생각에는 만약에 이 송강이 주상을 뵙는다면 이 속에 담아 놓은 일들을 소상하게 아뢰어야 되지 않겠습니까? 그 덕에 귀순을 성사시킬 수 있을 지도 모르지요.

(말이 말한다)

시진 형님, 귀순도 그렇게 호락호락 성사되는 것도 아닙니다. 이 기회를 빌어 기별을 좀 넣는 방법도 어쩌면 필요할지 모르겠군요. 지금은 일단 가서 한 바탕 놀도록 하시지요.

(첩이 연청으로 분장하고 등장하여 시를 읊는다)

연청

| 하늘 너머의 약속 자리에 가려면 | 欲赴天邊約, |
| 월하노인[142]부터 모셔야 할 터 | 須敎月下來 |

---

142 월하노인(月下老人) : 중국 고대의 전설에서 혼인을 관장하는 신. '월노(月老)·월하노아(月下老兒)'라고도 하는데 보통은 매파·중매인을 일컫는 말이다. '월하노인'은 당(唐)나라 소설가 이복언(李復言, 775~833)의 소설집 『속현괴록(續玄怪錄)』의 「정혼점(定婚店)」에서 처음으로 등장한다. 당나라 원화(元化) 2년(870)에 서생 위고(韋固)가 송주

형님, 지금이 도성 안으로 들어가기에 딱 좋습니다!

월하노인의 사당인 대만 성풍궁(聖豊宮)의 월하노인상

(외가 말한다)

송강 나는 시진 나리하고 짝을 지어서 같이 움직이겠네. 대종과 이규
두 아우는 종복으로 변장하고 멀찍이 떨어져서 뒤를 따르도록 하
게!

(함께 걸음을 옮긴다)

〔선려입쌍조과곡〕【육요령】 　　　　　〔仙呂入雙調過曲〕【六幺令】
큰 거리는 어지럽고도 떠들썩하니 　　　官街亂嘈,

(宋州)의 송성현(宋城縣)을 지나가다가 그곳의 남점객잔(南店客棧)에 묵었는데 거기서 우
연히 월하노인을 만난다. 나중에 이 일을 알게 된 송성현의 현령이 위고가 묵은 여관을
'정혼점(定婚店)'이라고 명명한다. 월하노인은 홍실로 남녀를 묶어 두 사람의 인연을 맺
어주는 것으로 전해진다. 이를 통하여 사랑과 혼인은 '전생에 이미 현생의 인연이 정해진
다'라는 당대 사람들의 인생관을 엿볼 수 있는 셈이다.

사람들 북적거리는 틈을 타면	趁着人多,
순식간에 성문 통과할 수 있단다.	早過城壕.
대단하신 영웅호걸 알아보는 이 없으니	無人認識大英豪.
다같이 되는 대로 섞여 들어가서	齊胡混,
곤드레만드레 술을 먹세 그려.	醉醄醄.
거리 온통 환호와 웃음으로 흥청거리네.	鎮聞滿市皆喧笑,
거리 온통 환호와 웃음으로 흥청거리네.	鎮聞滿市皆喧笑.

(첩이 말한다)

연청 이 작은 거리로 들어가면 바로 이가네 공연장[143]입니다.

(다함께 걸음을 옮긴다)

【전강】	【前腔】
뜨락에는 풍악 소리 울리는데	笙歌院落,
참으로 사람의 심금 울려	煞是撩人,
한 곡으로 사람 넋이 다 나가누나.	一曲魂消.
군왕은 성 밖 안가에 미녀 모셔 놓았네.	君王外宅貯多嬌.

---

143 공연장[瓦子] : '와자(瓦子)'는 송·원대 구어에서 연극이나 인형극·가무·만담 따위를
 공연하는 장소를 일컫는 말이다. 이사사는 가곡에 뛰어난 기생이어서 '와자'라는 표현을
 쓴 것이다. 여기서는 편의상 '공연장'으로 번역하였다. 『수호전』(제72회)에는 동경성의
 번화한 거리와 원소절(정월 대보름) 등불놀이 등이 집중적으로 묘사되어 있는 반면 연극
 등의 공연예술이나 공연장에 대한 묘사는 거의 보이지 않는다.

등불 비치고	燈光映,
둥근 달은 높이 떴는데	月輪高.
화려한 난간 열두 주렴들 조용만 하네.	画欄十二珠簾悄,
화려한 난간 열두 주렴들 조용만 하네.	画欄十二珠簾悄.

(단이 기생어멈・여자아이와 함께 등장하여 노래를 부른다)

이사사

【전강】 　　　　　　　　　　　　　　　　　【前腔】

행락객들은 물결 같이 몰리고	遊人似潮,
어제 약속한	昨日相期,
귀한 손님들 거리를 거니는데	佳客游遨.
이때 달은 꽃 핀 가지 위에 걸렸구나!	此時月色上花梢.

(첩이 노래한다)

연청

다가가서	近前去,
대문을 두드리네!	把門敲.

(단이 나와서 인사를 나누고 외와 말을 맞이한다)

(외와 말이 노래를 부른다)

송강, 시진

명성 듣고 특별히 찾아 뵈었소.　　　　　　慕名特地來相造,

명성 듣고 특별히 찾아 뵈었소.　　　　　　慕名特地來相造.

(서로 만나 인사를 나눈다)

(첩이 단을 보고 외를 가리키면서 말한다)

연청 이 분이 바로 원외님이십니다!

(단이 말한다)

이사사 어제 장한다에게서 말씀 많이 들었습니다. 거기다가 후한 상견
　　　　　례까지 내리셨더군요. 오늘 외람되게도 이렇게 왕림하시어 누
　　　　　추한 저희 집을 빛내 주셨습니다!

(외가 말한다)

연청 산골짝 촌구석 출신 나그네여서 보잘것 없고 과분합니다. 꽃다운
　　　　모습을 뵈었으니 평생의 소원을 푼 셈이올시다!

(단이 말한다)

이사사 이쪽 나리는 … 원외님과는 어떻게 되시는지요?

(외가 말한다)

송강 사촌 아우인 화華[144] 순간[145]이외다.

(단이 말한다)

이사사 다들 귀하신 손님들이시군요! 전생에 인연이 있어서 두 분을 뵙게 되었나 봅니다! 변변찮은 상차림으로 어른들을 모시게 되었군요!

(외가 말한다)

송강 이몸은 산간에서 지내다 보니 이런 부귀로운 광경은 본 적도 없습니다. 화괴 아가씨는 명성이 세상에서 자자하더군요. 한번 뵙는 것조차 하늘에 오르는 것만큼이나 힘든데 하물며 거기다가 가까이 앉아 담소를 나누고 직접 술까지 내려 주시다니!

(단이 말한다)

이사사 원외님, 칭찬이 너무 지나치십니다. 어디 거기에 비길 수 있겠습니까? (…) 애들아, 술을 가지고 오너라!

---

144 화(華) : 이문열 『수호지』(제153쪽)에는 '엽(葉)'으로 나와 있는데 오자로 보인다.

145 순간(巡簡) : 송대의 관직인 순검사(巡檢使)의 다른 이름. 정확한 명칭은 순검(巡檢), 정식 명칭은 순검사(巡檢使)이다. 오대(五代) 후당(後唐)의 장종(莊宗) 때에 처음 설치되었고, 송대에는 도성의 경사부(京師府) 동·서 양쪽에 각각 도동순검(都同巡檢) 2명과 경성사문순검(京城四門巡檢) 1명씩을 두었으며, 연변(변경)·연강·연해에도 순검사(巡檢司)를 두었다. 명대에는 도시나 관문 등에 순검사(巡檢司) 순검을 두고, 현령이 관할하게 하였다. '검(檢)'을 '간(簡)'으로 쓰기도 하는 것은 두 글자의 한국식 발음은 다르지만 명대 발음은 똑같은 '졘(jian)'이어서 시간이 흐르면서 혼용된 것으로 보인다.

【이범강아수】〔오마강아수〕[146]

비 개인 풍광 보니

황성에 봄이 일찍 찾아와

눈도 녹아 사라지는구나.

보니 앞 다투어 달리는 옥 재갈의 말들

저마다 금 자라 같은 귀인 구경하네.

봉래산을 능가하는 섬

굽이굽이 향기가 그윽하고

신선들은 초대하기도 기다리지 않네.

누각은 층층이 하늘까지 이어지고

쇠사슬은 별 다리를 이루니

다들 눈요기 한번 제대로 하는구나.

【二犯江兒水】〔五馬江兒水〕

逢霽色,

皇都春早,

融和雪正消.

看爭馳玉勒,

競覩金鰲,

賽蓬萊結就的島.

迤邐御香飄,

輦仙不待邀.

樓接層霄,

鐵鎖星橋,

大家來看一箇飽.

〔조원가〕

운 좋게도 풍류 넘치는 준걸을 만나

늠름한 모습 마주 보네.

〔朝原歌〕

幸遇着風流俊髦,

厮覷了軒昻儀表.

〔일기금〕

번갈아 빛나는 등불과 달 헛되지 않네.

〔一機錦〕

不枉了兩相輝燈月交.

146【즉공관 미비】此本南調也, 今皆以北調唱之, 則須增疊句. 이 곡은 본래 남쪽 음악이다. 지금은 모두 북쪽 음악으로 이 곡을 부르는데 그러려면 반드시 두 번 반복해 불러야 한다.

(외가 말한다)

송강 후한 상견례에 맞난 술과 음식 하며 격조 높은 가무까지! 촌놈이
　　　이런 장관을 만났으니 마치 천상에 있는 것 같구려! 술기운 이기
　　　지 못하고 멋대로 한 말씀만 드려서 이 속의 응어리 모두 덜어서
　　　화괴[147] 아가씨께 들려 드리고 싶소이다.

(말이 말한다)

시진 형님, 화괴 아가씨의 좋은 뜻은 가르침을 부탁드려야 옳지요.

(외가 말한다)

송강 그럼 소생이 우선 속내 이야기를 들려 드리겠소!

【전강】	【前腔】
묻건대 어딘들 울부짖음 용납할 수 있나?	問何處堪容狂嘯,
하늘 남쪽 땅 북쪽 머나먼 곳까지.	天南地北遙.
산동의 연수향 늦지 빌어	借山東煙水,
잠시 봄 밤을 사니	暫買春宵,
황성서 봄이 바야흐로 아름답기도 하다.	鳳城中春正好.
야박한 사람인들 어찌 지울 수 있으랴?	薄倖怎生消,

---

147 화괴(花魁): 글자 그대로 직역하면 '꽃들 중의 최고의 꽃'이라는 뜻으로 일반적으로 모
　　란(牡丹) 또는 매화(梅花)를 두고 하는 말이다. 나중에는 기생집에서 미모나 재주에서
　　으뜸가는 기생을 가리키는 말로 사용되기도 하였다.

신선의 자태 아름다운 모습을! 神仙體態嬌.

일본의 화괴. 일본 닛코(日光)의 민속촌인 에도촌(江戶村)에서
화괴로 화려하게 꾸민 여자가 길잡이의 어깨에 손을 얹고 있다

(일어나서 노래를 부른다)

생각건대 물가 여뀌 모래톱의 쑥 하며	想汀蓼洲蒿,
밝은 달은 허공에 높기만 한데	皓月空高,
기러기 떼는 날아서	雁行飛,
세 번을 맴도누나.	三匝繞.

(소매를 걷어부치고 주먹을 쥐면서 노래를 부른다)

누가 알아 주랴 내 이 충성심을?	誰識我忠肝共包,
그저 기다리자 금계가 기진맥진할 때까지	只等待金雞消耗.

(탁자를 두드리면서 노래를 부른다)

오만 가지 시름을	愁萬種,
의식 몽롱한데 두 살쩍 희끗희끗하구나.	醉鄉中兩鬢蕭.

(말이 말한다)

시진 우리 형님이 전부터 술만 마셨다 하면 이러십니다. (…) 아가씨,
　　　비웃지 마시오.

(단이 말한다)

이사사 술은 다 같이 즐겁자고 마시는 것이니 굳이 예절에 구애될 것
　　　어디 있겠습니까? 다만, … 원외님은 말씀을 얼버무리시는 것
　　　이 … 석연치 않은 구석이 많으신 것 같군요.

(외가 말한다)

송강 종이와 붓을 좀 빌려다가 글로 가르침을 부탁 드리겠소이다!

(단이 말한다)[148]

이사사 붓과 벼루를 가지고 오거라. 원외님께 한 말씀 고할 테니.

---

148 단이 말한다[旦云] : 『수호전』(제72회)에는 이 사이에 대종과 이규가 이사사의 기생집
을 찾아 오면서 벌어지는 해프닝과 이사사가 송강 일행에게 술을 권하는 장면이 삽입되
어 있다.

(외가 글을 쓴다)

(가사를 【염노교】¹⁴⁹가락에 맞춘다) (가사를 읊는다)

하늘 남쪽에서 땅 북쪽까지	天南地北,
묻건대 세상 어드메에	問乾坤何處,
이 미친 나그네 거두어 주는 곳 있던가?	可容狂客.
산동 이내 낀 물가 산채 빌려 지내다가	借得山東煙水寨,
황성의 봄 풍광을 사러 왔노라.	來買鳳城春色.
푸르른 소매는 향기가 감싸고 있고	翠袖圍香,
진홍 비단은 눈 같은 살 두르고 있는데	絳綃籠雪,
한번 웃음이 천금을 호가할 정도로구나!	一笑千金値.
그 신선 같은 자태를	神仙體態,
복 없는 놈이 어찌 견딜 수 있으랴?	薄幸如何消得.

생각건대 갈댓잎 무성한 모래톱 어귀며	想蘆葉灘頭,
여뀌 꽃 핀 물가에는	蓼花汀畔,
밝은 달 허공에 파르라니 맺혀 있는데	皓月空凝碧
물고기에 기러기 떼까지 이어지니	六六雁行連八九,
금계 소식이나 하염없이 기다릴 밖에!	只等金雞消息.

---

149 【염노교(念奴嬌)】: 명대의 소설가 시내암(1296~1370)의 작품으로 알려져 있다.

의로운 용기는 하늘조차 쌀 정도요　　　義膽包天,

충성된 마음은 땅조차 덮을 지경이건만　　忠肝蓋地,

사방 천지 아무도 알아 주는 이 없네!　　四海無人識.

이별의 시름은 오만 가지로 늘어나　　　　離愁萬種,

술에 찌든 채 밤새 머리 다 쉬었구나!　　　醉鄕一夜頭白.

(단이 말한다)

이사사 이 가사를 자세히 보기는 했습니다마는 원외님은 … 어떤 분이
　　　십니까? 마음속에 무슨 불만스러운 일이라도 있으신지요? 소
　　　녀는 학문이 얕아 풀이할 도리가 없군요. 그러니 분명하게 일
　　　러 주시지요!

(그래서 외가 말을 하려고 한다)

(안에서 소리친다)

내 시 주상 마마께서 뒷문에 납시오!

(단이 당황하면서 말한다)

이사사 더 이상 모시지 못하게 된 점 양해해 주십시요!

(서둘러 퇴장한다)

(외가 말과 첩을 보면서 말한다)

송강 이제 막 속내 이야기를 털어 놓으려던 참이었는데 … 이번에도 어가를 영접하러 가는 구만! (…) 당장은 성문을 나갈 방법이 없으니 일단 어두운 곳에 숨어서 좀 엿보도록 하세!

(말과 첩이 말한다)

시진, 연청 큰 형님, 술에 좀 취하셨으니 좀 조심하셔야겠습니다!

(외가 말한다)

송강 알겠네!

도화원도 길 있음을 이제야 믿겠네.	始信桃源有路通,
이번에 우연히 주인공 만났구나.	這回陡遇主人翁.
오늘밤 남은 자리 은 촛대만 비추니	今宵賸把銀釭照,
상봉은 꿈에서나 이루어지려나!	猶恐相逢是夢中.

(각자 잠시 퇴장한다)[150]

---

150 잠시 퇴장한다[虛下] : '허하(虛下)'는 중국 전통극에서 사용되는 연출 기법이다. 일반적으로 배우가 무대 왼쪽 입구까지 갔다가 다시 등장하는 것을 가리킨다. 이 같은 동작은 그가 이미 방금 전의 공간을 벗어나 다른 공간으로 이동했음을 의미하게 된다. 『수호전』(제72회)에는 이 대목에서 갑작스러운 휘종의 행차로 다시 이사사와의 대화가 중단되자 송강 일행이 이사사의 거처를 나가 천한교(天漢橋)의 등불놀이를 구경하고 사진·목홍에 이어 이규와 합류한 다음 이튿날 다시 연청을 거쳐 이사사의 거처로 가는 장면이 다루어져 있다.

제9절
등불놀이에 소란을 일으키다
鬧燈

(동종운[151]에 맞추어 지음)

(정이 이규로 분장하고 큰 모자와 검푸른 옷차림에, 안[152]은 두건에 허리띠를 맨 채로, 잡은 대종으로 분장하고 뒤이어 등장한다)

이규

호연지기는 하늘로 솟구치건만	浩氣沖天冠斗牛,
영웅의 사업은 보답 받은 적 없네.	英雄事業未曾酬.
손에 석 자의 용천검[153] 들었으니	手提三尺龍泉劍,
간신 베지 않고는 맹세코 안 멈추리!	不斬奸邪誓不休.

---

151 동종운(東鐘韻) : 원대 주덕청의 『중원음운』에 소개된 모음의 일종. 현대 중국어에서는 "ㅎ[oŋ]"에 해당한다. 송·원대에 형성된 것으로 근대 중국어의 대표적인 특징이다.
152 안[內] : 중국 전통극에서 연기를 하는 무대 밖의 배우들과 대조적으로 무대 뒤에서 배우가 등장해 사용하는 소도구를 준비하거나 반주 또는 해설 등의 스토리텔링을 맡는 인원(staffs). 간혹 즉흥 연기를 하는 임시 배역(extra)으로 운용되기도 한다. 여기서는 후자(임시 배역)로 무대에 투입되었다.
153 용천검(龍泉劍) : 중국 고대의 전설에 등장하는 보검의 이름. 『진서(晉書)』「장화전(張華傳)」에는 보검의 이름으로 용천(龍泉)과 태아(太阿)를 소개하고 있다. 『월절서(越絶書)』에 따르면, 춘추시대에 구야자(歐冶子)가 자산(茨山)의 철광석을 가져다 용연(龍淵)·태아(泰阿)·공포(工布) 세 검을 만들었다고 전해진다. 용연의 경우, 당나라의 개국군주 고조(高祖) 이연(李淵, 566~635)의 이름자를 피해서 당대 이후로는 '용천'으로 불렸다고 한다.

나는 흑선풍 이규올시다. 우리 큰 형님이 난데없이 '등불 구경하자, 등불 구경하자' 하시더니 시 대관인이며 연소을 형님하고 기방으로 술을 먹으러 가셨습니다. 그러면서 날더러 대원장의 종복으로 변장해 따라가서 문 밖에서 지키고 있으라고 합디다. 이런 꼴을 내가 참을 수 있습니까? 살인에 방화까지 하는 내 성미 건드려서 이 집 사람들 몽땅 없애 버리는 불상사가 없게 해 줬으면 좋겠구만!

경극의 등장인물들을 주제로 한 우표에 등장하는 이규의 모습

(너스레를 떤다)

(대종이 말한다)

대종 형님이 자네한테 뭐라고 하시던가!

(정이 말한다)

이규 큰 형님이 또 '사고를 친다'고 하실까 겁이 다 나서 나도 일단 잠시 참고 있는 참이유!

〔북쌍조〕【신수령】[154]

보니 장안의 등불이 허공을 붉게 비추고

나 같은 늙은이도 다들 마구 아우성이지.

송구하나 낯설어도 꼭 같은 세계요

적은 안면에도 비단 같은 거리란다.

이렇게 대단한 영웅이

이렇게 대단한 영웅이

그들 대신 문을 지키고 있으니

너무도 대단하게 여기는 게지!

(잠시 퇴장한다)[155]

(소생과 단이 등장하여 노래를 부른다)

두 사람

〔남선려입쌍조과곡〕【보보교】

삼오일 좋은 밤 얼음 같은 보름달 뜨니

황제의 어가가 나들이 나오시네.

〔北雙調〕【新水令】

看長安燈火照天紅,

似俺這老蒼頭也大家來胡哄.

恕面生也花世界,

少拜識也錦衕衕.

偌大英雄,

偌大英雄,

替他每守門闌,

太知重.

〔南仙呂入雙調過曲〕【步步嬌】

三五良宵冰輪湧,

帝輦宸游動.

---

154 【즉공관 미비】此曲以鼓爲節, 原無傳板, 今唱者皆相沿有板, 故從時點之, 前正宮曲亦然. 이 곡은 북으로 장단을 맞추어서 원래는 박자가 전해지는 것이 없다. 요즘 이 노래를 부르는 이들은 한결같이 박자가 있는 것으로 전승하므로 그 때에 따라 잘 맞추어 주어야 한다. 앞의 정궁에 속한 곡들도 마찬가지이다.

155 잠시 퇴장한다[虛下] : 『수호전』(제72회)에는 이 부분이 없이 바로 휘종과 이사사의 대화로 연결되어 있다.

(단이 말한다)

이사사 오늘 어가가 상청궁으로 행차하시겠구나!

즐거운 감정이 그곳에서 무르익겠구나!　　　　　歡情那處濃.

(소생이 말한다)

휘종 짐이 오늘 상청궁에 행차했다가 이제 막 돌아와서 태자로 하여금
　　　선덕전宣德殿에서 백성들에게 어주[156]를 내리게 했네. 아우에게는
　　　천보랑千步廊에서 매시買市[157] 행사를 하게 하고 양 태위[158]와 함께
　　　경의 집으로 가기로 약속했지. 그런데 아무리 기다려도 오지 않
　　　지 뭔가? 하는 수 없이 혼자서 찾아 왔네.

(단이 노래를 부른다)

---

156 어주(御酒) : 황제가 특별한 날이나 행사에서 신하나 백성들에게 내리던 술.
157 매시(買市) : 중국 고대에 관청이나 지역 유지가 비상설 시장을 임시로 설치하고 장사꾼들
　　을 불러 모아 물건을 사고 팔거나 상을 내리므로써 시장을 활성화 시키던 행위를 말한다.
158 양 태위(楊太尉) : '태위'는 관직명이며, 그 이름·내력·행적이 제대로 소개되어 있지 않
　　다. 그러나 송대 휘종 재위 시기의 환관이자 간신인 양전(楊戩, ?~1121)을 가리키는 것
　　으로 보인다. 양전은 시기의 환관으로, 창화군 절도사(彰化軍節度使)에 임명되었으며 마
　　지막에는 그 벼슬이 태부(太傅)에까지 이르렀다. 백성들의 토지를 겸병하는가 하면 천재
　　지변이 발생해도 조세나 소작료를 면제해 주지 않고 가렴주구를 일삼아 원성이 대단하였
　　다. 그 사후에 휘종은 태사(太師)·오국공(吳國公)으로 추증했으나 정강 연간 초기에 그
　　아들 흠종(欽宗)이 어명을 내려 그 관작을 박탈하였다. 관리이자 시인. '태위'는 진(秦)나
　　라 때에 처음으로 설치된 관직으로, 행정의 최고위직인 승상(丞相)과 대비적으로 군권을
　　장악하고 군사 업무를 관장하던 군사의 최고위직이었다. 정1품으로 녹봉은 1만 석이며,
　　황금 관인과 자주색 인끈을 하사받았다. 이 잡극과 제34권의 몸이야기에서는 양전이 태
　　위를 지낸 것으로 소개했지만 실제로는 태위가 아닌 태부를 지냈을 뿐이다.

중국의 신화 드라마 『봉신방(封神榜)』에서 신으로 등장하는 양전. 원래는 환관이었지만
나중에는 숭배대상으로 신격화되었다

이사사

남은 황은 입에 올리기도 전에   不道餘恩,

또다시 어가를 수행해야 겠구나.   又得陪從.

(소생이 말한다)

휘종 오늘은 좋은 날이니 좋은 가사가 있어야 마땅하다. 주방언을 불
러라!

(단이 노래를 부른다)

이사사

술을 금 잔에 가득 따랐으니 　　　　　　　斟酒泛金鍾,

이 맘 때면 빼어난 가사 바칠 만하지! 　　這些時値得佳詞供.

(생이 등장하여 말한다)[159]

주방언 소신은 주방언입니다. 들자니 폐하께서 이곳에 계신다고 하더
　　　　군요. 그래서 원소절에 어울리는 새 가사를 지어 바치기 위해
　　　　서 일부러 왔습니다.

(소생이 말한다)

휘종 짐에게 들려 다오!

(생이 가사를 읊는다) (가사를 【해어화】[160] 가락에 맞춘다)

주방언

바람에 환한 촛불 사그라들고 　　　　　　風銷焰臘,

이슬에 환한 화로 젖어도 　　　　　　　　露浥烘爐,

등불 밝힌 거리는 빛을 서로 쏟아내네. 　　花市光相射.

달이 기와 위를 비추고 　　　　　　　　　桂華流瓦,

가녀린 구름 걷히고 나니 　　　　　　　　纖雲散,

---

159 생이 등장하여 말한다[生上云] : 여기서부터 주방언이 퇴장할 때까지의 내용은 『수호
　　전』(제72회)에는 보이지 않으며, 송대의 문어체 소설집인 『귀이집(貴耳集)』권중(卷中)
　　에 소개된 휘종·이사사·주방언 세 사람의 일화를 부분적으로 차용한 것이다.
160 【해어화(解語花)】 : 주방언이 지은 가사.

눈 부시게 고운 선녀 내려올 듯하네. 耿耿素蛾欲下.

옷차림도 단아하니 衣裳澹雅,

보아하니 초나라 미녀 看楚女,

가녀린 허리 같구나! 纖腰一把.

퉁소와 북 소리 요란하고 簫鼓喧,

사람 그림자들 어지러운데 人影參差,

온 길에 사향 내음 흩날리네. 滿路飄香麝.

황성에 통금 푼 밤 떠올리노라니 因念帝城放夜.

집집마다 바라보면 대낮처럼 밝고 望千門如画,

저마다 웃으며 거리를 거닐었지. 嬉笑游冶.

나전으로 꾸민 수레에 비단 손수건으로 鈿車羅帕,

상봉할 적에는 相逢處,

말 뒤로 어두운 먼지 일어났단다. 自有暗塵隨馬.

시절이 그러했건만 年光是也,

이제 보이는 것이라고는 惟只見,

시들어 버린 예전의 감정 뿐. 舊情衰謝.

물시계 시간 흘러서 淸漏移,

수레 날으듯 달려 돌아와서도 飛蓋歸來,

남들 춤추고 노래하게 내맡기네. 從舞休歌罷.

(소생이 말한다)

휘종 훌륭한 가사로구나! 경물은 경물대로 감정은 감정대로! 좋은 날 아름다운 경치에 재능 있는 선비와 아리따운 미인이 모두 짐 앞에 있으니 참으로 기쁘도다! 주방언을 대성악부大晟樂府 대제[161]로 승진시키고 어주를 세 잔 하사하노라!

(생이 술을 마시고 황은에 감사해 한다)

(함께 노래를 부른다)

다함께

술을 금잔에 가득 따랐으니	斟酒泛金鍾,
이 맘 때면 빼어난 가사 바칠 만하지!	這些時值得佳詞供.

(함께 퇴장한다)[162]

(정이 등장하고 대종이 뒤따라 등장한다) (정이 노래를 부른다)

이규

【북절계령】	【北折桂令】

---

161 대제(待制) : 중국 고대의 관직명. 글자 그대로 직역하면 '황제의 어명을 기다린다'는 뜻이다. 당대에는 황제가 자문을 구하는 측근 신하를 부르는 별칭이었다. 당대 말기부터 송대까지는 고급 관원들도 예우하여 '대제'로 불렀는데 그 지위는 학사(學士)·직학사(直學士) 아래였다. 이 제도는 원·명대에까지 그대로 계승되었다.

162 함께 퇴장한다[同下] : 휘종이 주방언을 부르는 장면으로부터 여기까지의 내용이 『수호전』(제72회)에는 보이지 않는다.

차츰 밤 깊어지는 고찰의 종 소리.	漸更闌古寺聲鐘.
기다리는 이 속 타게 울리는데	等的人心熱腸鳴,
앉아 있노라니 등 휘고 허리 굽겠네.	坐的來背曲腰躬.
명심하라 우리 형제 줄줄이	須知俺兄弟排連,
한결같이 강호의 뜻과 포부 품었단다.	盡多是江湖志量,
어이 들어갈꼬 꽃과 달 어울린 우리 속에?	怎走入花月樊籠?
한쪽은 주인의 정리가 각별하니	一壁廂主人情重,
어디 나 앉은 손님이 의기소침할 수 있나?	那堪俺坐客心慵.
위풍 꺾고	折倒威風,
벙어리 귀머거리인 척 할 수밖에.	做啞妝聾.
이건 검은 아비 성미가 부드러워서이시다!	這的是黑爹爹性格溫柔,
오늘은 배우자 침착한 행동거지를.	今日裡學得箇擧止從容.

(퇴장한다)

(외와 말과 첩이 등장하여 노래를 부른다)

다 함께

【남[163]강아수】 **【南江兒水】**

---

163 남(南)- : 중국 근세의 음악 용어. 원대를 지나 명대에 이르러서는 북방의 음악을 사용하는 잡극(雜劇)에서 남방의 연극인 남희·전기의 음악을 차용하는 경우가 빈번해졌다. 이런 경우에는 해당 음악 명칭 앞에 '남녘 남(南)~'을 써서 그 음악이 남방계 음악에서 차용된 것임을 명시하였다. 서양 음악 용어로 간단히 설명하면 북방계 음악이 한 박자를 짧게

만 리 되는 군왕의 궐문 멀기만 하더니	萬里君門遠,
가마 타고 갑작스레 상봉하니	乘輿驀地逢,
용안도 반가운지 직접 받들어 따르누나.	天顏有喜親承奉.

(외가 노래를 부른다)

송강

어쩨 가로막은 이 없이 서둘러 달려가지 않는가	何不急趍樽前無攔縱,
이 일생의 충성심 얼마나 통제했던가?	把一生忠義多相控.

(말과 첩이 말한다)

시진, 연청 그건 곤란합니다!

설사 귀순 글 직접 쓴들 무슨 소용이랴?	便親寫下招安何用?
오지 냄비 깨 부수면	打破沙鍋,
당연히 간사한 무리 농간에 놀아날 것을!	少不得受那奸邪搬弄.

(퇴장한다)

(정과 대종이 등장한다) (정이 말한다)

끊어서 빠르고 경쾌하게 연주하는 스타카토(staccato)에 가깝다면 남방계 음악이 한 박자를 길게 끊어서 느리고 구성진 느낌을 주는 레가토(legato)에 가깝다고 할 수 있다. 자세한 내용은 앞의 주석 "북(北)~"을 참조하기 바란다.

이규

【북안아락대득승령】 　　　　　　　　　　　　【北雁兒落帶得勝令】

나는야 장대 향해 거침없이 돌진하려 하나 　　俺則待向章臺猛去衝,

(대종이 말한다)

대종 여기에는 자네가 할 일이 없네!

(정이 노래를 부른다)

이규

거친 졸개들은 난새 · 봉황 알아 보지 못하네. 　　莽兒郎認不得鸞和鳳.

나는야 긴 거리 성큼성큼 혼자 거닐지만 　　俺則待踏長街獨自游,

(대종이 말한다)

대종 내가 같이 가지 않으면 자네는 길을 잃을 게 분명하이!

(정이 노래를 부른다)

이규

서두르느라 도원동 못 알아 보았네. 　　急忙裡認不出桃源洞.

그래서 일단은 깨닫지 못한 척하며 　　因此上權做個不惺憽,

못 이기는 척 일단 포용하네. 　　酩子裡且包籠.

피곤한 눈가에는 봄날의 꿈 펼쳐지고	困騰騰眼底生春夢,
참으로 마음 불편하고 답답하네.	實丕丕心頭拽悶弓.
용납하기 어렵구나!	難容!
불 같은 분노가 온몸서 터져 나오네.	無明火渾身迸.
송공명이여! 존경하는 형님!	宋公明也! 尊兄!
이 일 만큼은 불공평한 것 같군요!	這蹄兒也算不公.

『수호전』에 등장하는 대종 초상

(땅바닥에 퍼질러 앉는다)

(축이 양 태위로 분장해 등장하여 노래를 부른다)

양전

【남요요령】	【南僥僥令】
군왕께서 과거에 약속하셨지.	君王曾有約,
놀이에 밤 되면 동참하라고.	游戱晩來同.

(문 안으로 들어가자 대종이 몸을 피한다. 그러나 정은 앉아서 아랑곳하지 않는다)

(축이 노래를 부른다)

양전

아 어디 졸개들이 진심 이해해 주리?	是何處兒郞眞情懂?
이 귀인 오는 것 보고도	見我貴人來,
종적을 숨기지 않는구나.	不斂蹤.

(정에게 묻는다)

양전 너는 어디서 튀어나온 잡놈이냐? 이 양 태위님을 보고도 일어나
지도 않다니! 여봐라, 잡아라!

(정이 크게 고함을 지르면서 옷과 모자를 벗더니 안의 갑옷을 드러내면서 노래를
부른다)

이규

【북수강남】

아! 내 이름을 알고 싶은가?

아마도 들었을 게다 '흑선풍' 세 글자를!

【北收江南】

呀! 要知咱名姓呵,

須敎認得黑旋風.

(축을 때려 쓰러뜨리고 노래를 부른다)

한 주먹을 맞더니 나동그라지는구나.

一拳兒打箇倒栽葱.

(축이 쓰러진다) (대종이 말린다)

대종 안 됩니다, 안돼요!

(정이 노래를 부른다)

이규

이제야 내 가슴 속 울분이 다 풀리누나!

方纔洩俺氣塡胸.

(불을 지른다) (노래를 부른다)

이규

내 성질 거칠어서가 아니라

不是俺性兇,

내 성질 거칠어서가 아니라 　　　　　　　　不是俺性凶,

그저 네 오늘 풍월에 둘 다 공 없어서란다. 　　只敎你今朝風月兩無功.

(정이 크게 고함을 지른다)

이규 양산박 호걸들이 전부 여기에 계시다!

(외와 말과 첩이 서둘러 등장한다) (노래를 부른다)

송강

【남원림호】 　　　　　　　　　　　　　【南園林好】

솥 안 노닐던 물고기 소란 소리에 　　　　聽喧鬧魚游釜中,

조롱을 날아 나온 새 서둘러 도망치네. 　　急奔脫鳥飛出籠.

그야말로 산 무너지고 파도 솟구치네. 　　渾一似山崩潮湧,

보라, 마마께서도 지하도로 가 버리셨다!

놀란 어가는 꽃들 속을 벗어나고 　　　　驚鳳輦離花叢,

고개 돌리니 무산 봉우리가 막고 있네. 　　回首處隔巫峰.

(안에서 고함을 지른다)

무대 안 흑선풍을 놓치지 마라!

(외가 말한다)

송강 연소을형, 깜보가 성질을 부리면 실수를 저지를까 걱정입니다.
형님은 녀석의 천적[164]이지요. 어여 녀석을 데리고 성을 나가십
시요!

(정이 춤을 추면서 노래를 부른다)

이규

【북고미주대태평령】	【北沽美酒帶太平令】
누가 나를 가로막는단 말이냐?	誰人來犯俺鋒?
누가 나를 가로막는단 말이냐?	誰人來犯俺鋒?

(첩이 정을 덮쳐 쓰러뜨린다)

(정이 첩을 보고 일어나 웃더니 노래를 부른다)

이규

이제 보니 왕년의 천적 또 만났구나!	元來是舊降手又相逢.

(첩이 말한다)

연청 사달 내지 말고 이 형을 따라 오게나!

---

164 천적[降手]: '항수(降手)'는 명대의 구어적 표현으로, 상대방을 제압하는 능력을 지닌
고수를 가리키는 말이다. 오승은 『서유기』 제92회의 "놈이 천적을 구해 왔구나! 얘들아,
각자 목숨을 살리려면 내빼자꾸나!(他尋將降手兒來了, 小的們, 各顧性命走耶)"에도 같은
표현이 보인다.

(정이 사람들을 따라 가면서 노래한다)

명대에 간행된 『회도 수호전(繪圖水滸傳)』 삽화

이규

말하자면 형님 보호에 으뜸가는 공 세웠네.　　低道是保護哥哥第一功,

황금 자물통 열고 이무기가 도망치니　　頓金鎖走蛟龍,

명심하라 낭군은 두려워할 줄 알아야지.　　須知是做郎君要擔怕恐.

(고구[165]로 분장하고 추격하다가 패하자 퇴장한다)

---

165 고구(高俅, ?~1126) : 북송 말기의 권신. 축국(蹴鞠, 공놀이)에 능한 데다가 붓글씨에도
뛰어나서 단왕(端王)이던 조길의 총애를 받았다. 조길이 황제(휘종)로 즉위하자 전공을

(범처럼 용맹스러운 장수 다섯 명[166]이 등장하여 맞이한다) (정이 함께 노래를 부른다)

이규

가만 보니 번쩍이는 깃발들 둘러싸고	看明晃晃旌旗簇擁,
씩씩한 범 같은 장수들 뒤따르네.	雄糾糾貔虎相從.
송공명이 기방에서 꿈을 꾸고	宋公明翠鄉一夢,
양 태위는 귀신에게 송사를 제기하네.	楊太尉傷司告訟.
나는야 한 무리 형제가 기량을 뽐내고	俺呵一班兒弟兄逞雄,
재앙의 소굴을 벗어나네.	脫離着禍叢.
아! 이건 동경을 한바탕 뒤집어 놓았구나!	呀! 這的是鬧東京一場傳誦.

【북청강인】	【北清江引】
송삼랑이 어찌 부드러운 이란 말인가?	宋三郎豈是柔情種?
무조건 복선을 깔아	只要把機關送.
검은 천봉[167]의 성미를 건드리는 통에	惹起黑天蓬,

세우지 않았음에도 불구하고 군사의 최고위직인 '태위'로 중용되었다. 그러나 황제의 총애를 믿고 군영의 토지를 침탈하고 저택을 조성하고 사병을 거느리면서 부정부패와 매관매직을 일삼았다. 정강(靖康) 원년(1126)에 금나라 대군이 대거 남침하자 국방의 수장임에도 불구하고 황제를 따라 남쪽으로 도주했다가 도읍으로 귀환한 뒤에 병으로 죽었다. 시내암『수호전』에서 대표적인 악인으로 묘사되어 있다.
166 범처럼 용맹스러운 장수 다섯 명[五虎將]:『수호전』(제72회)에는 이규가 연청·목홍·사진과 함께 성문 밖으로 탈출하자 노지심(魯智深)·무송(武松)·주동(朱仝)·유당(劉唐)이 성문 안으로 밀고 들어가 네 사람을 구하는 식으로 이규를 제외하면 7명이 등장하는 것으로 그려져 있다.
167 천봉(天蓬):중국 고대의 도교 전설에 등장하는 신의 이름. 전설에 따르면 인간·신령·

좋은 일이 허사 되어   好事成虛閙,

그야말로 원소절 밤이 금새 엉망이 되었구나.   則落得閙元宵一會兒哄.

주미성은 으뜸 가는 가사로 이름 날리고   周美成蓋世逞詞豪,

송공명은 【염노교】 한 가락을 지었구나.   宋公明一曲念奴嬌.

이사사의 두 일화는 미담으로 전해지나니   李師師兩事傳佳話,

둘을 합쳐 『요원소』 희곡으로 꾸며 보았네.   合編成粧點閙元宵.

귀신의 세 세계를 통치하는 자미대제(紫薇大帝, 북극성)가 주(周)나라 때의 수석 장수인 변장(卞莊)을 천상의 아홉 신[九神] 중에서 으뜸 가는 천봉신으로 책봉했다고 한다. 나중에는 혁혁한 공로를 세워 신임을 얻어서 '천봉원수(天蓬元帥)'로 발탁되어 네 성현[四聖]의 수장이 되었다고 한다. 여기서는 "검은 천봉"이라고 한 데서도 볼 수 있듯이 흑선풍 이규를 두고 한 말이다.

1. 이각 박안경기의 창작과정

'이박'을 지은 능몽초凌濛初, 1580~1644는 명대 말기의 소설가·극작가이자 출판가이다. 명대 절강浙江의 오정烏程 사람으로, 자가 현방玄房이며, 호로는 초성初成과 즉공관주인即空觀主人을 사용하였다. 그는 생전에 문학·예술·경학·역사 등 다양한 분야에서 저술을 남겼지만[2] 그 중에서도 가장 두각을 나타낸 것은 소설·희곡·가요 등의 통속문학 분야였다. 그가 지은 희곡을 당시의 유명한 극작가이던 탕현조湯顯祖, 1550~1616에게 보내고 조언을 부탁한 일이나, 당시 강남에서 연극 담론을 주도하던 또 다른 극작가 심경沈璟, 1553~1610의 무대 연출 스타일을 비판한 일, 또 자신이 운영하는 서방書坊을 통하여 『서상기西廂記』·『남음삼뢰南音三籟』 등, 당시 독서시장에서 인기를 끌던 희곡·가요집들을 펴낸 일 등은 능몽초가 통속문학의 소개와 창작에 얼마나 지대한 관심을 가지고 있었는지 잘 보여 준다.

동시대의 정치가이자 학자이던 사조제謝肇淛, 1567~1624는 능몽초의 출판관과 관련하여 이런 평가를 내렸다.

오흥의 능씨가 간행한 책들은 책을 만들어 이익을 노리는 데에 급급한 데다

---

1   이 부분은 2023년에 선보인 학고방판 『박안경기』(전 6권)의 것을 주로 활용하였다.
2   능몽초의 각종 저술 일람표는 2023년에 학고방 출판사에서 펴낸 『박안경기』 제6권의 425~426쪽의 것을 참조하기 바란다.

가, 사람을 부리는 데에도 인색하여, 그 사이에서 엮고 다듬느라 오자가 빈번하게 나오니 이 얼마나 해괴한 일인지 모른다. 그러면서도『수호전』·『서상기』·『비파기』니『묵보』·『묵원』이니 하는 책들은 거꾸로 온 정신을 집중하여 정성과 심혈을 기울임으로써 천의무봉의 태세로, 쓸데없이 희곡을 눈과 귀의 놀잇감으로 꾸미는 데에만 몰두하니, 이 또한 안타까울 따름이다.[3]

『오잡조五雜組』는 만력萬曆 병진년1616에 완성되었으니 여기에 언급된 것은 능몽초가 한창 출판활동에 전념하던 30대 시절의 상황인 셈이다. 정통문학을 중시하던 사제조로서는 능몽초가 소설·희곡·서화첩 같은 통속서들에만 지나친 정성과 투자를 집중하는 행태가 상당히 불만스러웠던 것으로 보인다. 그러나 우리는 사제조의 이 볼멘소리를 통하여 당시 독서시장의 동향에 촉각을 곤두세우고 있던 능몽초가 '경·사·자·집經史子集'의 정통문학보다는 소설·희곡 등 통속문학에 훨씬 더 깊은 애정을 가지고 있었음을 확인할 수 있는 셈이다.[4]

수향거사는『이각 박안경기』의 서문에서 능몽초의 통속문학 창작과 관련하여 이렇게 소개하였다.

---

3 『오잡조』권13「사부1(事部一)」: "吳興凌氏諸刻, 急於成書射利, 又慳於倩人編摩其間, 亥豕相望, 何怪其然. 至於水滸西廂琵琶及墨譜墨苑等書, 反覃精聚神, 窮極要眇, 以天巧人工, 徒爲傳奇, 耳目之玩, 亦可惜也."
4 문성재,「명말 희곡의 출판과 유통 - 강남지역의 독서시장을 중심으로」,『중국문학』제41집, 2004.5, 제156쪽. 물론, 능몽초가 이처럼 통속문학의 창작과 출판에 몰두한 것은 해당 분야에 대한 개인적인 관심이 결정적인 요인으로 작용했다고 본다. 그러나 여기에는 당시 독자들의 성격이나 독서시장의 추세에 민감한 출판가로서의 그의 판단력도 한몫했을 것이다.

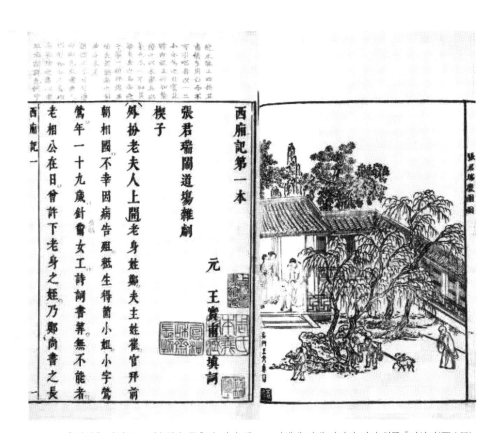

西廂記一　老相公在日曾許下老身之姪乃鄭尚書之長

扮老夫人上闓老身姓鄭夫主姓崔官拜前
朝相國不幸因病告殂生得箇小姐小字鶯
鶯年一十九歲針黹女工詩詞書筭無不能者

楔子

張君瑞鬧道場雜劇

西廂記第一本

元　王實甫　填詞

출판업을 가업으로 계승한 능몽초가 여러 색으로 인쇄해 펴낸 당시의 인기 희곡『서상기(西廂記)』

즉공관주인이라는 분은 그 사람 자체도 기이하거니와 그 글도 기이하며 그

역정 또한 기이하다. 뜻을 제대로 펼치지는 못 했으나 원대한 그 재능을 발휘

하는 기회를 만나매 남는 재능을 내어 전기를 짓고 거기서 몸을 더 낮추어 연

의를 지으니, 이 박안경기를 두 번에 걸쳐 간행하게 된 까닭이다.[5]

5　수향거사,「이각 박안경기 서」.

수향거사의 증언은 ①능몽초가 통속문학 저술과 출판에 종사하기 시작한 시점과, ②능몽초가 희곡과 소설을 창작한 순서에 관하여 우리에게 두 가지 사실을 시사해 준다. 수향거사의 증언에 따르면, 능몽초가 통속문학에 관심을 가지고 창작에 착수한 시점은 "과거에서 뜻을 제대로 펼치지 못한" 때부터이다. 능몽초가 과거시험에서 "뜻을 이루지 못한" "정묘년의 가을"은 그가 48세 되던 천계天啓 7년1627이었다. 이 해 가을에 응천부應天府, 지금의 남경에서 거행된 향시鄕試에 지원했다가 낙방했기 때문이다. 그러자 그는 통속문학의 창작에 본격적으로 뛰어들게 된다. "전기를 짓고 거기서 몸을 더 낮추어 연의를 지으니"라는 수향거사의 증언을 통하여 초기에는 희곡 창작에 종사하던 능몽초가 거기서 한 걸음 더 나가 창작 범위를 소설로까지 확장시켰음을 알 수 있다. 이때 몸을 낮추어 지은 소설이 바로 숭정崇禎 원년1628 10월에 소주蘇州의 상우당을 통하여 선보인 『박안경기』초각이다. 그렇게 우연히 선보인 『박안경기』의 대성공은 능몽초가 그 후속작을 준비하는 데에 결정적인 계기를 제공하였다.

억지로 지어낸 말과 투박한 이야기들이어서 장독을 덮기에도 부족한 내용임에도 불구하고 날개를 달고 날고 다리를 달고 달리는 것처럼 빠르게 유행하였다. 서상은 우연히 한번 시도해 본 것이 성공을 거두자 '또 내겠다'고 하는 것이었다. 그래서 내가 웃으면서 '한번으로도 충분하지 않소!' 하고 말은 하면서도 도중에 멈출 수는 없다고 여겨 일단 이번에도 마흔 편을 엮기로 한 것이다.[6]

---

6   즉공관주인(능몽초), 「이각 박안경기 소인」.

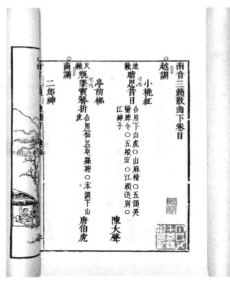

능몽초가 엮은 가곡집 『남음삼뢰(南音三籟)』의 본문과 삽화. 조판과 삽화에 상당한 공을 들인 것을 알 수 있다

능몽초가 「이각 박안경기 소인」에서 밝힌 『이각 박안경기』 출판 경위에 따르면, 직접적인 계기는 전작 『박안경기』의 성공에 고무된 상우당 운영자 안소운安少雲의 간곡한 요청이었다. 그러나 본인 역시 "도중에 멈출 수는 없다"며 한번으로는 부족하다고 여겨 후속작을 내는 데에 동의했다는 것이다.

그렇다면 『이각 박안경기』는 언제 정식으로 출판되었을까? 그 출판을 앞두고 수향거사와 능몽초가 각각 작성한 「이각 박안경기 서」와 『이각 박안경기 소인』을 보면 그 작성 시점이 "숭정 임신 겨울[崇禎壬申冬]"로 되어 있다. 능몽초가 살아 있을 때의 '임신년'은 명나라의 마지막 황제 주유검朱由檢, 1611~1644이 즉위한 뒤로 다섯 번째 해로, 서기 1632년에 해당

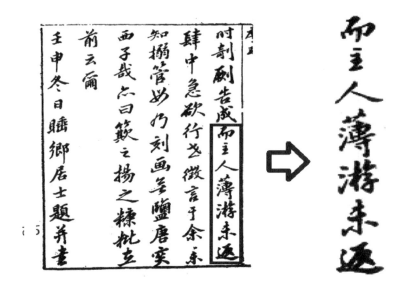

수향거사가 쓴 서문의 '박유미반' 대목. 이를 통하여 서문이 작성되던 시점에도 능몽초가 외지에 머물고 있었음을 알 수 있다

한다. 그 해의 "겨울"을 음력 11월부터 1월까지라고 본다면 양력으로는 1632년 연말보다는 그 이듬해인 1633년 연초일 가능성도 배제할 수 없다. 『이각 박안경기 소인』에는 능몽초가 그 글을 완성한 시점을 "임신년 겨울날[壬申冬日]"이라고 밝혔으나 수향거사의 서문과 날짜를 맞춘 것일 뿐 실제로는 해를 넘겼다고 보는 편이 합리적인 것이다.

『이각 박안경기』의 정식 출판이 해를 넘긴 숭정 6년1633에 이루어졌다는 사실은 수향거사의 증언을 통해서도 뒷받침 된다.

이제 책은 마침내 완성되었지만 (즉공관)주인이 벼슬을 지내느라 아직 돌아오지 않았다. 그러나 서사에서는 서둘러 책을 펴 내고자 하여 내게 서문을 청

탁하였다.[7]

수향거사의 증언을 정리하면, 『이각 박안경기』를 인쇄할 목판은 모두 준비되었으나 그 직전에 작자인 능몽초가 공교롭게도 작은 벼슬을 지내느라 객지에 머물고 있었고 '신상품' 출시 일정을 앞당기려는 안소운의 재촉으로 자신이 서문을 대신 작성했다는 것이다. 원문에는 능몽초의 벼슬살이를 '박유薄游'로 표현했는데, 중국의 대표적인 검색 사이트 바이두百度의 온라인사전에 따르면, 그 의미는 "하찮은 녹봉을 위하여 객지에서 벼슬살이를 하는 것爲薄祿而宦游於外"이다. 실제로 능몽초 연보를 확인해 보면 능몽초는 숭정 6년 봄에 "강서포정사 반증굉의 남창 관아에 머물렀다"고 소개되어 있다. 그렇다면 원문의 '박유'는 능몽초가 포정사 관청이 있던 남창에서 반증굉의 고문으로 잠시 재직한 일을 가리키는 셈이다. 그리고 그의 귀환을 학수고대하고 있던 상우당 안소운의 독촉으로 허겁지겁 작성한 것이 우리가 이 책 서두에서 읽은 그 짧은 「이각 박안경기 소인」이다. 『이각 박안경기』가 정식으로 출판된 것은 숭정 6년이었다고 보는 편이 합리적이라고 보는 이유이다.

2. 이각 박안경기의 체제

현존하는 『이각 박안경기』 판본들 중에서 가장 일찍 간행된 것은 숭

---

7   수향거사, 「이각 박안경기 서」.

정 5년1632에 소주의 상우당에서 간행한 판본이하 '상우당본'이다. 이 판본의 경우, 중국에는 현재 국가도서관國家圖書館에 소장된 것이 유일하다. 그러나 전체 내용에서 제13권~제30권까지의 분량이 사라진 채 절반 정도만 남아 있을 뿐이다. 그 뒤로 1941년에 일본의 닛코日光를 방문한 중국의 서지학자 왕고로王古魯, 1901~1958가 도쿄[東京]의 내각문고內閣文庫에서 또 다른 판본이하 '내각문고본'을 새로 발견하였다.

이 판본의 경우, 맨 앞에 수향거사의 「이각 박안경기 서」와 능몽초 본인의 「이각 박안경기 소인」이 차례로 배치되어 있다. 이어서 목차와 삽화가 배치되고 그 뒤에는 40편의 작품 본문이 온전하게 엮여져 있다.

1) 목차

전작 『박안경기』와 마찬가지로, 수록된 작품 총 40편의 작품의 제목이 순서대로 소개되어 있다. 각 권의 제목은 장르가 다른 제40권을 제외한 나머지 39편이 모두 전형적인 명대 장회소설章回小說의 양식에 따라 앞뒤 두 구절의 대구對句로 구성되어 있다. 또, 각 구절의 글자 수는 7자구를 쓴 것이 총 18건, 8자구를 쓴 것이 총 18건으로 가장 많다. 반면에 6자구를 쓴 것은 제4권·제6권·제33권·제40권의 4건이 불과하며 그 중에서도 제40권은 제목이 대구가 아닌 단일한 구절로 붙여져 있어서 이채異彩를 띤다.

2) 삽화

명대에 간행된 소설이나 희곡은 일반적으로 앞머리에 1~2장의 삽화를 배치하는 것이 관례였다. 『이각 박안경기』에도 제1권부터 제39권까지 총 78장의 삽화가 한꺼번에 배치되어 있다. 다만, 장르가 다른 잡극 희곡인 제40권 『송공명이 원소절에 소란을 일으키다[宋公明鬧元宵雜劇]』의 경우에는 삽화가 누락되어 있다. 능몽초 당시에는 희곡이나 소설에 일반적으로 삽화를 넣는 것이 관례였다는 점을 감안할 때, 제40권에 삽화가 누락되어 있다는 것은 이 부분이 나중에 뒤늦게 추가되었을 가능성을 시사해 준다. 만약 이 부분이 능몽초가 『이각 박안경기』를 선보이던 숭정 6년 당시의 원본이 맞다면 상식적으로 제40권에도 똑같이 삽화가 들어가 있어야 정상이기 때문이다.

3) 본문

제40권을 제외하면, 제1권부터 제39권까지는 권마다 우선 맨 오른쪽에 세로로 제목이 두 줄로 배열되고, 거기서 몇 칸을 띄운 다음부터 본문이 오른쪽에서 왼쪽으로 배열되어 있다. 본문은 쪽마다 10행씩, 행마다 대체로 200자씩 들어가 있다.

목판의 중심 하단에는 '상우당[尙友堂]' 세 글자가 표시되어 있으며, 일부 작품에는 해당 작품의 목판을 제작한 판각공[版刻工]의 이름이 표기되어 있다. 내각문고본의 경우, 제1권 상단에 '유음이 그리다[劉釜摹]'라는 문구가 들어가 있는데, 그 의미를 따져 볼 때 삽화를 그린 화공[畵工]의 이름으로

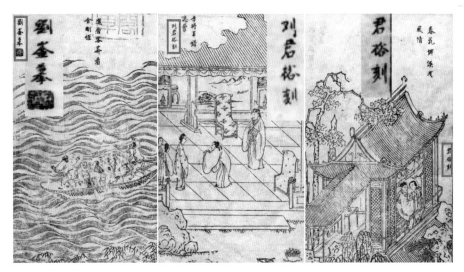

『이각 박안경기』 삽화에 표시된 판각공의 서명들. 왼쪽부터 '유음 모(劉金摹)', '유군유 각(劉君裕刻)', '군유 각(君裕刻)' 등의 글자들이 보인다.

추정된다. 이 밖에도 제6권 상단에 '유군유가 새기다[劉君裕刻]', 제18권 하단에 '군유가 새기다[君裕刻]'라는 문구가 표시되어 있는 것이 확인된다. 문구의 의미를 따져 볼 때, '유군유[劉君裕]'는 해당 작품의 목판을 제작한 판각공의 이름인 것으로 보인다. 화공 유음과 한 집안 사람으로 추정되는 그의 이름은 다른 도서에서도 확인할 수 있다. 역시 내각문고에 소장된 명대의 『이탁오선생비평 서유기[李卓吾先生批評西遊記]』 제100회의 삽화 오행산하정심원일정도[五行山下定心猿一精圖]에 그려진 바위 옆에 표시된 '군유유씨가 새기다[君裕劉刻]'라는 문구가 그 예이다. 이를 통하여 유군유라는 인물이 명대 말기에 다양한 책의 삽화를 판각하면서 맹활약한 유명한 판각공이었으며, 당시에 출판용 목판의 판각 및 삽화 제작이 일종의 가업으로 전승되면서 직업화·전문화되었음을 짐작할 수 있다.

3. 평점 작자의 독특한 서사장치

각 권의 본문에는 중요한 대목마다 군데군데 작자의 입장을 피력하는 평점評點이 안배되어 있다. 일반적으로 '평評'이란 작품의 특정한 대목에 다는 작자의 소감이나 논평을 가리키는데, 그 위치에 따라 각 쪽의 꼭지에 다는 미비眉批, 본문 행간에 다는 방비旁批. 또는 본문 옆에 단다고 해서 '측비(側批)' 등이 있었다. 또, '권점圈點'은 마침표처럼 구문이 끝나는 곳을 표시하거나, 독자들에게 환기시키고자 하는 대목이나 구절을 부각시키는 역할을 하는 것으로, '。、•' 등으로 표시되었다. 이 독특한 서사장치는 원래 '설화' 시대에는 공연장에서 이야기를 들려주는 이야기꾼이 일종의 내포작가로 작품 속에 개입하면서 독자적인 목소리를 내는 데에 주로 사용되었다. 그것이 『이각 박안경기』에서는 작자인 능몽초가 그 이야기꾼의 역할을 대신하면서 독자들에게 자신이 강조하는 주제나 메시지를 전달하는 소통의 장치로 활용되었다.

명대 독서시장에서 평점은 희곡이나 소설의 주요 대목에서 이따금 요식적으로 간단하게 사용하는 것이 보통이었다. 그러던 것을 능몽초는 『이각 박안경기』에서 무려 979개의 각종 평점을 사용하였다. 그에게 있어 평점은 작품마다 자신이 강조하고자 하는 내용이나 전달하려 하는 메시지를 독자들이 쉽게 파악할 수 있도록 유도하는 장치였다. 이야기꾼이 공연장의 관중들을 염두에 둔 서사장치라면, 평점은 서재에서 책으로 이야기를 읽는 독자들을 배려한 소통장치였던 셈이다. 대단히 상세하면서도 때로는 치밀하게 안배된 이 평점들은 일종의 내포작가로 작품 속에

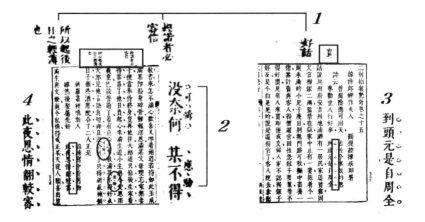

『이각 경기』의 평점 예시. 능몽초가 사용한 미비(1)와 방비(2), 권(3)과 점(4) 등 다양한 방식으로 자신의 의견을 개진하면서 독자와 소통하려 한 것을 볼 수 있다

직접 개입하면서 메시지를 전달하고 나아가 최종적인 목적'敎化'을 달성하고자 하는 작자能夢初의 의지를 느낄 수 있게 한다. 그래서 일본 학자 카사미笠見는 평점이 고도로 활성화되어 작품 전체가 하나의 장편 논설과도 같은 성격을 보여 주는 것이 『박안경기』 서사의 가장 큰 특징"이라고 평가하기도 하였다.[8]

4. 내각문고본의 의문점

지금까지 살펴보았듯이, 현재 존재하는 『이각 박안경기』의 판본들 중

---

8 카사미 야요이(笠見弥生), 「『초·이각 박안경기』의 언어에 관하여 (『初·二刻拍案驚奇』の語りについて)」, 『동경대학 중국어중국문학연구실기요(東京大學中國語中國文學硏究室紀要)』, 제18호, 28쪽, 2015.

에 가장 온전하게 전해지는 것이 일본의 내각문고본임은 분명하다. 다만, 이 판본이 능몽초가 숭정 6년에 당시 독자들에게 선보인 바로 그 최초의 판본인지에 관해서는 몇 가지 의문이 제기되고 있다.

1) 상이한 표지

내각문고본이 숭정 6년의 원본이 아닐 가능성은 인쇄에 사용된 목판을 통해서도 제기된다. 대표적인 사례가 제5권 「양민공이 원소절에 아들을 잃고, 열셋째가 다섯 살에 황제를 알현하다」와 제9권 「경박한 신랑이 갑자기 신부와 이별하고, 고용된 시녀가 옥 두꺼비를 알아 보다」이다. 이 두 작품의 경우, 목판 가운데에 한결같이 "이속 경기二續驚奇"라는 문구가 표시되어 있다. 문제는 이 두 이야기를 제외한 나머지 36편의 작품에는 해당 위치에 모두 "이각 경기二刻驚奇"라는 문구가 표시되어 있다는 데에 있다. "2각 경기"를 '박안경기의 속편'이라는 뜻에서 "속 경기續驚奇"라고 이해할 경우, "이속 경기"는 '속 경기의 속편'이라는 뜻으로 이해해야 하는 셈이다. '이각 경기'와 '이속 경기'가 서로 다른 판본일 가능성을 배제할 수 없다는 뜻이다.

2) 중복된 작품

능몽초는 「이각 박안경기 소인」에서 "일단 이번에도 마흔 편을 엮기로 한 것이다聊復綴爲四十則"이라고 밝힌 바 있다. 상식적으로 해석한다면 이 "마흔 편"은 모두 전작 『박안경기』를 엮고 남은 "백량대를 짓고 남은 목

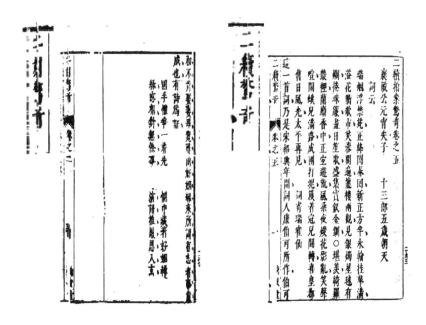

'이각 경기(二刻驚奇)'와 '이속 경기(二續驚奇)' 표시 사진. 동일한 판본에서 제목이 서로 다르게 표시되어 있는 것을 확인할 수 있다

재와 무창의 남은 대나무"를 새로 엮은 것이다. 전작에 수록된 작품들과는 '구분되는 별도의' 의화본 소설들이라는 뜻이다. 내각문고본은 문구에서 부분적으로 편차를 보이기는 하지만, 23번째 이야기인 제23권 「언니가 넋이 떠돌다 오랜 소원을 이루고 처제가 병상서 일어나 전날의 인연을 잇다」가, 그보다 4년 전에 간행된 『박안경기』^{초각}의 제23권과 동일한 작품이다. 상식적으로 엄정한 창작관을 고수한 능몽초가 전작에서 이미 소개한 작품을 5년 뒤에 다시 끼워 넣었을 리는 없는 것이다.

3) 장르가 다른 작품

마지막 이야기인 제40권 「송공명이 원소절에 소란을 일으키다」가 장르의 성격상 소설novel이 아닌 희곡drama인 점도 납득하기 어렵다. 수향거사의 서문에서 보듯이, 희곡과 소설은 능몽초 당시에 각각 '연의演義'와 '전기傳奇'로 그 명칭이 분명히 구분되어 있었다. 그런데 장르가 다른 '전기'를 '연기'로 둔갑시켜 『이각 박안경기』에 '신작'으로 수록한다는 것은 논리적이지 않다는 뜻이다. 또, 『이각 박안경기』 목차 맨 뒤의 제40권 부분을 살펴보면 제목인 "송공명요원소 잡극宋公明鬧元宵襍劇" 바로 아래에 작은 글씨로 '부附'자가 들어가 있는 것을 확인할 수 있다. 여기서의 '부'는 정식 수록되는 본문과는 별도로 추가한 부록附錄임을 뜻한다. 이 글자의 존재만으로도 이 희곡이 능몽초가 『이각 박안경기』를 출판할 때 처음부터 "40편[四十則]"의 하나로 기획되고 수록된 작품이 아니라 제40권 자리에 나중에 누군가에 의하여 부록으로 끼워 넣어진 것임을 알 수 있는 것이다.

당시 복단대覆旦大 교수였던 중국문학 사학자 장배항章培恒은 이같은 의문점들에 문제를 제기하면서 다음과 같은 결론을 내렸다.

내각문고에 소장된 『이각 박안경기』가 세상에서 유일한 판본이기는 하지만 상우당에서 처음 발간한 판본은 아니다. 원래 수록되었던 제23권과 제40권은 이미 망실되었고, 그래서 『박안경기』의 제23권과 「송공명이 원소절에

소란을 일으키다」 잡극 희곡을 각각 끼워 넣음으로써 40권을 채운 것이기 때문이다.[9]

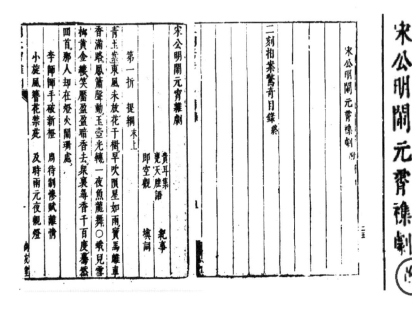

장르가 다른 제40권 희곡의 첫머리(좌)와 목차(우)의 '부(附. 동그라미 표시)'

5. 이각 박안경기의 소재들

중국 학계에서는 『이각 박안경기』를 "중국소설사에서 작자가 독자적으로 창작한 최초의 화본소설집"이라고 높이 평가하고 있다.[10] 그러나

9   장배항(章培恒), 「영인본『이각 박안경기』서」, 『이각 박안경기』, 제3쪽, 상해고적, 1985.
     "內閣文庫所藏『二刻拍案驚奇』雖爲天下孤本, 而非尙友堂原刊足本; 原刊的第二十三卷
     與四十卷業已亡佚, 故將『拍案驚奇』的第二十三卷與『宋公明鬧元宵雜劇』分別補入, 以湊
     足四十卷之數."
10   석창유, 「『박안경기』전언」, 『박안경기』(초각), 강소고적, 제1쪽, 1990.

능몽초가 이 소설집의 줄거리와 인물들을 모두 혼자서 창조해낸 것은 아니다. 엄밀하게 말하면 『이각 박안경기』는 『이견지夷堅志』·『전등신화剪燈新話』·『제동야어齊東野語』·『정사情史』·『지낭智囊』 등, 송대와 명대에 서면체 중국어'문언'로 지어진 단편 소설이나 희곡에서 발굴한 소재를 재구성하고 당시의 독자들이 이해할 수 있도록 구어체 중국어'백화'로 쉽게 부연하고 자신의 주장을 삽입하는 방식으로 재창작한 결과물이기 때문이다. 실제로 『이각 박안경기』에 수록된 작품들의 출처를 살펴보면, 홍매洪邁의 『이견지』에서 소재를 취한 것이 제2권·제7권·제8권·제11권 등 총 12편으로 가장 많다. 그 다음이 제6권·제24권 등, 구우瞿佑의 『전등신화』에서 소재를 취한 것이다. 이와 함께 제10권 등과 같이 『제동야어』에서 소재를 취한 것도 보인다. 그 중에는 제28권·제37권 등과 같이 풍몽룡의 『지낭보智囊補』나 채우蔡羽의 『요양해신전遼陽海神傳』 등, 능몽초와 비슷한 시기인 명대에 지어진 소설에서 소재를 취한 것들도 포함되어 있다. 이 밖에도 제3권·제9권 등처럼, 능몽초 당시에 민간에서 유행하던 연극 희곡을 소설로 각색하고 재창작한 사례도 더러 보인다.

능몽초가 『이각 박안경기』에 수록한 작품들의 출처를 소개하면 다음 표와 같다.

이각 박안경기				이야기 소재 출처		
순서	제목	시대	작자	제목	편명	영향
1	進香客莽看金剛經 出獄僧巧完法會分	명		古今圖書集成·神異典一	金剛持念	
2	小道人一著饒天下 女棋童兩局注終身	송	洪邁	夷堅志補 권19	蔡州小道人	
3	權學士權認遠鄕姑 白孀人白嫁親生女	명	葉憲祖	丹桂鈿盒雜劇		撮盒緣傳奇 鈿盒奇緣(傅靑眉)

이각 박안경기				이야기 소재 출처		
순서	제목	시대	작자	제목	편명	영향
4	青樓市探人蹤 紅花場假鬼鬧	명				紫金魚傳奇 今古奇觀(제36회), 十三郎五歲朝天
5	襄敏公元宵失子 十三郎五歲朝天	송	岳珂	桯史	眞珠族姬	
			洪邁	夷堅志補8		
6	李將軍錯認舅 劉氏女詭從夫	원	瞿佑	剪燈新話		領頭書
			葉憲祖	金翠寒衣記	翠翠傳	
			馮夢龍	情史	劉翠翠	
7	呂使者情媾宦家妻 吳太守義配儒門女	송	洪邁	夷堅志支戊 권9	董寒州孫女	買笑局金(傳青眉)
8	沈將仕三千買笑錢 王朝議一夜迷魂陣	송	洪邁	夷堅志補8	王朝議	
9	莽兒郎驚散新鴛燕 傯梅香認合玉蟾蜍	명	葉憲祖	素梅玉蟾雜劇		蟾蜍佳偶(傳青眉)
10	趙五虎合計挑家釁 莫大郎立地散神奸	송	周密	齊東埜語 권20	莫氏別室子	
11	滿少卿饑附飽颺 焦文姬生讎死報	송	洪邁	夷堅志補 권11	滿少卿	死生怨報(傳青眉)
			馮夢龍	情史	滿少卿	
12	硬勘案大儒爭閒氣 甘受刑俠女著芳名	송	洪邁	夷堅志支庚 권10	吳淑姬嚴蕊	
			周密	齊東埜語	嚴蕊	
			馮夢龍	情史	嚴蕊	
13	鹿胎庵客人作寺主 剡溪里舊鬼借新屍	송	洪邁	夷堅志補 권16	嵊縣山庵	
14	趙縣君喬送黃柑 吳宣教乾償白鏹	송	洪邁	夷堅志補8	李將仕	賣情扎囤(傳青眉)
					吳約知縣	今古奇觀 권38
			馮夢龍	情史	李將仕	彫縣君喬送黃柑子
15	韓侍郎婢作夫人 顧提控掾居郎署	명		不可綠		
			沈齡	三元記傳奇		
16	遲取券毛烈賴原錢 失還魂牙僧索剩命	송				
17	同窗友認假作眞 女秀才移花接木	명	洪邁	夷堅志堅甲 권19	毛烈陰獄	
18	甄監生浪吞秘藥 春花婢誤洩風情	명				
19	田舍翁時時經理 牧童兒夜夜尊榮	춘추				
20	賈廉訪贋行府牒 商功父陰攝江巡	송	洪邁	夷堅志補 권24	賈廉訪	
21	許蔡院感夢擒僧 王氏子因風獲盜	명				
22	癡公子狠使噪脾錢 賢丈人巧賺回頭婿	명	邵景詹	覓燈因話	姚公子	人鬼夫妻(傳青眉)

이각 박안경기				이야기 소재 출처		
순서	제목	시대	작자	제목	편명	영향
23	大姊魂遊完宿願 小姨病起續前緣	원	瞿佑	剪燈新話	金鳳釵記	원잡극 碧桃花와 유사
			沈璟	一種情傳奇		
			馮夢龍	情史	吳興娘	
24	庵內看惡鬼善神 井中譚前因後果	원	瞿佑	剪燈新話	三山福地志	
25	徐茶酒乘鬧劫新人 鄭蕊珠鳴冤完荷案	명	何喬遠	九朝野記		
26	懵教官愛女不受報 窮庠生助師得令終	명				
27	偽漢裔奪妾山中 假將軍還妹江上	명	王同軌	耳譚		撮盒緣傳奇
						智賺還珠(傅靑眉)
28	程朝奉單遇無頭婦 王通判雙雪不明冤	명	馮夢龍	智囊補		沒頭疑案(傅靑眉)
29	贈芝麻識破假形 擷草藥巧諧眞偶	명		靈狐三束草	大別狐	
			馮夢龍	情史		
30	瘞遺骸王玉英配夫 償聘金韓秀才贖子	명		鴛鴦被雜劇		
			王同軌	耳譚	王玉英	
			馮夢龍	情史		
31	行孝子到底不簡屍 殉節婦留待雙出柩	명	李詡	戒菴漫筆		
			王同軌	耳譚		
			馮夢龍	情史		
32	張福娘一心貞守 朱天錫萬里符名	송	洪邁	夷堅志補 권10	朱天錫	義妾存孤(傅靑眉)
33	楊抽馬甘請杖 富家郎浪受驚	송	洪邁	夷堅志丙 권5	楊抽馬	
34	任君用恣樂深閨 楊太尉戲宮館客	송	洪邁	夷堅志支乙 권5	楊戲館客	
35	錯調情賈母喦女 誤告狀孫郎得妻	?	馮夢龍	情史	吳松孫生	錯調合璧(傅靑眉)
36	王漁翁捨鏡崇三寶 白水僧盜物喪雙生	?	洪邁	夷堅志支戊 권9	嘉州江中鏡	
37	艶居奇程客得助 三救厄海神顯靈	명	蔡羽	遼陽海神傳	遼陽海神	
			馮夢龍	情史		
38	兩錯認莫大姐私奔 再成交楊二郎正本	명				
39	神偷寄興一枝梅 俠盜慣行三昧戲	명				失印救火
						盜銀壺
40	宋公明鬧元宵	송	施耐庵	水滸傳 제72회		
			張端義	貴耳集		
			童養天	甕天脞語		

6. 능몽초의 소설 창작 원칙 사실주의 고수

능몽초는 '이박'을 창작하는 과정에서 일관되게 고수한 원칙이 있었다. 그것은 바로 "교화에 죄인이 되지 않는다[不爲敎化罪人]"와 "뜻을 설득하고 경계하는 데에 둔다[意存勸戒]"는 것이다. 물론, 서둘러 작성된 『이각 박안경기 소인』에는 그것이 어떤 의미인지 구체적으로 언급되어 있지 않다. 그러나 그 전작 『박안경기』의 서문에는 그가 고수한 창작 원칙의 내용과 이유가 비교적 자세하게 언급되어 있다.

근래에는 태평성대가 오래 이어지다 보니, 백성들이 방탕해지고 그 뜻 또한 방종으로 치닫는 경향이 있습니다. 그래서 경박한 망나니들은 붓을 좀 놀릴 줄 알게 되기만 하면 지레 세상을 오도하고 잘못된 것들을 두루 가져다 쓰면서 황당무계한 것이 아니면 믿으려 들지 않는 바람에 그 내용이 하도 외설적이고 더러워서 차마 듣기조차 민망스럽기 일쑤이지요. 유가의 가르침에 죄를 짓고, 다음 생에 업보를 쌓기로는 이보다 더한 경우가 없을 것입니다. 더욱이 종이도 그런 책들 때문에 값이 올랐건만 그런 이야기들이 날개 없이도 퍼져나가고 다리 없이도 돌아다니곤 합니다[11]

서문에서 볼 수 있듯이, 능몽초는 유가에서 금기시하는 '괴·력·난·신[怪力亂神]'의 귀신 이야기와 지나친 음담패설을 다룬 책들이 당시의 독서

---

11 능몽초, 「박안경기 서」, 『박안경기』 제1권, 학고방 출판사, 2023. 아래의 인용문들 역시 『박안경기』 서문의 내용이다.

시장에 범람하면서 사람들의 도덕과 풍속을 부정적인 영향을 끼치는 데에 상당한 불만을 토로하고 있다. 유가적 교화를 무척 소중하게 여기는 정통 지식인인 그의 입장에서는 이 같은 사회병리 현상들을 일소하는 일이 정통 지식인에게 대단히 중요한 책무라고 여긴 듯하다. 그런 그에게 있어 교화의 죄인이 되지 않는 길은 소설을 통하여 어리석은 사람들을 계도하는 방법뿐이었다. 「박안경기 서」에서 밝힌 바에 따르면, 사실 능몽초가 『박안경기』를 짓게 된 가장 큰 이유도 당시 사람들의 땅에 떨어진 도덕관에 경종을 울리고, 나아가 잘못된 가치관을 바로잡자는 데에 있었다.

능몽초가 '이박'을 선보이면서 사실주의를 창작의 대전제로 표방한 것도 바로 이 때문이었다. 그는 "황당무계해서 믿을 수 없고[荒誕不足信]", "외설스러워 차마 들어 줄 수 없는[褻穢不忍聞]" 귀신 이야기나 음담패설이 횡행하는 현상을 비판하면서 "보고 듣는 범위 이내 및 일상에서 생활하는 영역[耳目之內, 日用起居]"에서 생생하고 익숙한 소재들을 토대로 소설을 창작할 것을 역설하였다. 그는 그 대안으로 기존의 퇴폐적인 창작 풍토와는 상반되는 접근방법, 즉 "보고 듣는 범위 이내 및 일상에서 생활하는 영역", 즉 일상생활을 토대로 한 소설 창작을 제안하였다. 이같은 사실주의적 접근방법은 「이각 박안경기 서」에서 수향거사가 당시의 소설가들에게 눈 앞에 펼쳐지는 '만물의 상태와 인간의 감정[物態人情]'에 주목하면서 사실주의[眞]의 예술적 경지를 지향할 것을 역설한 것과도 궤를 같이한다. 『박안경기』의 서문·범례와 상우당의 패기[牌記] 등에 "교화의 죄인이 되지 않겠다"는 몇 번이나 다짐이 등장하는 것은 소설의 사회적 교화에 대한 그의 각성과 의지가 얼마나 확고했는지 잘 보여 준다. 능몽초의 이 같은 창작 원칙은 실제로 『박안경기』에 이어 『이각 박안경기』에서도 일관되게 고수되었다.

그가 수집한 것들은 대부분 매우 사실적이고 근거가 있는 것들이다. 비록 더러 신이나 귀신의 이야기를 언급하기도 하지만 그래서 역사가인 사마천이 역사를 기술할 때와 마찬가지로 묘사가 사실적이다. … 이국적인 볼거리를 곁들이므로써 세속의 유생들이 가진 편견을 깨는 것도 나쁠 것은 없을 것이며, 요염한 미인이나 풍류 넘치는 밀회 따위를 다룬 이야기들의 경우도 소설집에 수록해야 할 것들이다. 다만, 세상의 풍속을 더럽히는 이야기들의 경우만큼은 모조리 배제시키려 노력하였다. 즉공관주인의 말을 빌리자면 참으로 '세상에서 내 이야기를 구할 수 있는 이들이 충신이나 효자가 되는 데에 어려움이 없게 해 줄 것이고 그렇게 되지 못하는 자들이라도 음행을 일삼지는 않게 될 것'이라는 격이다.[12]

능몽초가 '이박'에서 평범한 일상의 사회와 인물에서 소설적 재미를 찾으려고 노력한 것은 바로 '평범함도 기이함으로 승화될 수 있다[平淡爲奇]'거나 '기이함이 없는 것을 기이함으로 여긴다[無奇之所以爲奇]'라는 확고한 신념이 있었기 때문이었다.

그렇다고 해서 능몽초가 소설의 허구적인 요소들을 완전히 부정한 것

---

12 수향거사, 「이각 박안경기 서」.

은 아니다. 능몽초는 자신의 사실주의 창작 원칙을 관철하기 위하여 "사건의 진실과 허구, 이름의 사실과 거짓이 각각 반씩 섞이게 할 것[共事之真 與飾, 名之實與贋, 各參半]"을 제안하였다. 이는 사실주의에 입각하여 소설을 창작하되 필요에 따라서는 소설의 교화효과를 배가시키기 위하여 허구적인 요소를 양념처럼 적절하게 활용하는 융통성을 허용한 셈이다. 간혹 "작품들 속에서 귀신을 언급하고 꿈을 거론한 것들도 있지만 … 그 취지 역시 독자들을 설득하고 경계로 삼게 하는" 장치로서 운용한 것이라는 수향거사의 증언은 바로 이같은 배경 속에서 나온 것일 것이다. 실제로 그는 『이각 박안경기』에서 대부분 실제로 발생한 사건과 인물을 다룬 이야기들을 소개하면서 중간중간에 이국적인 볼거리나 풍류가 넘치는 남녀간의 사랑 이야기나 귀신 이야기들을 적절하게 활용하는 것을 주저하지 않았다. 그가 『이각 박안경기』에서 당시 사람들이 일상에서 볼 수 있는 각계각층의 다양한 인물들을 주인공으로 내세워 역시 일상에서 접할 수 있는 사건들을 위주로 스토리텔링을 이끌어간 것은 아무래도 "다룬 일들은 사람들의 정서나 일상과 가까운 것들이 많은 반면, 귀신·괴물 같은 허황된 것들은 그다지 다루지 않은 것이다[事類多近人情日用, 不甚及鬼怪虛誕]"라는 『박안경기』 시절부터의 초심을 고수한 결과로 해석된다.

7. 『이각 박안경기』의 해적판들

능몽초의 『이각 박안경기』는 숭정 6년에 출판된 이래로 독서시장에서 상당한 인기를 얻었던 것으로 보인다. 『이각 박안경기』가 출판되고 나서

'즉공관주인' 또는 '박안경기'라는 이름을 차용한 해적판이 잇따라 등장했기 때문이다. 대표적인 해적판이 바로 『별본 이각 박안경기別本二刻拍案驚奇』이다.

'또 다른 판본의 『이각 박안경기』'라는 뜻으로 해석되는 "별본 이각 박안경기"는 정식 제목이 『박안경기 2집拍案驚奇二集』이다. 현재 프랑스 파리 국가도서관에만 소장되어 있는 세계 유일본으로, 표지의 오른쪽 위에는 능몽초가 직접 엮었다는 뜻의 "즉공관주인 편차卽空館主人編次"가, 왼쪽 아래에는 상우당의 목판을 사용했다는 뜻의 "본아 장판本衙藏板"이라는 문구가 들어가 있으며, 서두에는 『이각 박안경기』의 것과 똑같이 숭정 6년에 작성된 「이각 박안경기 소인」이 배치되어 있다. 중국의 서지학자 유수업劉修業, 1910~1993의 분석에 따르면, 이 판본의 목판은 제1권~제10권까지는 한 쪽의 절반[半葉]이 10행, 각 행이 20자씩으로, 내각문고본 『이각 박안경기』와 같은 것이지만 제11권 뒤로는 한 쪽의 절반이 9행에, 각 행이 21자씩으로 구성되어 있다. 지금까지 서지학자들이 연구한 바에 따르면, 이 판본은 『이각 박안경기』에 다른 소설집에 사용된 목판을 끼워넣은 것이라는 것이다. 실제로 그 다른 목판들의 체제는 북경대학교에 소장된 제3의 의화본 소설집인 『환영幻影』의 체재와 정확히 일치한다. 말하자면 "별본 이각 박안경기"는 능몽초가 직접 집필한 세 번째 소설집이 아니라 서상안소운?이 기존에 출판되어 인기를 끌고 있던 『이각 박안경기』에 『환영』에 수록되었던 작품들을 섞어 인쇄한 뒤에 능몽초가 새로 엮은 소설집인 것처럼 둔갑시킨 해적판이라는 뜻이다. 제목은 다른데 책

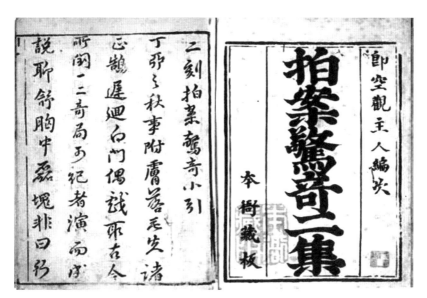

프랑스 파리 국가도서관에 소장된 『박안경기 2집』의 표지(우)와 『이각 박안경기 소인』(좌). 책 제목이 다른데 소개 글 내용은 그대로이다. 능몽초가 아닌 제3자가 만든 해적판이라는 뜻이다

을 소개하는 글의 제목은 그대로 「이각 박안경기 소인」인 것이 그 증거이다. 그 뒤에 지어진 『환영』 작품들을 끼워 넣어 34권 총 34편으로 엮어져 있다. 게다가 「이각 박안경기 소인」의 "마침내 그 이야기들을 베끼고 모아 책으로 엮은 것이 마흔 편이나 되었다[遂爲鈔撮成篇, 得四十種]" 대목의 '40四十' 부분은 교묘하게 깎아내고 '34卅四'로 바꾸어 놓았다. 제목 역시 부분적으로 편차를 보인다. 제1권~제10권까지는 『이각 박안경기』와 동일하나 『이각 박안경기』 제15권의 「한시랑비작부인, 고제공연거낭서(韓侍郎婢作夫人, 顧提控掾 居郎署)」가 여기서는 「강애낭신호주부인, 고제공연거낭서(江愛娘神護做夫人, 顧提控掾 居郎署)」 제2권으로 앞부분이 바뀌어져 있는 것이 그 예이다.

『환영』은 명나라 숭정 16년1643에 처음으로 간행되었다. 따라서 이 둘이 합쳐진 "별본 이각 박안경기"의 존재는 그 출판 시점이 그보다 나중, 즉 서기 1643년 이후임을 시사해 준다. 중국 근현대의 서지학자인 정진탁鄭振鐸, 1898~1958 · 유수업의 연구에 따르면, 그 수록 작품들을『이각 박안경기』·『환영』과 비교하면 다음 표와 같다.

권수	환영 제목	출처	제목 비고
권01	滿少卿饑附飽颺 焦文姬生讎死報	이각 권11	
권02	江愛娘神護做夫人 顧提轄聖恩超主政	이각 권15	韓侍郎婢作夫人 顧提控掾居郎署
권03	美男人拾箭得婚 女秀才移花接木	이각 권17	同窓友認假作眞 女秀才移花接木
권04	甄監生浪吞秘藥 春花婢謾洩風情	이각 권18	
권05	遲取券毛烈賴原錢 失還魂牙僧索剩命	이각 권16	
권06	李將軍錯認舅 劉氏女詭從夫	이각 권6	
권07	呂使者情媾宦家妻 吳太守義配儒門女	이각 권7	
권08	沈將仕三千買笑錢 王朝議一夜迷魂陣	이각 권8	
권09	莽兒郎驚散新鴛燕 偒梅香認合玉蟾蜍	이각 권9	
권10	趙五虎合計挑家釁 莫大郎立地散妖奸	이각 권10	
권11	不苟存心終不苟 淫奔受辱悔淫奔	환영 제3회	情詞無可逗 羞殺抱琵琶
권12	李侍講無心還寶物 王指揮有意救恩人	출처 불명	
권13	恤孤仗義反遭殃 好色行凶終有寶	환영 제1회	看得倫理眞 寫出奸徒幻
권14	延名師誤子喪妻 設奸謀敗名殞命	환영 제27회	爲傳花月道 貫講是使書
권15	昵淫朋痴兒蕩産 仗義僕敗子回頭	환영 제8회	義僕還自守 浪子寧不回
권16	耽風情店婦宣淫 全孝義孤兒完節	환영 제6회	衆心還獨抱 惡計枉教施
권17	貪淫婦圖歡偏受死 烈俠士就戮反超生	환영 제9회	淫婦情可誅 俠士心當宥
권18	老衲識書生于未遇 忠臣保危主而令終	출처 불명	
권19	富差貧夫婦拆散 尋親行孝父子團圓	출처 불명	
권20	死殉夫一時義重 生盡節千古名香	환영 제7회	生報華募恩 死謝徐海義
권21	奸淫漢殺李移桃 神明官追尸斷鬼	환영 제13회? (본문 없음)	匿計估紅顔 發棺蘇呆婿
권22	任金剛假官劫庫銀 張銅梁僞鑣誅大盜	환영 제15회?	動庫饑雖巧 擒兇智倍神
권23	認惡友謀財害命 舍正身斷獄懲凶	환영 제16회	見白鑣失義 因雀引明冤
권24	無福官叛而尋死 有才將巧以成功	출처 불명	
권25	狠毒郎圖財失妻 老實頭惡天得婦	환영 제25회	緣投波浪裏 恩向小窓親

권수	환영 제목	출처	제목 비고
권26	忠臣死義鐵錚錚錚 貞女全名香撲撲	환영 제5회	烈士殉君難 書生得女貞
권27	報父仇六載伸寃 全父尸九泉含笑	환영제 2회	千金苦不易 一死樂伸寃
		이각 권31회?	行孝子到底不簡屍 殉節婦留待雙出柩
권28	痴人望貴空遭騙 賊禿貪財却受誅	환영 제28회	修齊邀紫綬 說法騙紅裙
권29	財色兼貪何分僧俗 寃仇互報那怕官人	환영 제29회	淫貪皆有報 僧俗總難逃
권30	飮盡毒禍起蕭牆 刺哲謀珠還合浦	출처 불명	
권31	積陰功陡遷極品 棄糟糠暴死窮途	출처 불명	
권32	騙來物牽連成禍種 遇故主始終是功臣	출처 불명	
권33	逞奸計以婦賣姑 盡孝道將妻換母	환영 제4회	設計去姑易 賣舟送婦難
권34	孝女割肝救祖母 眞尼避地絶塵緣	출처 불명	

『이각 박안경기』의 명성을 차용한 또다른 해적판으로는『삼각 박안경기三刻拍案驚奇』가 있다. 이 판본은 두 가지 판본이 있다. 먼저, ① 현재 북경도서관에 소장된 판본은 속지에 또다른 의화본소설집으로 포옹노인抱甕老人이 엮은 『금고기관今古奇觀』의 제목에서 착안한 것으로 보이는 "형세기관形世奇觀"이라는 문구가 가로로 붙어 있으며, 제1회부터 제7회까지만 남아 있다. 또, ② 북경대학교 도서관에 소장된 판본은 총 30회가 전해지는데 명대 말기 판본과 역시 같은 시기의 것으로 추정되는 필사본이 남아 있다. 현존하는『이각 박안경기』의 판본들을 표로 소개하면 대체로 다음과 같다.

이 판본은 원래 제목이 『환영』이며, 저자는 "몽각도인 · 서호낭자 합집夢覺道人西湖浪子 合輯"으로 기재되어 있는 것을 보면 원래는 몽각도인과 서호낭자가 함께 엮은 소설집『환영』에 '표지 갈이'를 하여 마치 그것이 즉공관주인의 세 번째 소설집인 것처럼 둔갑시킨 것으로 보인다.『환영』에『형

소장자	제목	분량
마렴(馬廉)	삼각 박안경기	20여 회
북경도서관(정진탁 소장본)	형세기관	환영의 제1~7회
북경시 문물 부서	형세기관?	환영 총 21회
프랑스 파리 국가도서관	별본 이각 박안경기	제11~34회 총 24권이 이각과 다름 총 15회가 환영과 동일하나 나머지 9회는 환영과 다름
일본 좌백(佐伯)문고		

세기관』, 나아가 『삼각 박안경기』라고 제목을 붙였다는 것은 누가 보더라도 능몽초가 지은 『박안경기』와 『이각 박안경기』의 명성과 인기를 빌려 독자들을 끌어들이려고 한 것임을 짐작할 수가 있다. 『형세기관』이라는 또다른 제목이 『금고기관』의 명성을 차용하려 한 것과 같은 맥락이다.

이처럼 해적판이 줄줄이 만들어질 정도로 인기를 끌던 능몽초의 『이각 박안경기』와 『박안경기』는 명나라가 망하고 청나라로 왕조가 교체되는 난세를 거치면서 그 인기가 급격히 사그라들더니 청나라에서는 아예 '금서'라는 낙인까지 찍히면서 독서시장에서 완전히 자취를 감추었던 것으로 보인다.

1세 만력 8년 5월 7일[1580년 6월 18일]

절강[浙工] 호주부[湖州府] 오정현[烏程縣] 동성사포[東晟舍鋪][1]에서 부친 능적지[凌迪知]와 생모 장씨[蔣氏] 사이에서 태어남.

조부 능약언[凌約言]은 가정[嘉靖] 경자년[庚子年] 거인[擧人] 출신으로 벼슬이 남경[南京]의 형부[刑部] 원외랑[員外郎]에 이르렀고, 가정 병진년[丙辰年] 진사[進士] 출신인 부친은 당시 52세, 생모는 21세였다.

2세 만력 9년[1581년]

아우 능준초[凌浚初]가 태어남.

12세 만력 19년[1591년]

관학[官學]에 입학함.

18세 만력 25년[1597년]

늠선생[廩膳生]으로 편입됨.

21세 만력 28년 12월 5일[1600년]

부친 능적지가 72세로 사망함. 그 고을의 진사 주국정[朱國禎]이 조문을 옴.

---

1 동성사포(東晟舍浦) : 지금의 중국 절강성 호주시 직리진(織里鎭)에 해당한다.

23세 만력 30년^{1602년}

딸을 항주^{杭州}에 머물던 가흥^{嘉興} 출신 문인 풍몽정^{馮夢禎}의 손자 풍연생^{馮延生}에게 출가시킴.

11월 8일, 풍몽정이 혼인 예물을 지참하고 방문하자 외숙인 오몽양^{吳夢暘}과 함께 극단인 여삼반^{呂三班}을 불러 『향낭기^{香囊記}』를 무대에 올리고 한밤중까지 접대함.

24세 만력 31년¹⁶⁰³

정월 25일, 사돈 풍몽정이 덕청^{德淸}의 산소에서 차례를 지낸다는 소식을 듣고 호주에서 지인인 송종헌^{宋宗獻}·장염군^{張髯君}과 함께 현지로 가서 술을 마시며 이경^{二更}까지 담소를 나눔. 26일, 일행은 호주의 청산^{靑山}으로 자리를 옮겨 나들이를 하고 수암상인^{守庵上人}을 만남.

2월, 풍몽정·복원상인^{復元上人}·송종헌과 함께 소주^{蘇州} 나들이를 하면서 배에서 시를 짓고 글을 논함. 이 자리에서 풍몽정은 능몽초가 입수한 원대에 출판된 『경덕전등록^{景德傳燈錄}』의 발문^{跋文}을 쓰는 동시에 『동파선희집^{東坡禪喜集}』과 『산곡선희집^{山谷禪喜集}』에 평점^{評點}을 붙여 줌.

8월 5일, 항주의 풍몽정을 방문하러 갔다가 그 자리에 있던 복원상인과 상봉함.

이 해에 왕서등^{王穉登}이 호주에 나들이를 왔다가 능몽초와 그 형 함초^{涵初}, 아우 준초의 융숭한 대접을 받고 병중에도 그 길로 능 씨네 차적원^{且適園}을 방문함. 얼마 후, 형 함초가 45세의 나이로 사망함.

26세   만력 33년^{1605년}

6월, 아내 심씨^{沈氏}가 장자 침^琛을 낳음.

9월 6일, 생모 장씨가 남경에서 사망함.

10월, 생모의 관을 고향으로 운구하고 풍몽정이 부고를 듣고 와서 조문함.

27세   만력 34년^{1606년}

국자감^{國子監} 제주^{祭酒} 유왈영^{劉曰寧}에게 글을 올림. 유왈영이 그 글을 병부^{兵部} 우시랑^{右侍郎}이던 경정력^{耿定力}에게 보이자 자신의 형인 경정향^{耿定向}의 진사 동기인 능적지의 아들이며, 경정향이 평소 능몽초의 글재주를 칭찬했다고 밝힘.

이 해에 선친의 지인인 남경 국자감 사업^{司業} 주국정^{朱國禎}과 인연을 맺음. 외숙부인 오윤조^{吳允兆}가 남경 처소를 방문하자 정담을 나누고 도서들을 감상한 후 자신이 지은 희곡의 서문을 써 줄 것을 부탁함.

같은 해에, 첫 번째 학술저서인 『후한서찬^{後漢書纂}』을 남경에서 출판하는 한편 선친의 지인인 왕서등에게 서문을 써 줄 것을 부탁함. 이 해부터 남경에 장기 체류함.

29세   만력 36년^{1608년}

자신의 희곡 5편을 당시 극작가로 명성을 날리던 탕현조^{湯顯祖}에게 보냄. 탕현조는 답장에서 그의 희곡에 대해 극찬함.

30세 만력 37년^{1609년}

3월~7월, 내방한 원중도袁中道를 남경 진주교珍珠橋 처소에서 접대함. (…)

가을~겨울에, 주무하朱無瑕·종성鍾惺·임고도林古度·한상계韓上桂·반지항潘之恒 등과 진회하秦淮河에서 모임을 가지고 시를 지음.

37세 만력 44년^{1616년}

12월, 첩 탁씨卓氏가 차남 보葆를 낳음.

40세 만력 47년^{1619년}

탁씨가 삼남 초楚를 낳음.

42세 천계天啓 원년^{1621년}

다색인쇄기법[套版]으로 『동파 선희집東坡禪喜集』과 『산곡 선희집山谷禪喜集』을 판각하는 한편 진계유陳繼儒에게 『동파선희집』의 서문을 써 줄 것을 요청함.

43세 천계 2년^{1622년}

가을, 학술저서인 『시역詩逆』을 간행하면서 「시경인물고詩經人物考」라는 글을 부록으로 삽입함. 이 저술의 교정은 능서삼凌瑞森 등이 맡고 자신이 직접 서문을 씀.

44세 천계 3년[1623년]

4월, 상경하여 알선謁選에 참여함. 이때 마침 예부 상서禮部尚書 겸 동각 대학사東閣大學士에 배수된 지인 주국정도 능몽초와 같은 배로 상경함.

6월, 주국정과 함께 북경에 도착함.

45세 천계 4년[1624년]

계속 북경에 체류함. 이 해 중양절에 모유茅維ㆍ담원춘譚元春ㆍ갈일룡葛一龍ㆍ왕가언王家彦ㆍ주영년周永年ㆍ정도수程道壽ㆍ장이보張爾葆 등과 함께 가희인 학월미郝月媚의 집에 모여 술을 마시고 시를 읊음.

47세 천계 6년[1626년]

『규염옹虯髯翁』 등 13편의 잡극雜劇 희곡, 『교합삼금기喬合衫襟記』 등 3편의 전기傳奇 희곡 및 남곡南曲 선집인 『남음삼뢰南音三籟』를 완성한 것으로 보임.

48세 천계 7년[1627년]

가을, 남경에서 응천부應天府 향시鄉試에 응시했으나 낙방한 후 『박안경기』 집필을 시작함.

49세 숭정崇禎 **원년** [1628년]

10월, 소주蘇州의 상우당尚友堂에서 『박안경기』를 정식으로 출판함.

11월, 첩 탁씨가 사남인 고橐를 낳음.

50세 숭정 2년1629년

심태沈泰가 자신이 엮어 간행하는 『성명잡극 이집盛明雜劇二集』에 능몽초가 지은 잡극 『규염옹』을 수록함.

51세 숭정 3년1630년

자신의 학술저서인 『공문양제자언시익孔門兩弟子言詩翼』을 간행하면서 아우 능영초에게 교정을 맡기고 자신은 직접 서문을 씀.

52세 숭정 4년1631년

복건福建에서 벼슬을 사는 친척 반증굉潘曾紘의 도움으로 복건 제학提學사副使 하만화를 초청해 자신의 학술저서 『성문전시적총聖門傳詩嫡冢』16권에 대한 서문을 부탁함. 같은 해에, 책이 간행되자 뒤에 「신공시설申公詩說」 1권을 부록으로 수록함.

53세 숭정 5년1632년

10월, 첩 탁씨가 오남 목棽을 낳음.

겨울, 『이각 박안경기』를 완성함.

54세 숭정 6년1633년

봄, 강서 포정사江西布政使로 있는 반증굉의 남창南昌 관아에 머묾.

5월, 반증굉과 작별하고 복건지역을 편력함. (…) 복건에서 조학전曹學佺·이서화李瑞和 등과 교류함. … 이서화의 글을 읽고 그의 급제를 예견함.

55세　숭정 7년^{1634년}

강서^{江西} 남부를 순무^{巡撫}하던 반증굉에 의해 그 막부에 초빙됨.

57세　숭정 9년^{1636년}

반증굉이 군사를 거느리고 근왕^{勤王}에 나서자 (…) 다시 상경해 과거에
응시하지만 이번에도 낙방함.

9월, 사촌형 반담^{潘湛}의 초청으로 호주^{湖州} 성 남쪽의 저산^{杼山}에 올랐다
가 「유저산부^{遊杼山賦}」를 지어 낙심한 자신의 소회를 토로함.

58세　숭정 10년^{1637년}

장욱초^{張旭初}가 「오소합편^{吳騷合編}」을 엮으면서 능몽초의 산곡^{散曲} 「상서^傷
^逝」·「석별^{惜別}」·「야창화구^{夜窓話舊}」 등 3편을 소개함.

60세　숭정 12년^{1639년}

다시 향시에 응시했으나 이번에도 낙방함. 마지막으로 부공^{副貢}의 자
격으로 상해^{上海} 현승^{縣丞}으로 발탁된 것으로 보임^{시점에 논란}. (…) 그 사이에
8개월 간 현령의 업무를 대리함.

왕년에 복건에서 알게 된 이서화가 송강부^{松江府}의 추관^{推官}이 되어 인사
를 옴.

상해 현지 사대부들의 도움으로 조운^{漕運}의 임무를 맡아 조^[粟]를 북경
까지 원만히 수송하고 귀환한 후 「북수 전부^{北輸前賦}」와 「북수 후부^{北輸後賦}」
를 지음.

해상방위 관련 업무를 담당함. 당시 적폐가 극심하던 염전에서 '정자법井字法'을 추진하여 적폐를 해소하고 연해지역에서 그대로 적용하면서 여러 차례 상사의 칭찬을 받음.

63세   숭정 15년1642년

서주徐州의 통판通判으로 승진함. 이임할 때 상해의 백성들이 통곡하고 눈물을 흘리며 전송해 줌. 서주에 도착해 황하黃河가 메말라 거마가 다닐 수 있을 정도인 광경을 보고 세상에 우환이 생길까 우려하며 한숨 지음. 부임과 동시에 방촌房村에 배치된 후 방하 주사防河主事 방윤립方允立과 황하 치수의 묘책을 궁리한 끝에 좋은 효과를 얻어 우첨 도어사右僉都御史로 총독조운總督漕運·순무유양巡撫維揚을 겸한 노진비路振飛로부터 여러 차례 칭찬을 받음.

64세   숭정 16년1643년

병비유서兵備維徐의 임무를 맡은 하등교何騰蛟가 황제의 명령을 받들어 유적流賊 진소을陳小乙 토벌을 위해 여량홍呂梁洪의 한협제漢協帝·당악공唐鄂公의 사당에서 출진을 선포함. 공교롭게도 큰 바람이 불어 모래가 날리면서 관군에게 불리해져 하등교가 대책을 구하자 와불사臥佛寺에서 한밤중에「초구 10책剿寇十策」을 작성해 바침. (…) 하등교가 그 건의를 받아들이고 그를 '십구형十九兄'이라고 존대하자 감격해 성공을 위해 최선을 다할 것을 맹세함. (…) 하등교가 감기監紀의 소임을 맡기려 하자 사양한 후 혼자 말을 타고 적진으로 뛰어들어 조정에 귀순하도록 설득해 다음날 진소을 등이 무리를 이끌고 와서 투항함. (…) 하등교가 연자루燕子樓에서 고을의 문무 관리들을 위해 잔치를 베풀고 능몽초에게 술을 내리자 즉석에서 「탕산 개가碭山凱歌」·「연자루 공연燕子樓公讌」을 지음.

얼마 후 호광순무湖廣巡撫로 승진한 하등교가 능몽초를 감군첨사監軍僉事로 천거하고 휘하에 두려 했으나 그대로 방촌에 남아 치수에 전념함.

65세 숭정 17년1644년

「별가 초성공 묘지명別駕初成公墓誌銘」에 따르면, 정월 7일 밤, 이자성의 유적이 서주 성을 공격하면서 일단의 군사를 나누어 방촌을 약탈하자 백성들을 지휘해 성을 굳게 지킴. (원래 현지 민병을 훈련시키고 유적이 공격해 오면 근방의 병력이 지원에 나서고 유적이 대거 공격해 오면 봉화를 올리고 모두가 지원에 나서기로 약속했으나 유적이 서주 성을 거세게 공격하자 각지의 민병들은 그 서슬에 두려움을 느끼고 아무도 지원에 나서지 않아 혼자 고군분투함)

9일 동이 틀 때까지 사수하던 중 적진에서 투항을 제안하자 성루에서 그들을 꾸짖고 조총으로 몇 명을 쏘아죽임. 격노한 유적들이 맹공을 퍼부어 함락을 눈앞에 두자 백성들의 목숨을 지키기 위해 자결하려 했으나 백성들도 통곡하며 사수를 맹세하자 그때부터 단식에 돌입함. (…) 종복이 벼슬이 낮은데 굳이 죽을 필요가 있느냐고 반문하자 "나는 내 절개를 지키려 하는 것이다. 어찌 벼슬이 높고 낮음을 따졌겠느냐" 하고 말하고 몇 되나 되는 피를 토함. (…) 적진에 자신은 죽을 목숨이니 백성들은 다치게 하지 말라고 부탁하고 12일 아침 "우리 백성들을 다치게 하지 말라"고 세 번 외친 후 세상을 떠나니 사람들이 모두 통곡하고 자결로 충성심을 보인 자가 열 명 넘게 있었음. 다음날, 성루로 진입한 적군은 죽은 능몽초의 안색이 살아 있는 것 같은 것을 보고 놀라면서 약속대로 한 사람의 목을 베고 세 사람을 창으로 꿴 후 나머지는 모두 살려 줌. 얼마 후 관군이 도착하자 유적은 도주하고 하등교는 그의 죽음을 전해 듣고 비통해 하며 관리를 보내 제사를 지낸 후 그의 시신을 담은 관을 호주로 옮겨 대산戴山 남쪽에 안장함.